2014年辽宁省普通高等教育本科教学改革研究项目（项目编号：UPRP20140269）

博文书系

大学生文学经典导读

吴玉杰　刘巍 ⊙ 主编

辽宁人民出版社

©吴玉杰　刘巍　2024

图书在版编目（CIP）数据

大学生文学经典导读 / 吴玉杰，刘巍主编 . —沈阳：
辽宁人民出版社，2024.7
（博文书系）
ISBN 978-7-205-11161-8

Ⅰ . ①大… Ⅱ . ①吴… ②刘… Ⅲ . ①文学欣赏—教
学研究—高等学校 Ⅳ . ① I06-42

中国国家版本馆 CIP 数据核字（2024）第 094524 号

出版发行：辽宁人民出版社
　　　　　地址：沈阳市和平区十一纬路 25 号　邮编：110003
　　　　　电话：024-23284325（邮　购）　024-23284300（发行部）
　　　　　http://www.lnpph.com.cn
印　　刷：辽宁新华印务有限公司
幅面尺寸：170mm×240mm
印　　张：15.75
字　　数：270 千字
出版时间：2024 年 7 月第 1 版
印刷时间：2024 年 7 月第 1 次印刷
责任编辑：阎伟萍　孙　雯
装帧设计：留白文化
责任校对：冯　莹
书　　号：ISBN 978-7-205-11161-8

定　　价：59.00 元

编委会

茫茫书海的望临之感

（代序）

王向峰

当下电子传播手段的发达和普及，以及读图风气的盛行，已经使纸质书籍的阅读广受冲击，使许多人不禁有读者日少之叹。到卖书的书店去看，那里也尽量把一些颇能吸引读者注目的书，置于最显眼的地方，以招徕读者认购。这其中不乏"畅销书"。如明星们出的说不上是由谁捉刀的书，由正在上演的电视剧改成的"小说"，一些揭露官场黑幕和个人隐私的书，还有由炒家设计与大众传媒推介的时兴之书。如此种种的以通俗形式表现的书，叙事体的，里边不乏性与暴力的表现，讲说体的，里边不乏故作新奇的论调，以此颇能引人好奇购买，一印就是几万册。这些书，因其一时热销和没有多少文化档次、过一段时间就再无人问津的状况，多被人视为"畅销书"。而这些书的作者们，一般不愿把自己的书划归于此类，自然也不愿领受"畅销书"的作者之名。

作为社会的大众读者，如工人、农民、士兵、大专学生和基层公务员等，都各有本职任务，而在时间和经济条件上又有限制，他们在工作和学习之余也要看一些书，那他们应该如何选取书目？我认为应该首选中外古今文化史上的经典作品，以及与自己生活、工作直接相关的书来读，不要为"畅销书"所左右。

从社会的读书实际情况看，作为大众读者层，一般较少丰富的读书经验，也不见得有多少藏书，又不承担对新书出版和读书舆情的调研任务，这样的业余读书，只在于丰富和提高自己文化生活的质量，培养健康的审美情趣，因此建构自己的读书"定力"十分重要。读书的目标与计划也能由此而生。如果不是这样掌握自己，而是随波逐流地去以读"畅销书"为趣味，则等于放弃主动的选择，而去投身于无意义的生命耗损之中。

我不主张大众读者追逐读"畅销书"的潮流，这只不过是基于古今已经积为经验的一种劝导；自然劝导不等于干涉；问题的关键，乃在于读者自己的选择，在自身的文化视野里好自为之。我认为人们的读书生活也是主体的一种对象化行为。通常情况下，都是主体具有怎样的心胸视野，就不免相适应地选择什么样的书来读，这是读者在读书活动中对象化地肯定和确证自己思想与文化层次的方式。马克思在《1844年经济学哲学手稿》中曾泛向地指出："一切对象对他说来也就成为他自身的对象化，成为确证和实现他的个性的对象，成为他的对象，而这就是说，对象成了他自身。"所以由此可以认定，对人们的读书，如果从总体上考察，而不是从某时读了哪几本来看，可以用主体对象化的理论来认定其人的思想文化层次如何。

书的世界是一个浩瀚无边的海洋，一个人不论怎样"焚膏油以继晷，恒兀兀以穷年"地去读，也只能读得沧海一粟，无法穷尽其亿万分之一的毫芒，所以须以目的与指标来规范自己的读书目录。固然读的书越多越好，但如庄子所言："吾生也有涯，而知也无涯，以有涯随无涯，殆已！"人生就是一种限定，其间必然遇有很多虽然是人生需要但实际上却又不可能实现的事。因此，我们只好接受奥地利作家茨威格指出的局限自己的现实主义方式："一个人用以局限自己的范围愈狭小，他在一定意义上就愈能接近无限。"这话里包含丰富的历史经验，对于规范人们的读书也有其普适性。

在20世纪90年代，教育部曾规定有初中和高中学生的文学必读书目，其中所列两级中学生必读的几十种中外作品，大部分是经典作品。而在美国，早就有国家规定的中学生必读的经典书目，其中还有出乎我们意料的《共产党宣言》。一个国家为什么要规定中学生的必读书目，而所列书目的具体想法虽有不同，但着眼于未来的国民素质的建设，从青少年阶段就打好底子，把读书的路子从小就走正，不让没有什么价值的书占去学子们的宝贵时间，这不能不是共同的着想。遗憾的是我们的中学生受到应试教育的干扰，不论是初中生还是高中生，把规定必读书真正全读了，甚至还读到超越目录以外的人并不多。至于以前中学毕业而走入社会的人，尤其是20世纪"文化大革命"前后念中学的人，离教育部指定的那些书，其距离可能更远。这也正是今天本来就不怎么样的"畅销书"，竟能多遇读者的一个现实与历史的原因。回顾以往几年的读书界的境况，我们看到一股又一股的潮起潮落，一些人并不是热衷于孔夫子的《论语》，而是热衷于"体会论语"的书，其势甚至压过了经典性的《论语》；一些人不热衷于陈寿的《三国志》和罗贯中的《三国演义》，而是热衷于"讲说三国"的书；一些人不热衷于曹雪芹的《红楼梦》，而是热衷于"红楼解密"的书。一时间，你方唱罢他登场，从而使后者都成了火爆一时的"畅销书"。今天人们手中如果只有已经变得拔凉拔凉的昔日"畅销书"，而却又从未认真读过那几部经典原著，这该留下何等舍本逐末的遗憾！在19世纪的欧洲，混迹于上流社会交际场中的许多贵妇人，有工夫消闲，却没有工夫读书，为了在沙龙里有时髦的谈吐，或以读过的一两本"畅销书"为炫耀资本，或以别人提供的小说故事梗概为谈资，用以遮掩无知本身。这种华而不实的风气深为有识之士所鄙弃。我们今天自然也要远离这种时代的俗气，把书读得深入踏实，成为素质塑造的一种切实方式。

如果把书的世界比作海洋，其中既有洪波激流，也有浮沤泡沫。在中外古今历史上经过无数人实际验证过并被承认为经典之作的书尽在其中，而没有什么价值的泛泛之作，有的竟还有过畅销晕环的书也在其中。那些作为人类历史的文化流脉的经典，作为智慧的结晶，泽溉着一代又一代人，它们能长久地摆在书店里销售，流转于图书馆的读者借阅中，以至于在家庭中成为世代传承的看家书。这种从书店角度列为"长销书"的书，不能不是所有读书人，其中尤其是大众读者的首要选取的书目。写到这里，我想起了德国19世纪哲学家叔本华的一段谆谆告诫："善于读书的人，决不滥读，这是极为重要的。不论何时何地，凡为大多数所欢迎的书，切勿贸然地拿来读，例如那些正在走红，一年之内一版再版的政治的、宗教的小册子、小说、诗集等，你要知道，凡是为傻瓜而写作的人，总会有一大群读者，请不要浪费时间去读这些东西；应该把你的时间花在阅读那些一切国家、所有时代具有伟大心灵作者的作品上，这些作者超越其余人，他们的声音值得你去倾听。"叔本华是凌俗出众的哲人，或许他的读书标准一般人难以企及，但要人们切勿随波逐流地在那些一时走红的"畅销书"上浪费时间，而要花时间去读那些"具有伟大心灵作者的作品"，这不能不认为是关于读书的取舍原则和采取厚薄态度的一种忠告。

下面是我对全民读书的一些想法。我们今天所面对的图书世界，真可谓云山苍苍，江水泱泱，实在是广无可比，大无可比。作为文明古国，我们有丰厚的文化典籍，又有现代文化的百年积累。而进入世界文化之林，放开眼界又所见日多，数不胜数。从读书的意义上说，古今中外的优秀著作中，可读与应读的书实在是太多了。人们在大海面前常是望洋兴叹，而到了国家和省、市图书馆或大学图书馆，看到那里如山如海一样的藏书，可能会发出比望洋之叹还要多的慨叹：世界上怎么有这么多的书！庄子曾叹息"吾生也有涯，而知也无涯"，我们何尝不可以借他的话说"吾生也有涯，而书海无涯"。也许是世界上的书太多了，而内容又种类多分，它们所联结的书外实践领域又那么特殊，所以在学校读书读到一定阶段才让人分专业去侧重读书海中的某一类书，以便适应特殊实践的专门需要。现代的高等教育就是这样发生发展起来的。

我们现在的"全民读书日""全民读书节"或"全民读书月"，与上述的专门、专科、专业读书不同，是面对社会全体成员，也就是不论你受过何种专业教育，读过多少本书，为了你当下人生的丰富性、思想境界的开阔性、审美情趣的涵融性，文化生活的伸延性，你应该继续读点书，这是虽有人号召和推动，却没人督促和检查的自动、自觉、自由又自愿的快乐阅读行为。这与专业人士和专家为实现特定目标而积累材料，以读书为充值手段的攻读，在态度上甚至要"头悬梁，锥刺股"，为功利所迫，有完全不同的意义。古罗马诗人贺拉斯说艺术是"寓教于乐"，全民读书也是这样：大家都来读书，读书每一天，每天都读书，每个人按自己的兴趣去选择读物，读后受到教益，实现为读书乐，达到自己对自己的美育。

读书识字本是从"人之初"开始以至终生必有的共时过程，所以始自宋代以至民国期间完成的《三字经》，谆谆劝导学童们要努力读书："子不学，非所宜。幼不学，不知义。玉不琢，不成器。"甚至警示说："犬守夜，鸡司晨，苟不学，曷为人。蚕吐丝，蜂酿蜜，人不学，不如物。"这说明，人作为"宇宙的精华，万物的灵长"，不论是智慧和品格，作为与能力，都是由学而得，其中读书是一条重要的途径。《三字经》的上述所云，虽然主要是对学童所言，但其中的义理对今天的成人也不无意义。因为它特别开出"小学终"后的读书目录，如"四书""五经"、老庄荀韩、汉唐文集、李杜诗篇、廿四史等，都是往昔成为士人必备的知识系统。由于多种原因，上述传统文化内容已蒙尘多年，以致不仅一般大众不了解，即使是受过高等教育的人也多半不了解。我想，今天有的学校让小学生读《三字经》，中央电视台的《百家讲坛》也讲《三字经》，大致都是要普及一种最普适的文化历史知识，给人开出一份中国文化要籍的阅读目录。

全民读书是一种自选书目的阅读活动。但由于是被纳入读书节的活动，读书引导工作决定着收效如何。我认为在全民广泛从报刊介绍的书目中选读其乐于读的书目之外，每届读书节都应提出一定数量的重点书目，这些书必须是经过时间考验的经典，读它们不是发现新书，而是为了深求其义。对这些书要由有关组织者邀聘专家定时定点向公众举行报告会，并可就此向读者征文，以推动全民读书的深入。

如果让我开具年度全民读书的重点书目，我想提出以下八种：1.记载孔子言行，直至今天仍在影响人们思想行为的《论语》。2.开创道家学派，示人"无为无不为"智慧的《老子》。3.选录唐诗精华，读透了就能会作近体诗的《唐诗三百首》。4.在中国古典小说中最具思想性又打破传统写法的《红楼梦》。5.在中国现代文学史上发出"打破铁屋子"第一声的《呐喊》。6.最具时代精神又把人物写活了的莎士比亚的《哈姆雷特》。7.全面揭露沙皇专制制度，在艺术描写上最具欧洲小说特点的列夫·托尔斯泰的《复活》。8.最早最明确显示马克思和恩格斯如何改变资产阶级统治的革命纲领《共产党宣言》。

目　录

第一章　文学经典的内在构成与伦理诉求

　　当下的文化场域，存在太多艺术生命短暂的文本，和经典的距离越来越远。在后现代的拆解中，读屏与刷屏代替了安静、沉静的经典阅读，碎片化和无意义消解盛行。很多有形与无形的东西都一闪而过，人们对以往的经典无暇驻足、留神。艺术长久的生命力似乎离我们远去，换句话说，一时的喧嚣与热闹、片刻的宣泄与刺激代替了对艺术的经典性追求。"关于经典的讨论，和担心我们现在进入了电视机、录像机和计算机时代而有可能丧失阅读能力的疑虑有关。"① 在这样的场域中，我们关注经典性的追求、关注文学作品的艺术生命别有一番意义。

　　经典之所以成为经典，在于经典的内在构成与外部制约。内在构成指经典的内在属性，它是使经典成为经典的那部分属性，亦即经典的文学价值与美学价值；而经典的外部制约关涉经典的经典化建构，它关涉文化权力、意识形态、历史语境等。我们主要探讨的是文学经典的内在构成，从文学的角度分析文学经典内在构成与艺术生命。经典的内在构成，"或许这个问题应更为准确地表述为：是什么东西使得某些作品比其他作品更有可能获得较为长久的生命力呢？"② 探讨文学经典的内在构成即经典性，亦即探讨文学作品的艺术生命。虽然文艺作品经典化过程和意识形态、文化权力、历史语境等不无关系，但是之所以称之为经典，从本体的角度来说它的艺术生命还在于它的经典性。

---

① ［荷兰］佛克马、蚁布思：《文学研究与文化参与》，俞国强译，北京：北京大学出版社，1996 年版，第 38 页。

② ［荷兰］佛克马、蚁布思：《文学研究与文化参与》，俞国强译，北京：北京大学出版社，1996 年版，第 53 页。

文学研究的对象是文学作品，应该称之为经典的文学作品，可以说文学史应该是经典构成的历史，但是文学创作、文学研究和文学史写作中受到权力话语的制约，而导致有些作品在一段时间内成为经典，并不是永久的经典，而在当时被边缘化的作品却逐渐被发掘，成为后来的经典。但是之所以成为永久的经典，保持永远光鲜的艺术生命，必然有其特殊的内在构成，韦勒克认为："文学研究不同于历史研究，它必须研究的不是文献，而是具有永远价值的文学作品。"[①] 文艺作品的生命在文学史中留存，在读者的阅读中升华。经典性文学史的写作、建构与重构都彰显着不同的文学经典观，表述着文学史家对经典性的新的认识和取向。在文学史家对经典的选择中，一般来讲经典的内部构成因素成为他考量经典的重要方面。

考察文艺作品经典性的内在构成有两个重要的维度，一是时间的维度，从历时性考察，文艺作品经典性存在超越了它所属的时代，在所有时代被阅读，亦即艺术生命在历史长河中存续；二是空间的维度，经典超越它所属的创作个体与所表现的对象个体、所属的与所表现的民族与国别，在世界文学视域中被阅读，具有人类普遍性的特点。所以文艺作品的艺术生命具有超越性，而这一超越性源于文本的审美性、原创性以及对话性。经典如同文化语法的母体，不断创生出新的作家和新的读者，其辐射性使文艺作品的生命存续在一代又一代读者的阅读之中，同时也留存在一代代作家的互文性文本中。经典，表明文艺作品长久的生命存续和永恒的艺术魅力。

一、经典表现的空间属性：个体性、民族性与人类普遍性

考量经典的空间维度，是经典超越个体、阶层与民族，而获得人类普遍性的认同。而想获得这样普遍性的认同，必须是表现人类普遍性。对人类普遍性的表现，是建立在个体、阶层与民族性的表现当中。个体性是经典表现的基点，民族性与人类普遍性寄予在个体性的生命之中，不存在脱离个体性的人类

① ［美］韦勒克：《文学理论、文学批评与文学史》，《"新批评"文集》，北京：中国社会科学出版社，1988 年版，第 509 页。

普遍性。从世界文学视域中我们可以说，经典的存在，其艺术生命的存续按照这样的空间逻辑：个体—民族—人类，而它所具有的逻辑属性则应该是个体性—民族性—人类普遍性。

首先，经典表现的个体性。这种个体性是一种自为性存在。个体性可以分为两个层面，一是创作主体的个体性，二是对象主体的个体性，而对象主体个体性和创作主体的个体性有关。文艺创作是创作主体面对对象世界的主体性把握，是创作主体审美对象化的过程，和创作主体的生命体验与审美追求密切相关。经典文本中的对象主体在文本中的存在是一个个体性的存在，是一个包含自我的个体性存在。布鲁姆认为："个体的自我是理解审美价值的唯一方法和全部标准。"[①] 包含自我的个体性符合对象主体自身的内在逻辑，如果以外在的权力干预自我的个体，那么这样的个体就不具有自为的个体性，会失去其本身应该具有的内在属性；如果对象个体成为创作主体意念的自在体，未获得自我的主体性，由此导致这样的个体存在不是富含主体性的个体存在，那么其艺术生命可能只在一个时期内存续，而不能长久存续。无论是托尔斯泰笔下的安娜（《安娜·卡列尼娜》），还是巴金笔下的鸣凤（《家》），之所以在世界文学史中成为经典的人物形象，关键在于他们作为一个生命个体在文本中存在是作为一个自我的个体存在，他们没有成为创作主体的"玩偶"。在文本中，他们的死亡选择符合自己的性格逻辑，虽然创作主体饱含对他们的无限同情，希望他们有更好的命运。当创作主体满脸泪痕，无奈地、痛惜地目送他喜爱的人物走向死亡时，他的无奈和痛惜正是他创作上的自觉，即尊重人物的个体性和主体性。相反，有些文艺作品中的人物（或抒情主人公）虽然是一个生命个体，但是并没有获得个体性和主体性。顾彬在评价"大跃进"时期中国的文艺作品时说："个体的'我'——如果'我'还活着的话——彻底成为'我们'，完全献身于人民、祖国、革命和英雄行为。中国人民团结成一个身体、一个精神和一

---

① ［美］哈罗德·布鲁姆：《西方正典：伟大作家和不朽作品》，江宁康译，南京：译林出版社，2005 年版，第 16 页。

个灵魂。他们穿得一样、感觉一样、思想也一样。"①他者的眼光给我们反观自身的视角，"我"彻底成为"我们"，就遮蔽了"我"的个体性，以群体性代替个体性，不仅抹杀了"个体性"，也使"群体性"并不符合历史逻辑。没有个体性的群体性是非常态化的历史存在，生命的个体性被剥夺实际上等于扼杀了文艺作品的艺术生命，这也是我们今天看到"大跃进"时期的文艺作品能成为经典的少之又少的重要原因之一；而那些之所以成为经典、获得生命存续的作品，就在于它们在铺天盖地的群体性的夹缝中表现了生命的个体性，比如李准的《李双双小传》。文艺作品在表现个体时，是否能够尊重其个体性，凸显其个体性，从而使生命的个体成为"个体的自我"，是真正具有个体性和主体性的自我，成为个体性生命以及作品艺术生命得以存续的重要符码。

其次，经典表现的民族性。经典表现的个体性是一种自为性存在，任何一个个体作为个体性存在是他自为性存在的前提，但是个体从来就不是一个单独的与他者无关的个体，他在自我身份建构的过程中，一直以他者作为隐性或显性的参照，因为有个体的自我是相对于群体的他者而言的。若没有他者，就不会有自我；没有群体，就不会有个体。但是个体的自我和群体的他者之间的关系究竟如何，这成为我们考察经典以及文艺作品艺术生命时必须要面对的一个问题。真正的经典从来就不是以群体性代替个体性，而是从个体性出发又超越个体性，由此获得群体性。群体性是包含个体性的群体性，从民族文学的角度考虑，这时的个体性便具有民族性特点。

经典是一个民族的文化语码，是民族的精神共同体。铁凝从一个作家的角度这样看待经典的民族性："从古至今，人世间一切好的文学之所以一直被需要着，原因之一是它们有本领传达出一个民族最有活力的呼吸，有能力表现出一个时代最本质的情绪，它们能够代表一个民族在自己的时代所能达到的最高的想象力。"②荣格从一个批评家的角度这样观照民族性，他说，《浮士德》"是

---

① ［德］顾彬：《二十世纪中国文学史》，范劲等译，上海：华东师范大学出版社，2008年版，第 292 页。

② 铁凝：《文学是灯——东西文学经典与我的文学经历》，《人民文学》，2009 年第 1 期。

生活在每一个德国人心灵里的东西，而歌德促使它产生"①。英国伦敦的传教士理雅各之所以翻译中国的经典，是因为他认为"要理解中国，就必须了解中国的经典文献"②。经典是一个民族文化的载体，是民族的精神风貌与民族心灵的见证。世界文学奖项诺贝尔文学奖颁奖词中，给予作家的获奖理由很多都是因为作品的"民族性"。1923年叶芝获奖理由："由于他那永远充满着灵感的诗，它们透过高度的艺术形式展现了整个民族的精神。"1933年蒲宁获奖理由："由于他严谨的艺术才能，使俄罗斯古典传统在散文中得到继承。"1965年肖洛霍夫获奖理由："由于这位作家在那部关于顿河流域农村之史诗作品中所流露的活力与艺术热忱——他借这两者在那部小说里描绘了俄罗斯民族生活之某一历史层面。"1968年川端康成获奖理由："由于他高超的叙事性作品以非凡的敏锐表现了日本人精神特质。"1993年托尼·莫里森获奖理由："其作品想象力丰富，富有诗意，显示了美国现实生活的重要方面。"2013年莫言获奖理由："将魔幻现实主义与民间故事、历史与当代社会融合在一起。"虽然在这个颁奖词中并没有出现"中国"或"民族性"的字样，但"民间故事、历史与当代社会"体现出的正是民族性。可以说，从《透明的红萝卜》《红高粱》《丰乳肥臀》到《蛙》，莫言的每一部作品无不体现民族性，作为生命个体的黑孩儿、"我奶奶"、上官金童到姑姑成为民族性最重要的载体。我们在黑孩儿身上看到饥饿、孤独与生命力，在"我奶奶"身上看到民族正义与生命韧性，在上官金童身上由恋乳症看到懦弱从而得出"中国知识分子灵魂深处都有一个小小的上官金童"（邓晓芒语），而在姑姑身上看到从事计划生育工作中和计划生育工作后生命与政治撞击中复杂的心理变化和精神变化。这些文本反映的是民族的生活真实，人物所体现出的民族性特征非常明显。

经典的存在，有待于读者的阅读使其生命得以存续。但是读者在阅读时是否对于民族性有自觉的审美期待呢？有的读者在阅读经典中有了解本民族与异

---

① ［瑞士］荣格：《论分析心理学与诗歌的关系》，伍蠡甫、胡经之：《西方文艺理论经典选编：下卷》，北京：北京大学出版社，1987年版，第335页。

② 杨慧林：《中西"经文辩读"的可能性及其价值——以理雅各的中国经典翻译为中心》，《中国社会科学》，2011年第1期。

域文化的自觉诉求，但也有一部分读者在阅读时面对的只是文本，在前理解中也许并不存在民族性的诉求。然而，批评家、文学史家等这些特殊的读者，他们在写作各国文学史遴选经典作家、经典作品时，很大程度上会考虑到它的民族文化表征。美国文学经典的代表作——新版的《朗曼世界文学文选》①编入了大量"非西方"的文本，包括中国、阿拉伯、印度和南美等文学经典，编者认为这些进入西方的"世界文学经典"的文本体现了"具体的文化特色"②。因此，在世界文化场域中，文艺作品的民族性得到特别关注。汪曾祺小说的风俗描写作为独立的审美个性化存在，他在风俗方面着墨颇多，在于他认为"风俗是一个民族集体创作的抒情诗"；巴尔扎克的作品被喻为"法国社会的一面镜子"，陈忠实引用巴尔扎克的话"小说被认为是一个民族的秘史"，并以此理念创作《白鹿原》。也许，从这个角度上说，《沉沦》中的"我"在最后喊道"祖国呀祖国！我的死都是你害的！"并不是耸人听闻，并不仅仅是一个身处青春期陷于焦虑的人的自我沉沦，更重要的是文本表现的是一位病态的敏感的青年在异质文化的陌生环境中的漂泊与孤独。所以，"我"的个体性具有民族性特征。

文艺作品的民族性有时是显性存在，有时是隐性存在，但无论是显性存在还是隐性存在都应该是一种自然的存在。作家在创作中不能刻意去为民族性而民族性，甚至不惜以"伪民族性"去取悦评奖者、读者等。这也是中国文学走向世界时应该注意的非常重要的问题。民族性应该从个体性中来，只有符合民族文化精神特质的个体性才能超越个体性而具有民族性。"伪民族性"以牺牲个体性与民族性为代价，可能取悦读者于一时，但不能使艺术生命得以长久存续，也就是说，这样的作品不可能成为经典。

最后，经典表现的人类普遍性。任何一部经典的文艺作品，它之所以在世界范围内被阅读，成为经典，在于文本表现的个体性、民族性在世界范围内被

---

① David Damrosch, David L：*The Longman Anthology of World Literature*，Pike General Editors，Compact Edition，New York：Pearson-Longman，2008.
② 方汉文：《"世界文学史新建构"与中国文学经典》，《西安外国语大学学报》，2012 年第 4 期。

认同，能够激起他民族的共鸣。正如布鲁姆所说的"普遍性"，是超越阶层与文化身份的分野而获得普遍性的认同。

文艺作品写出民族的精神底蕴与精神气场，它在本民族被阅读被认同；然而，在进入他民族的审美视域中，在他民族看来，有一种陌生与新奇；不过，除了陌生与新奇之外，还有如什克洛夫斯基所说，是一种真正意义上陌生之后熟悉的陌生化效果，这也是一种普遍性，写出了人类的共同情感，就像是罗曼·罗兰阅读《阿Q正传》的感觉一样。卢卡契说莎士比亚的历史剧："它们所具有的决定性的戏剧效应却是一种社会道德的、人类道德的、'人类学'的效应：莎士比亚总是描述出这种社会矛盾的冲突所具有的最普遍、最有规律性的特征。"① 莎士比亚经典作品的普遍性是指，他时代、他民族的人在莎士比亚的作品中"看到和遇到了自身的苦恼和幻想，而不是早期商业化伦敦城所显示出的社会能量"②。经典的陌生与熟悉，像卡尔维诺所说，"每一次重读都像是首次阅读，有初识感；而初次阅读却让我们有似曾相识的感觉"③。也许这就是经典之为经典的特别之处。

经典因普遍性而获得的艺术生命不会因为个别人的批判而消亡，它自身具有巨大的生命力，也可以说，经典在于它在被批判中越发焕发出生命的活力。鲁迅的《阿Q正传》出版六年后，钱杏邨就宣布了阿Q的死亡。罗曼·罗兰却说，读完《阿Q正传》，"你会很惊异地察觉，这个可悲可笑的家伙再也离不开你，你已经对他依依不舍"④。阿Q是对中国国民性的讽刺性暴露，鲁迅通过这个人物画出"沉默的国民的灵魂"。当然，罗曼·罗兰的话颇值得深思，"这个可悲可笑的家伙再也离不开你"，一方面是说这个人物塑造的审美性价值，"你已经对他依依不舍"是对这个人物形象学意义上的肯定；同时，也是这个

---

① ［匈］卢卡契：《戏剧和戏剧创作艺术中有关历史主义发展的概述》，《莎士比亚评论汇编：下》，北京：中国社会科学出版社，1981年版，第485页。

② ［美］哈罗德·布鲁姆：《西方正典：伟大作家和不朽作品》，江宁康译，南京：译林出版社，2005年版，第27页。

③ ［意］卡尔维诺：《为什么读经典》，李桂蜜译，台湾时报文化出版企业股份有限公司，2005年版，第9页。

④ 罗大冈：《罗曼·罗兰评〈阿Q正传〉》，《人民日报》，1982年2月24日。

人物身上所具有的特点深藏于阅读者身上。因而，阿 Q 的精神胜利法不仅仅是阿 Q 的精神胜利法，是中国落后国民性的表征，也是人类共同的精神现象。

经典的普遍性的获得，源于对人类情感、生命样态以及存在关系的普遍性关注，"作品中带有的人类共享的历史经验和记忆、体现的人类共认的道德观念和理想、显示的人类共通的审美情趣和形象等，就具有了超民族的文化价值认同的属性"①。布鲁姆认为，"一首诗、一部小说或一部戏剧包含有人性骚动的所有内容"，它们对人类普遍性的表现在文本中转化成对"经典性的乞求"，这种"乞求存在于群体或社会的记忆之中"②。他甚至这样认为，西方正典的全部意义在于"善用自己的孤独，这一孤独的最终形式是一个人和自己死亡的相遇"③。这一论断虽说绝对化，但作为人类精神特质的"孤独"确实多被经典作家在经典作品中表现。马尔克斯的《百年孤独》把生命个体的孤独、家族百年的孤独以及拉丁美洲百年历史融合，揭示了人类孤独以及与孤独的抗争，"反映出一整个大陆的生命矛盾"（诺贝尔颁奖词）。作家把个人生命的体验上升为对民族生活和人类生活的敏感捕捉，因而获得人类普遍性的认同。

（吴玉杰撰写）

二、经典性的美学构成：审美性、原创性与对话性

阿尔都塞症候式阅读强调经典的形成是一个不断建构的过程。但乔纳森·卡勒的文学经典观却给我们提供另外的视角，他用两个范畴"表征性解释"与"鉴赏性解释"解释经典，前者偏重于文化研究，而后者偏重于文学研究，即文学的审美价值。这两者之间不必存在矛盾④。也就是说，经典虽然是被建构的，受到权力话语的制约，但是经典的美学价值决定了经典性内在构成的合

---

① 江宁康：《世界文学：经典与超民族认同》，《中国比较文学》，2011 年第 2 期。
② ［美］哈罗德·布鲁姆：《西方正典：伟大作家和不朽作品》，江宁康译，南京：译林出版社，2005 年版，第 13 页。
③ ［美］哈罗德·布鲁姆：《西方正典：伟大作家和不朽作品》，江宁康译，南京：译林出版社，2005 年版，第 21 页。
④ ［美］乔纳森·卡勒：《文学理论》，李平译，沈阳：辽宁教育出版社，1998 年版，第 50 页。

法性。文艺作品的创作融合创作主体对对象世界的审美感悟与理性观照。经典的文艺作品以审美性、原创性独傲于一般作品之上，这源于文本的内在美学构成，同时任何一个经典文本在被阅读中都存在对话性特点，使它获得广阔的阐释空间。

创作主体对对象世界的观照是一种审美性的观照，在此基础上的创造是一种真正的艺术创造。审美性是经典性的最基本的本质属性，没有审美性的作品不可能成为经典作品。从文艺创作的一般规律上说，创作是一种审美性的创作。但是，也存在一种非审美性或审美性缺失的创作。这是因为外在的力量干预了创作主体的审美选择与审美表现，或者创作主体照搬生活、图解生活，以公式化、概念化的模式进行写作，抑或创作主体本身的审美感悟力和艺术表现力有限，这样主体和生活之间的"隔"导致审美性的缺失。也就是说，在对象身上我们没有发现主体对象化的过程和对象主体化的过程，对象依然是对象，主体依然是主体，二者之间没有"互化"或者化合不够充分。这样的作品可能带着作家的某种真诚，却不能深刻反映生活的真实或情感的真实，它的生命力必然有限。审美性是对象充分主体化才能产生，亦即有美的产生。

审美性是确定文艺作品经典性的基本属性，一部作品要进入经典之列，使其生命长久存续，更在于它的原创性。布鲁姆认为："一切强有力文学原创性都具有经典性。"原创性是经典的美学构成中最重要的属性，没有原创性便没有经典性。在世界文学史上，成为经典的文艺作品必是原创性的，原创从来就不是单方面的，它是内容与形式的统一体。"不管一部作品的表达是如何的优美，除非它的主题同时是贴近生活的，否则它就不会在经典中获得一个很高的位置。"[①]《西游记》的经典性在于它融游走性、神话化、意象化、魔幻化为一体，是特殊的"魔幻浪漫主义的游走叙事"[②]。鲁迅作品的经典性在于"表现的深切"与"格式的特别"。

---

① ［荷兰］佛克马、蚁布思：《文学研究与文化参与》，俞国强译，北京：北京大学出版社，1996 年版，第 58 页。

② 王向峰：《魔幻浪漫主义的游走叙事——〈西游记〉的艺术首创》，《社会科学》，2009 年第 8 期。

然而，原创性并不是和文学与文化传统无关，原创性是指在历史传承中融合独特的内容与形式创造出新的文本。如何置身传统又具有超越传统的原创性必然引起作家的焦虑，作家生活在经典的阴影之下。"渴望置身他处，置身于自己的时空之中"，"渴望与众不同"，"渴望写出伟大的作品"，以便"获得一种必然与历史传承和影响的焦虑相结合的原创性"[①]。原创性的存在是一种悖论性的存在，不存在凭空创造的文艺作品，正像克里斯蒂娃所说文本的互文性存在，但是任何一个真正的作家都有不重复前人的内在诉求，那么原创性就成为文本特别难以获得的属性。而一旦获得原创性，就会被后来的历史证明它的经典性的重要所在。

　　原创性在当下的语境中不断地被提出，就在于现在的一些作品缺少原创性。没有原创性，更多的人徜徉于复制别人与自我复制的"文字垃圾"中，钝化形象思维，弱化审美感受力和艺术表现力。模仿与拼贴成为"时尚"，意味着独创性和经典性离我们远去。文化领域不断出现复制现象，诸多选秀节目纷纷从荷兰、美国和韩国等国"原版"引进，我们都感叹他国的创造，而较少思考自我独创性的缺失。中国文学作品走向世界，关键还在于原创性，"任何一部要与传统作必胜的竞赛并加入经典的作品首先应该具有原创魅力"[②]。莫言说自己的创作受福克纳和马尔克斯的影响较大，但是他不断地逃离这两个"大熔炉"。在莫言的创作中存在"影响的焦虑"，一是两个熔炉，一是中国的民间故事。将魔幻现实主义莫言化、中国化，把中国的民间故事文学化、艺术化，正因为如此，他才能创造性地将"魔幻现实主义"与中国的"民间故事、历史与当代社会融合在一起"。莫言的作品在历史传承中创生出新的艺术生命，便是一种原创性，也得到世界范围内的认可。原创需要生活的滋润，需要在生活上的升华。在生活中体验，在生活中观照，在生活中创造。原创需要在创作中沉潜涵泳，厚积薄发。

---

① ［美］哈罗德·布鲁姆：《西方正典：伟大作家和不朽作品》，江宁康译，南京：译林出版社，2005年版，第8页。

② ［美］哈罗德·布鲁姆：《西方正典：伟大作家和不朽作品》，江宁康译，南京：译林出版社，2005年版，第5页。

审美性是前提，原创性是重要因素，而对话性则是经典文本实现长久生命的艺术路径和审美表征。文艺作品的生命即存在于读者的阅读之中，没有读者（包括一般读者和作为特殊读者的作家、批评家与理论研究者）的阅读，文艺作品的生命难以为继。"文学作品要打破自己时代的界限而生活在世世代代之中，即生活在长远时间里（大时代里），而且往往是（伟大的作品则永远是）比在自己当代更活跃更充实。"[①] 具有对话性的文艺作品充满艺术与审美的张力，一代代读者在阅读与理解中不断发现新的属于自我的某种对象化存在，这必然使文艺作品的生命得以延续。换句话说，文艺作品的对话性，使文本具有阐释空间的广阔性，由此获得经典性、具有无限生命力的审美特质。

伊塞尔认为："文学作品就有两个极点，我们可以称之为艺术极点和美学极点。所谓艺术极点是指作家创作的作品；所谓美学极点就是由读者完成的实现过程。"[②] 文艺作品的美学极点在于读者阅读具体化的实现，而能否实现具体化阅读除了读者有与所要接受的文本相适应的本质力量之外，从文本的角度考察便是文本本身的对话性。对话性存在，文本与读者（接受主体）便构成对话性关系，文本的艺术生命便存活于代代读者（接受主体）的具体阅读之中。所以对话性是经典性实现的艺术途径，也是经典性的审美表征。

"对话性是具有同等价值的不同意识之间相互作用的特殊形式。"[③] 亦即创作主体与对象主体、创作主体与接受主体、对象主体与接受主体之间的相互作用，在经典构成的个体性中我们涉及创作主体与对象主体的对话关系，这里我们主要谈接受主体与文本之间的对话关系（它所涉及的正是创作主体与接受主体、对象主体与接受主体之间的关系）。接受主体和经典文本处于不同的时代，经典文本到了今天可做不同的阐释和理解。"理解在某种程度上总是对话

---

① ［苏联］巴赫金：《答〈新世界〉编辑部问》，《巴赫金全集：第四卷》，白春仁、晓河等译，石家庄：河北教育出版社，1998年版，第367页。

② ［德］伊塞尔：《阅读过程：一种现象学方法探讨》，胡经之、张首映：《西方二十世纪文论选：第三卷》，北京：中国社会科学出版社，1989年版，第185页。

③ 董小英：《再登巴比伦塔——巴赫金与对话理论》，北京：生活·读书·新知三联书店，1994年版，第7页。

第一章　文学经典的内在构成与伦理诉求

011

性的。"① 经典文本存在对话性，就可以从不同的层面、不同的侧面、不同的角度阐发和理解。理解文本，意味着理解者和文本之间存在一种对话关系，具有一种对话性。巴赫金说："理解本身作为一个对话因素，进入到对话体系中，并且要给对话体系的总体涵义带来某些变化。"② 经典文本活在长久的历史时间里，给各个时代都留下了大片空白，各个时代的人根据自己的不同理解和需要去阐发文本，去和文本对话。经典文本具有内涵的不确定性和许多模糊的成分，这为理解者提供了许多想象和创造的空间。"对文本的理解应达到该文本作者本人对它的理解。然而，可能而且应该达到更好的理解。……作品在理解中获得意识的充实，显示出多种的涵义。于是，理解能充实文本，因为理解是能动的，带有创造的性质。创造性理解在继续创造，从而丰富了人类的艺术瑰宝。"③ 经典文本和不同时代的读者构成不同的对话关系，使文本彰显出永久的艺术魅力。反之，文本和读者不能构成有效的对话性关系，那就意味着文本可阐释的空间相对狭小，它的艺术生命力有限。

富有审美性、原创性和对话性的文艺作品，能够激起一代代读者的审美期待，具有丰富的广阔的阐释空间，在历史中成为经典之作。经典文本生活在世世代代读者的理解与创造之中，而且"创造性理解在继续创造"，文本的艺术生命获得永恒。

（吴玉杰撰写）

三、经典性的"文化语法"：参照性、辐射性与创生性

个体性、民族性、人类普遍性与审美性、原创性、对话性使文艺作品成为经典，而经典一旦成为经典，就成为经典之后作品的"文化语法"。如果说，在原创性当中，我们观照的是经典面对历史传承与影响焦虑时的超越性与创造性，那么，这里我们谈论的经典性的"文化语法"所关注的则是经典在成为经

---

① ［苏联］巴赫金：《巴赫金全集：第四卷》，石家庄：河北教育出版社，1998年版，第314页。
② ［苏联］巴赫金：《巴赫金全集：第四卷》，石家庄：河北教育出版社，1998年版，第335页。
③ ［苏联］巴赫金：《巴赫金全集：第四卷》，石家庄：河北教育出版社，1998年版，第405页。

典之后的历史传承中的作用，它制造经典之后文本的影响的焦虑，即它的难以超越性。经典，就在于它超越了之前的大部分文本，而之后的大部分文本又难以超越它，这就是它的超越性与难以超越性。如果说，在对话性中，我们着重分析的是经典文本与接受主体的对话，那么这里我们主要分析的是经典文本与后来作为特殊接受主体的批评家、作家以及他创作的文本之间的联系。

"文化语法"所指称的是文本内在的结构规律，自身呈现综合性、体系性与稳固性特点。一部经典对于经典之后的文本来说，它的"文化语法"则是指经典形成一种范式，成为一种参照，它对后来的文艺作品产生重要的影响，这种辐射性的存在使它成为一个文化语法的母体，不断创生出新的生命。从这个意义上我们说，经典性的"文化语法"是参照性、辐射性与创生性的综合体。

首先，"文化语法"的参照性。经典在历史、现在和未来的时间链条上，起着重要的作用。克里斯蒂娃说："任何一篇文本的写成都如同一幅语录彩图的拼成，任何一篇文本都吸收和转换了别的文本。"[①] 如果说，克里斯蒂娃的互文性表述让我们明白一个文本和历史已存文本的历史联系，即"一个"经典文本吸收和转换了"别的"文本，那么，从另一个角度考虑，也让我们追问这样一个问题，当经典文本成为"别的"文本的时候，在它后面出现的文本有多少吸收和转化了它？"一部经典的确是一个参照系，或者采用阿尔蒂尔比喻性的说法：一种形式和主题的历史语法或文化语法。"[②]

参照性针对两个方面而言，一是针对批评家而言，一是针对作家而言。针对批评家，参照性是指经典成为一个标尺，在评量其他文学作品中经常被拿来使用。"有一个研究者，发展了一种研究批评家的经典的方法。他建议数一数某些作家（或作品）在针对另一个作家的批评中被提到的次数。"这个作家为批评家提供了参照系。在这里，经典被这样定义："经典包括那些在讨论其他

① ［法］克里斯蒂娃：《符号学，语意分析研究》，转引自［法］蒂费纳·萨莫瓦约：《互文性研究》，邵炜译，天津：天津人民出版社，2003年版，第4页。
② ［荷兰］佛克马、蚁布思：《文学研究与文化参与》，俞国强译，北京：北京大学出版社，1996年版，第62页。

作家作品的文学批评中经常被提及的作家作品。"① 从整个世界文学史看确实如此，有的经典成为"影子经典"（戴姆若什语）②，而有的经典是"超验所指"，正如莎士比亚一样，"成为所有作家的试金石"③。针对作家而言，参照性是指作家自觉把经典作品拿来当成学习的典范，从中发现值得借鉴的某些特质照亮了他们的艺术世界，这里的参照性就是一种可借鉴性。马尔克斯被称为 20 世纪 80 年代中国先锋派的"祖师爷"，《百年孤独》中第一句话的经典叙述让先锋作家在叹服中自觉效仿，在 80 年代之后的中国文学中能够不断发现魔幻现实主义的质素。被批评家当成标尺和试金石，被作家当成典范，经典的生命在后来无数次的被提及与被效仿中存续。

其次，"文化语法"的辐射性。辐射性是指经典自身的能量不断外传，它既可以是一种有形的显性存在，也可以是一种无形的隐性存在。卡尔维诺说："一部经典作品是一部早于其他经典作品的作品；但是那些先读过其他经典作品的人，一下子就认出它在众多经典作品的系谱图中的位置。"我们不断从后来的作品中发现经典的影响，或多或少，或强或弱，或隐或显，经典的辐射性就在那里。经典超越阶层、民族与国别，它的普遍性即表明它的辐射性。中国唐代诗人李白、杜甫、白居易，在中国诗歌史上的地位难以企及，更难以超越，对中国诗歌乃至世界诗歌产生重要影响。庞德（Ezra Pound）受李白影响、肯尼斯·雷克斯罗斯（Kenneth Rexroth）受杜甫影响、罗伯特·布莱（Robert Bly）、詹姆斯·赖特（James Wright）受白居易影响④。任何一部经典都具有辐射性，莎士比亚的戏剧如此，《红楼梦》如此。在中国当代文学场域中，20 世纪 50 年代高尔基、80 年代马尔克斯、90 年代博尔赫斯都有巨大

① ［荷兰］佛克马、蚁布思：《文学研究与文化参与》，俞国强译，北京：北京大学出版社，1996 年版，第 51 页。

② 方汉文：《"世界文学史新建构"与中国文学经典》，《西安外国语大学学报》，2012 年第 4 期。

③ ［美］哈罗德·布鲁姆：《西方正典：伟大作家和不朽作品》，江宁康译，南京：译林出版社，2005 年版，第 414 页。

④ 方汉文：《"世界文学史新建构"与中国文学经典》，《西安外国语大学学报》，2012 年第 4 期。

的辐射性，他们文学创作的内容与形式方面都产生非同一般的影响。

最后，"文化语法"的创生性。经典的生命力顽强，不仅如此，它还能创生出新的生命。经典文本能在世界经典库"吐故纳新"中长久存在，有一块属于自己的空间，是非常艰难的一件事。"经典在战斗"，经典同权力话语之战，经典同经典之战，经典同后来的准备进入经典之列的经典之战，是历史的无情，是文学的有情。

文学经典在建构过程中可能受到意识形态的影响。"经典的变化可能是由政治形势的变化而促成的，但另一方面，经典也可以成为一种政治工具。"[1]"意识形态的灌输使得一种严格的经典成为必要，而且只有放弃进行意识形态控制的目的，文学经典才能获得解放。"[2]经典的解放不仅依靠意识形态控制目的的放弃，更在于自身不断地战斗获得强大的生命力。如诺贝尔文学奖获得者库切认为："历经过最糟糕的野蛮攻击而得以劫后余生的作品，因为一代一代的人们都无法舍弃它，因而不惜一切代价紧紧地揪住它，从而得以劫后余生的作品——那就是经典。经典通过顽强存活而给自己挣得经典之名。因此，拷问质疑经典，无论以一种多么敌对的态度，都是经典之历史的一部分，是不可避免的，甚至是很受欢迎的一部分。因为，只要经典娇弱到自己不能抵挡攻击，它就永远不可能证明自己是经典。"[3]经典在与权力的战斗中获得生命。从文学史的角度考察我们发现，那些被充分政治权力化、依靠外在权力话语而赋予经典地位的"经典"具有局限性，从后来文学创作的新思维与文学史的链条中很能发现它们的踪影、它们的影响和延传。它们只能是一时的"影子经典"，而不能成为永久的经典。因此，经典不是一个自我的表述，而是一个历史的证明。

在"经典之战"中，有的经典愈加焕发生命的活力，有的经典却终不能

---

[1] ［荷兰］佛克马、蚁布思：《文学研究与文化参与》，俞国强译，北京：北京大学出版社，1996 年版，第 45 页。

[2] ［荷兰］佛克马、蚁布思：《文学研究与文化参与》，俞国强译，北京：北京大学出版社，1996 年版，第 49 页。

[3] ［南非］库切：《何谓经典》，《文汇报》，2003 年 10 月 24 日。

敌。经典的历史是经典不断战斗的历史。现存的经典不一定是永久的经典，一定会有一些文本成为"影子经典"。真正的经典在"经典之战"中不断丰富自己的生命，不断创造新的作品、新的生命。但是新的作品能否具有永久生命即后来的作品能否成为经典在于自身在汲取中是否有超越性的创造，这和它的内在属性有关。《红楼梦》是经典，在后来书写爱情、家族的诸多小说中可以发现它的质素，而其中张爱玲的《金锁记》成为经典。《红楼梦》具有创生性，没有《红楼梦》就不会有现在我们看到的这样的《金锁记》。《金锁记》成为经典在于它闯荡于古典与现代之间，创造性地为我们塑造了一个"彻底的人物"，展示给我们的是"人生不过是一席华美的袍，上面爬满了虱子"，给我们留下的是让人久久回味的一个"苍凉的手势"。因此，我们说《红楼梦》创生了《金锁记》，而《金锁记》让《红楼梦》的生命以另外一种方式存在。

参照性、辐射性、创生性体现经典的"文化语法"功能，也是一种效果历史，为后来的批评家、作家提供了一种范式。它犹如一个母体，在"经典之战"中不断丰富自我的生命、不断创造新的生命，而这一切源于它表现的空间属性与美学构成。

经典性的内在构成使作品的艺术生命得以存续，而经典的艺术生命是人类关于自身生命的认知的考量，这也是当下我们研究经典性最重要的价值与意义。对于人类来说，人类文明存在于经典之中，文艺作品中的经典成为人类确证自身的价值所在，人类构建精神家园的意义所指。正是从这个角度说，经典——文艺作品的艺术生命和人类生命具有同构性。观照经典，亦即观照人类自身；审视作品的艺术生命，亦即审视人类的思想意向与生命所向。当然我们不能总是回望过去的经典，而对当下的文艺作品不屑一顾，"厚古薄今"的怪圈并不利于文艺的发展。我们分析经典性的内在构成是希望为当下的文学提供一个观照自身的"文化语法"。虽然创作主体无法预知写出的作品是否经典，但是经典性追求应该是一个作家的内在诉求。经典性追求应该成为文学的"最强音"。

经典生命价值的发现与传承是人类自我生命价值的延展与升华。在真善美相融的经典中，人类建构自己的精神家园。我们不断发现经典的秘密，在个体性—民族性—人类性、审美性—原创性—对话性、参照性—辐射性—创生性中发现文艺作品超越时空的经典性。

（吴玉杰撰写）

四、伦理意识的拟态性与作品生命的历史阶段性

伦理（Ethic），是人之于人的行为准绳及道德准则，探讨人类生存何为对何为错，何为对"对"的弘扬、执行，何为对"错"的禁止、惩戒等的价值理论体系。它涉及个人伦理、家庭伦理、政治伦理、爱情伦理、社会伦理等。在中国，最早将这两个字合用的是《礼记·乐记》，其云"乐者，通伦理也"。"伦"是"从人从伦"，"理"的本意是玉之雕琢，那么概括二者的关系应为对人的调养与规范，教化与从善。西语体系中的"伦理"源于"ethos"，原指个体的品格、气概及群体的风俗、习惯，但在后来的使用过程中，其含义逐渐扩大为较为确定的规范准则系统[1]。与宗教伦理、哲学伦理不同，文学伦理是从对文字符号的阅读、领悟转化而来的伦理体验，伦理观的传递与达成不是通过理论说教来实现的，而是通过摆事实的方式讲道理的。文学伦理既有它的思想指向，比如《论语》《孟子》中的三纲五常、君臣父子、男尊女卑等观念；又有它的美学规定，比如"十七年"文学中正面人物的高大威猛、浓眉大眼，反面人物的尖嘴猴腮、瘦小猥琐等。一方面，文学伦理的内容倡导和形式承载都具备相当的稳定性。比如对真善美的顶礼膜拜，在任何朝代都能直指人心，是中华民族休戚与共的凝聚力。文学伦理之"常"可以弥合宗教、政治的迥异，可以抹平历史、朝代的冲刷。而另一个方面，文学伦理又具备一定的变异性。比如对男人和女人的伦理关系之定位，《易经·说卦》中道出的"乾，健也；坤，顺也"到了"五四"时期则是落后、守旧、顽固乃至需打破的观念，就像陈独秀指出的："继今以往，国人所怀疑莫决者，当为伦理问题。此而不能觉悟，则前之所谓觉悟者，非彻底之觉悟，盖犹在惝恍迷离之境。吾敢断言

---

[1] 万俊人：《现代性的伦理话语》，哈尔滨：黑龙江人民出版社，2002年版，第84页。

曰：伦理的觉悟，为吾人最后觉悟之最后觉悟。"[1] 所以新文化运动初期写出的作品，多配合男女追求个性解放、恋爱自由、婚姻自主的倡导，比如鲁迅的《伤逝》、胡适的《终身大事》等。从文学伦理的美学规定上看，小说的情节走向、人物塑造也会因时代变迁而产生或多或少的变化。工农兵为社会主角的时代宣传的是吃苦耐劳、艰苦朴素、心系革命大业的价值观，所以《山乡巨变》中的邓秀梅、陈先晋，《创业史》中的梁生宝、徐改霞、梁三老汉等人物的外貌、动作、语言描写既有地域特色，又有阶级特色，他们的美是具有时代特征的朴素、健壮、积极向上。作品中人物的个性化特征不明显，他们是群像人物的某一代表形象，有阶级的符号化性质。而 20 世纪 80 年代末期以来的人物描写（比如"青春文学"的某些作品）则注重个性化和时尚感，作品中充斥着俊男靓女，作家这样写更能迎合读者的多元阅读取向。可见，无论是文学伦理的思想指向还是美学规定，都具有极强的时代性、民族性、政治性和社会集团性，伦理之"常"与"变"总会处于相对平衡—倾斜—相对不平衡的动态变化之中。那么，文学是如何彰显伦理的？文学伦理有哪些特质？我们这个时代的文学伦理保持了哪些文化传统中的优长，又出现了哪些异质？作品的艺术生命长短与文学伦理有何种关联？我们将一一探讨。

如前所述，文学伦理的建构并非教条的、学理的、直白的说教，而是形象的、感性的、丰富的渲染，它是将作家的伦理意识物化为可观可感的伦理形象，并经由叙事文字的传达作用于接受者而产生的审美领悟。读者从《西厢记》中得到"有情人终成眷属"的爱情伦理；从《聊斋志异》中得到"善恶终有报"的是非伦理；从"三言""二拍"中得到"曲终斩奸臣"的忠孝伦理……这些伦理观都是伴随着文学作品情节、人物、主题而共生并传播的，也就是说，文学伦理主要是由作家的伦理意识、作品的伦理形象、文字的伦理表达建构起来的。

伦理意识也就是伦理观，是伦理的评判标准。伦理意识有它普适性、持久性的一面，也有它特指性、变迁性的一面。"所谓小说伦理，是指小说家在建

---

[1] 陈独秀：《吾人最后之觉悟》，《新青年》，1916 年第 1 卷第 6 号。

构自己与生活和权力的关系的时候，在处理自己与人物、人物与人物之间的关系的时候，所表现出来的态度和策略。它涉及四个方面：生活、权力、作者和人物，其中，起主导作用的是作者。作者对待生活、权力和人物的伦理态度，决定了他会写出一部什么样的作品，会塑造出什么样的人物形象。"[①]作家是伦理精神的记录者、传播者，甚至是倡导者，20世纪中国文学的特性之一就是文学与革命、与政治、与阶级的呼应，作家自觉服务于阶级解放与民族独立，文学活动充满强烈的政治参与意识。文学伦理的变迁映射着时代的变迁，作家所接受的伦理观是时代、政治、经济、历史、文化合力作用的结果，是作家个体的主观性和社会群体的整体性相互作用、此消彼长的观念集合。不同的历史时期，作家会有不同的伦理意识；即使是同一历史时期，不同的作家也会有迥然相异的伦理意识，否则便不会有现代文学史上特定历史时期关于"文学基于普遍人性""一切艺术都是宣传"等的诸多论争。"意识"特有的规定性提供了作家思维的内质和审美指归，作家的伦理观又统摄着作品的创作基调。

　　"拟态"本是生物界的用语，原指某些动物的形态、斑纹、颜色等跟另外一种动物、植物或周围自然界的物体相似，借以保护自身，免受侵害的自然现象。在此借用为作家的伦理意识对生活现实伦理的模拟与模仿。这种借用有两层意思，一是作家对生活的临摹要尽量做得以假乱真、不露破绽，才可以为人接受，才可以将作者的伦理观植入人心；二是建立在"拟态"基础上的文学区分度，如果文学没有自身的特立独行质素，那接受者就只看生活本身好了，何须阅读文学作品呢？即便是颜色与树叶十分相近的昆虫，我们仔细观察还是可以分辨出谁是主物谁是衬物的。很显然，对现实的虚假摹写不是艺术，对现实的直接摹写也不是艺术。如果文学伦理的"拟态性"体现得不好，作品的文学价值和作品的伦理价值不能成正比，就会影响作品的艺术生命之"长"。那么，如何在作品中表现真实，又如何不使这真实直白地服务于抽象的观念、道德或意识形态，这就成了问题。较为理想的状态是，作家的伦理意识要啮合于现实生存伦理，而又能在这实存中提纯出伦理之"常"——人性中普遍的真、

----

① 李建军：《论〈创业史〉的小说伦理问题》，《南方文坛》，2012年第2期。

普遍的善、普遍的美。就如张爱玲所谓的从尘埃里开出的花，老舍所谓的传统文化筛去了灰土后"剩下的是几块真金"——这就是真正中国文化的真实的力量。

"十七年"时期的文学伦理是由官方而至民间的写作规定，无处不在的主流话语权威控制着故事的走向、人物的言行。那是一段政治权力决定性地影响着文学伦理的时期——"领导出思想，群众出生活，作家出技巧"。柳青的一生坚定地信仰马克思主义，他把个人的艺术活动同整个无产阶级革命事业自觉地结合起来，严于律己，"遵命"写作。他在写《创业史》时，大量阅读了马列著作，特别注重辩证唯物主义和历史唯物主义的学习，并以此为指导深入探索艺术创作问题。即便这样，他依然很真诚地责备自己不能区别"正确路线"和"错误路线"："这一点我在六十年代的后两年，我深深地感受到在政治上很差，路线觉悟还很低。"[1] 受这种创作心态的指导，柳青在作品中设置了无比完美的梁生宝，又为梁生宝设置了与他处处对立的"陪衬人"——郭振山，一个从一开始就被误解和矮化的人，作家的政治伦理意识等级化了他所设置的人物。作者在第四章这样写：

> 郭振山街门外的土场上，一条大黄牛懒洋洋地站在拴它的木桩跟前。它有时向左边，有时向右边，弯曲着它的脖子，伸出长舌头，舐着身上闪着金光的茸毛。大群温柔的杂色母鸡，跟着一只傲慢的公鸡，在土场上一个很大的柴垛根底，认真地刨着，寻找着被遗漏的颗粒。这俨然已经接近大庄稼院门前的气象了。
>
> 郭振山和他兄弟郭振海，在土场南边的空地上打土坯。彪壮的郭振海脱成了赤臂膀，只穿着一件汗背心，在紧张地打土坯，他哥供模子。兄弟俩准备拆墙换炕，弄秧子粪哩。[2]

---

① 柳青：《柳青文集：第四卷》，北京：人民文学出版社，2005年版，第318、331页。
② 柳青：《创业史》，北京：中国青年出版社，1960年版，第72页。

作者在这里以牛的"舐毛"和鸡的"刨食"来类比郭氏兄弟劳动的低级和私有性，对这一形象的刻画显然是受着阶级成分论的影响。如果抛开当时的政治观点不谈，郭振山哥儿俩如此辛勤的劳动不也是值得推崇的吗？劳动都应该是美的，伦理的美学规定不应该符号化地体现在阶级对立上。

"拟态"有正向的，就是在文学中把生活说得非常好，文学形象远比生活形象高、大、全，以想象的方式遮蔽、掩盖、颠覆了对现实中尖锐的矛盾的叙述，比如上面提到的梁生宝；"拟态"还有反向的，就是在文学中把生活说得非常不好，以"丑到了极点"来反观生活。就文学史的实存创作而言，后者似乎更为作家所青睐，比如 20 年代初期"问题小说"的理念先行。那是整整一代人的蹙眉沉思，以"人生究竟是什么"为思考的问题，探索人生的真谛，想通过诅咒黑暗现实，鼓吹社会改造，回答当时的社会人生问题。小说大都以提出一个问题或说明一个观念为满足，而找不到解决问题的答案。所以这类小说不在客观描写，而以主观的理想人物放在客观环境中标示作者的一种主义，它所提供给我们的只能是印象式的随感，入世不深、"拟态"不足。文学作品用具体性去表现理念的一般性，如果它要人接受的是观念而不是现象，读者就很难领悟其文学性的魅力，这也是该流派"由温情而生的主义"无法持久的原因。

"拟态"之"拟"重在形似但更重神似，贴近人性是为了揭示人性；解读心灵是为了剖示心灵。"拟态"既是文学的个性，也是文学的差异性。如果从文学伦理的指导思想角度划分作家，我们完全可以把作家分成两大类，一类是听从外部世界的，偏重"形似"；一类是听从内心本真的，偏重"神似"。历朝历代的作家中都有以"儒""仁"为指导思想进行为民请命式创作的作家，也不乏返璞归真为"童心"作文的作家。汪曾祺在《大淖记事》中也表述了"非历史"的伦理观，在"这里"，时代的气息和政治的风云并无明显痕迹：

> 这里的一切和街里不一样。这里没有一家店铺。这里的颜色、声音、气味和街里不一样。这里的人也不一样。他们的生活，他们的风俗，他们的是非标准、伦理道德观念和街里的穿长衣念过"子曰"的

人完全不同。

老锡匠经常告诫十一子，不要和此地的姑娘媳妇拉拉扯扯，尤其不要和东头的姑娘媳妇有什么勾搭："她们和我们不是一样的人！"

因此，街里的人说这里"风气不好"。

到底是哪里的风气更好一些呢？难说。

作家并没有将"子曰"的善恶观植入小说，却将他认为虽有悖"街里"习俗却最符合人性、符合自然的"这里"的社区型亚文化伦理观通过叙事表露出来，为我们描画出没有受过儒教教化却依照民间最质朴淳厚生活原则度日的化外之境。《大淖记事》的伦理"拟态"注重挖掘、提纯日常生活中原本就存在的伦理之美，而不是通过现实的照搬或者主观的臆造来写小说，从而将文学伦理有可能生发出的精神高度和个性特征表达出来。

英国哲学家乔治·弗兰克尔说："如果作者的理性和伦理价值观从观点中消失，并被认为无关紧要，那么我们的高级心理能力将会由于缺少锻炼而萎缩；我们从而会退化到较为原始的认知水平，我们的心理也将屈服于非理性的冲动、偏见、未经验证的传统，以及某些前意识的情结。"[1] 很显然，作者对人物、故事的虚造都是在其伦理"前"意识支配下完成的。那么哪一种伦理意识指导下的作品更能穿透时代的雾霭得以传世呢？柳青为我们提供了 20 世纪 50 年代中国农村生活活化石般的记录，我们能说那段历史错了，作家所信奉的伦理观是片面的，文学就错了吗？似乎还不能，柳青毕竟给我们留下了现实主义的杰作。可问题是，《创业史》时代性要远远高出其历史性，我们在任何时候提到这部作品都是以那段历史作为标签，因为作品中的人性是限制在阶级性之下的；而《大淖记事》则不然，它的伦理模本是可以穿越历史的任何年代的，任何时间、任何空间都有这样的人活着，也就有这样的文学活着，行之久远。

（刘巍撰写）

---

① ［英］乔治·弗兰克尔：《道德的基础》，北京：国际文化出版公司，2007 年版，第 75 页。

五、伦理形象的模糊性与作品流传的多靶向性

伦理形象是作家塑造的承载伦理意识的人物形象，是文学的伦理功能释放最直接的传递物。正像聂绀弩先生曾经指出的那样："中国传统的史，都是以人的活动为纲，写人物性格，写他的感情，他对事物的直觉和如何解决，近年来我们也学了外国的一套方法，写历史和事实都看不见人，看见的尽是些政策措施。我们中国的史书，既是史也是文学，因为它真切动人，这个好处现在没有了。"[1] 孔子在论述人的道德品质修养时提出了"兴于诗，立于礼，成于乐"的基本原则，而"兴于诗"就是人的道德总是要从具体、感性的榜样学起。在孔子看来，《诗经》就提供了许多这样的典范，使人们的言谈、立身行事有了可靠的合乎礼义的依据。书中的伦理观都是以生动具体的感性形象传递的，因此该书自然成了道德修养的最好启蒙教材。但在后来的文学实际操作中，文学形象不仅仅注重提供优秀的伦理模范，而且更注重在作品中展现出丰富多彩的人性内涵。将"伦理形象"设计得既能体现作者的伦理观又能实现文学的表达意图绝非易事，这需要作家有足够坚定的伦理意识、足够丰富的人生阅历、足够充沛的文学功底。作家写作的隐意中虽然暗含着目的，但他们有时并无法明确地确立对道德价值的评判。伦理形象往往因承载思潮、观念、习俗等诸多元素而善恶模糊，可以从不同侧面进行评价，特别是出现在社会动荡、转型、思维多元时期的文学形象：《人生》里的高加林、《红高粱》里的余占鳌、《芙蓉镇》里的秦书田、《废都》里的庄之蝶等，很难对这些人物进行非此即彼、一分为二的认定。刘醒龙在《分享艰难》里为我们塑造了孔太平这样的政治家，他身为镇党委书记，既为老百姓谋福利、认真抓政绩，又纵容当地企业家的一些恶习，暗地里为升职而与政敌明争暗斗。我们在他身上看到了某些焦裕禄、孔繁森式为人民服务的品质，也看到了为达目的而不择手段的人性弱点。作家塑造出的形象既有伦理之优，也有伦理之"殇"，真实又不失批判力度。就像

---

① 寓真：《聂绀弩刑事档案》，《中国作家》（纪实），2009 年第 2 期。

他舅舅说："你能当个好官,可就是路途多灾多难。"①

　　某些作家并不认定自己的伦理观是暧昧的,却直线式地为故事的伦理找到了前行方向,而放弃了伦理形象本身的多元与驳杂。曹征路的《霓虹》重复了女人为了生计沦为暗娼的"月牙儿"模式,却因为其泛道德化的叙写弱化了主题的指向。老舍的《月牙儿》写了母女两代人为生活所迫沦为暗娼的故事。为了活着,母亲在做工、改嫁后做了妓女,女儿并不怨恨妈妈,因为"妈妈的心是狠的",可是"钱更狠"。女儿也曾努力找事做,可最终残酷的现实使她彻底绝望了,尤其她还得养活已完全失去了挣钱能力的妈妈。女儿从妈妈的身上看到了自己的将来:"我至好不过将变成她那样,卖了一辈子肉剩下的是一些白头发和抽皱的黑皮。"是无情的现实使她"不愿为谁负着什么道德责任"而堕落下去,就这样一个曾经纯洁、倔强的女性失去了自己。不幸的命运使她对这个地狱般的世界有了清醒的认识,"我所做的并不是我自己的过错",这是对自己行为的最好诠释,更是对黑暗社会的无情怒斥。老舍倾注在"月牙儿"中明确的伦理意识(无边的黑暗最终会吞没柔弱、清冷的月牙儿)在当代遭遇了转向——《霓虹》写主人公倪红梅在下岗后卖过早点、当过保洁、端过盘子、做过按摩,但最后还是走上了出卖自己肉体这一条路,依然印证着当年老舍的谶语:女人的职业是世袭的。可是毕竟社会语境不同了,当年的"我"坚信世界没有起色,所以才想"浪漫"地挣饭吃,可今天的"霓虹"呢?社会经历的几十年的努力,新旧两个时代的变迁,女人的生存境地真的还是这样的循环往复吗?《霓虹》中将所有外部因素的书写退化为背景,反而对倪红梅的形象塑造过于理想化。多少人在都说她的善良、美丽、勤劳、坚强,这样的形象在当下的政治制度、伦理道德的包围里真的只有当妓女一条路吗?作者力图将倪红梅的人物形象写得立体,却在各种受访者的颂歌声中将"新世纪的妓女"圣化,没有达到应有的心灵震撼。巴特在《作者之死》中阐述"一个文本是由多种写作构成的,这些写作源自多种文化并相互对话、相互滑稽模仿和相互争

① 刘醒龙:《分享艰难》,《上海文学》,1996年第1期。

执"①。文学应力求反映作者的"多靶向",而非浅层直接的伦理论说。

因不同于宗教、哲学、政治等学科对伦理的定义、阐释和宣谕,文学伦理暧昧朦胧的表达状态直接导致了它作用于人内心的感动具有弥漫性、多向性的性质。越是伟大的、丰富的作品,在接受者那里所引起的共鸣或反响越是多维的。如鲁迅所说,"读《红楼梦》时经学家看见《易》,道学家看淫,才子看见缠绵,革命家看见排满,流言家看见宫闱秘事……"②,不仅仅是不同的接受者,也许同一接受者在不同的人生阶段对恶与善的理解也会不同。也许成人以后,儿时的白雪公主、卖火柴的小女孩、灰姑娘和白马王子都仍存活于心,经久不忘。只不过儿时接受的是白雪公主的美丽、善良,而到了情窦初开时则盼望得到白马王子的垂青,可见伦理命题不能建立在纯粹事实命题的基础之上。文学伦理的可贵在于它能表达出人内心深处的真情实感,哪怕这情感可能引出百般争议。《爱,是不能忘记的》为我们描述了一份刻骨铭心而不染尘埃的爱恋,"其实,把他们这一辈子接触过的时间累计起来计算,也不会超过二十四小时。而这二十四小时,大约比有些人一生享受到的东西还深、还多"。这是怎样的爱啊,钟雨说她自己"只能是一个痛苦的理想主义者",她所爱着的老干部说:"一个人对另一个人产生感情原没有什么可以非议的地方,她并没有伤害另一个人的生活……其实,那男主人公对她也会有感情的。不过为了另一个人的快乐,他们不得不割舍自己的爱情……"小说的写作者假借钟雨女儿的语调说出:"我觉得那简直不是爱,而是一种疾痛,或是比死亡更强大的一种力量。假如世界上真有所谓不朽的爱,这也就是极限了。"小说不得不给出这样的伦理困惑:到底什么样子的爱情才是爱情?是老干部和他妻子之间相敬如宾、平淡如水、柴米油盐的爱,还是老干部和钟雨之间"曾经沧海难为水,除却巫山不是云"的精神之恋?显然,当时的年代,作者是无力回答这一问题的。她只能将她所能认识到的合于伦理秩序和不合于伦理秩序的"爱"和盘托

---

① [法]罗兰·巴特:《罗兰·巴特随笔选》,怀宇译,天津:百花文艺出版社,2005年版,第307页。
② 鲁迅:《鲁迅全集:第1卷》,北京:人民文学出版社,1956年版,第19页。

出，而把无法解释的婚姻与道德的关系放入天国，放入"来世"。有论者非常赞同小说中所宣扬的主人公对爱的坚持，"她在执拗地宣传一种似乎是'傻里傻气'的执着的揪心的爱，这就是张洁在新生活中最新的思考"①，并对人性正常发展表达了深层关怀："为什么我们的道德、法律、舆论、社会风气等等加于我们身上和心灵上的精神枷锁是那么多，把我们束缚得那么痛苦？而这当中究竟有多少合理的成分？"② 但同时，也有论者给出了极为强烈的批判："难道这两位主人公所信守的道德标准，是我们社会在人类感情生活上所造成的'难以弥补的缺陷'吗？"③ 在对《爱，是不能忘记的》连篇累牍的声援或声讨中，对"第三者"的判断混淆了意识和形象的关系，更为深层地说，就是混淆了意义（sense）和指称（reference）的关系。回头看去，当年论争的道德功用远远超出了文本本身的美学价值，可见作品传播过程中的"多靶向"之困惑。

如果我们不是从文学伦理的角度而是从哲学的角度入手，评判同样会容易得多。举个例子，在康德那里，最高意义上的"善"不是自己的也不是人类的快乐与幸福，而是那种为责任而责任、为义务而义务的德性。那么，我们据此就可以推断出老干部的婚姻是出于"善"而不是出于"爱"。而钟雨呢？康德认为："行动的一切德性价值的本质取决于道德律直接规定意志。如果对意志的规定虽然是符合道德律而发生的，但却是借助于某种情感，不论这种为了使道德律成为意志的充分规定依据而必须预设的情感具有何种性质，因而，不是为了这法则而发生的：那么这行动虽然将包含有合法性，但却不包含道德性。"按照这样的说法，钟雨的爱尽管控制在"道德律直接规定意志"范畴之内，合情、合法却并不合理。尽管"第三者"（姑且把钟雨看作老干部精神出轨的"第三者"）始终是伦理态度的负极，但作为一个颇具争议的文学"靶向"，不同历史时期对其写作和评说态度却也是不一样的。20 世纪 50 年代，在严峻的政治高压下，"第三者"形象几乎成为作家避而不谈的敏感话题，只在"双百方针"

---

① 谢冕等：《在新的生活中思考》，《北京文艺》，1980 年第 2 期。
② 黄秋耘：《关于张洁同志作品的断想》，《文艺报》，1980 年第 1 期。
③ 李希凡：《"倘若真有所谓天国……"》，《文艺报》，1980 年第 5 期。

的缝隙中昙花一现，立刻就成为社会主义伦理批判的"毒草"。"文化大革命"时期，在整个文坛如临深渊的时候，"第三者"形象更是成为空白之页。80年代，人性解放的大潮将"第三者"形象冲出"历史地表"，更多的人性、人情关怀使其成为可以被理解的存在，更有以"第三者"的醒悟及忏悔提升合法妻子人格魅力的伦理倡导手段（如航鹰的《东方女性》）。90年代以来，商品经济的冲击使文学趋向商业化，"第三者"形象成为多种文学创作的叙事元素，一方面扩大了文学创作的角度，另一方面成为"卖点"吸引着读者的眼球，满足了读者在浮躁的当代社会中"快餐式阅读"的需求。

铁凝说："文学不可能对生活提供简单答案，好的作品都是多意的，开放性的，存在一种'建设性模糊'，你可以这么想，也可以那么想，但最终都有一种心灵的指引。"[1] 可见，文学关注的是有血有肉的人，是情感，是心灵，是复杂的生活本身，而不是刻板的概念、教义，所以其伦理指向的不明是可以被接受的。尽管"多靶向"的某一极可能会在某一时期占主导地位，但从长远看，伦理形象的模糊性与其意旨的多面性是共存的。

（刘巍撰写）

六、伦理叙事的非强制性与作品接受的从众性

伦理叙事不是对伦理意识的直接阐述与摹写，而是用文学性语言说出的别样话语，有议论、有抒情、有描述，它并非训诫与说服，却承载着训诫与说服的功能，将作家的所思所想和盘托出，而无论成败曲直。每一份伦理判断都可以分成两部分：说话人本人的心理态度；对听话者的祈使。这两部分都不具备必要的强制能力，阅读者可以接受也可以不接受。比如刘心武在拨乱反正之初所创作的《班主任》，当老师看到团支书谢惠敏坚定地认为《牛虻》是黄书时，有这样一段议论：

在谢惠敏的心目中，早已形成一种铁的逻辑，那就是凡不是书店

---

① 铁凝：《铁凝：贯穿始终的是对生活的爱》，黄蓉采访，《燕赵晚报》，2002年12月26日。

出售的、图书馆外借的书，全是黑书、黄书。这实在也不能怪她。她开始接触图书的这些年，恰好是"四人帮"搞法西斯文化专制主义最凶的几年。可爱而又可怜的谢惠敏啊，她单纯地崇信一切用铅字新排印出来的东西，而在"四人帮"控制舆论工具的那几年里，她用虔诚的态度拜读的报纸刊物上，充塞着多少他们的"帮文"，喷溅出了多少戕害青少年的毒汁啊！

这是作者非常直白的伦理价值观流露，较早地喊出了"救救孩子"的呼声。在这里，作者表达了"说话人"和"听话者"两层意思：要对方（或者是小说中的人，或者是潜在的读者）知道我的心理态度；启发或改变对方的心理态度。在特定的历史时期，这两层意思都有着极强的蛊惑性。那时的文学是所有人（包括作者，包括读者）宣泄愤怒、倾吐郁结的有力途径，文学由政治的传声筒一跃为大众情感的出气筒和为民请愿的申请书。郭沫若老先生大骂"狗头军师张"的诗句和首都体育馆里"政策要落实"的豪迈却粗糙的诵读都可以赢得雷鸣般的掌声即可证明，文学的伦理叙事虽不是强制的，却也有着撼人心魄的能量。20世纪70年代末80年代初的社会伦理变化转型期，作家群体多历尽磨难，身心俱疲再重登文坛，思想启蒙的初衷仍然不改，人文关怀的审美之心仍然未变。伦理叙事是他们心路历程的肺腑之言，所以才在其时直抵读者内心不存芥蒂。但历经30年的浮沉回头看去，"反思""伤痕"虽充当了思想解放的先锋而引起强烈的轰动效应，但作品的伦理效应却并不能等同于作品的文学高度，它们进入了文学史，代表了一个时期的作家叙事，却不太可能余音绕梁而成为文学"经典"。

文学伦理对人思想行为的完善推动主要凭借的是文学阅读接受者的自律而非他律，天大的理，也抵不过"我"同意。就如莫言所说，文学最大的用处就是它的无用。文学不具备法律、规范等强制性威力，也因此获得了超越强制的可能。所有的价值判断，尤其是道德伦理判断，无非是说话人自己的情感表达，并没有与之相对应的客观价值，也不存在评价它们的客观标准。也就是说，你认为它是对的，你认可则你接受；你若不认可则你可不接受。而这不接受的后果，至多是自发性的舆论谴责，而不会受到像触犯法律、触犯规则一般严厉的制裁或刑罚。卢卡契曾这样解释艺术的非强制功能："如果人与自然对象及其组合的视觉关系是一种道德关系——我们重新考虑我们对社会与自然界物质交换的反映的有关论述——那么在它的艺术映象所唤起的效果中，会产生具有道德特征的震撼作用。"① 中国式的文学伦理是建立在儒家、道家、法家、墨家、名家之上的道德教化，流行于民间。儒式伦理在历经了孔儒的发轫、汉儒的推崇、宋儒的深化和成体系化之后，逐渐形成了其效忠当世、完善自我的传统。我们无法否认这种以积极入世为旨归的能动精神对现代社会的功用，也无法否认这种强势伦理给中华大地带来的束缚和羁绊，我们也同样无法否认它仅止于以"仁"为中心的自律之非强制性。

不同的人生体验、人性感悟，不同的思维意识、认知水准都会影响到接受者对作品的解读。《简·爱》中的罗切斯特几乎满足了所有灰姑娘对白马王子的想象：富有、帅气、硬朗，不在乎伴侣的美貌与财富，而只求与对方的精神平等。然而，如果站在女性主义的立场上，他则是个十足的伪君子，居心叵测的"重婚犯"。他不愿放弃3万镑的财产，又要得到简·爱的纯爱；他振振有词地向简·爱表白自己的痴情、纯洁，又将"放纵""邪恶"等一系列罪名加给自己的发妻。白马王子和伪君子的不同称谓显然是基于不同的伦理立场的评判。相反，如果抛去伦理意识的单纯对与错之争，而就文学本身论文学的话，对某些作品的定位则会清晰许多。在作家所营构的唯美氛围中，我们甚至可以原谅为"伦理"所不容的不伦之恋，甚至为其感伤。奥地利作家斯蒂芬·茨威格的《一个陌生女人的来信》写一个女人对一个轻浮男子终生的贪恋，从她13岁起，直到生命的终结。在男人毫不知情更无谈爱情、婚姻之伦理责任感的境况下，女人为男人生下了孩子，还因生活所迫沦为风尘女子，后来孩子染病夭折，女人也将不久于人世。小说没有抱怨、没有眼泪，而是深情款款地将这份痴恋道出："作为一个死者，她再也别无所求了，她不要求爱情，也不要求怜

① ［匈］乔治·卢卡契：《审美特性：第二卷》，徐恒醇译，北京：中国社会科学出版社，1991年版，第287页。

悯和慰藉。我要求你的只有一件事，那就是请你相信我这颗痛苦的心匆匆向你吐露的一切……"①这部作品将人类共同的情感因素、人性相同之处娓娓道来，女人对男人缠绵、痴心、凄美的爱情跨越了文化隔阂，以多种艺术形式广为传播（徐静蕾借取原作的故事，把它放到旧上海进行演绎，改拍成电影《一个陌生女人的来信》）。

文学的接受者如果认可某种的伦理样态，他们也会认可这样的作家作品。比如他认为"腐败"是普遍存在的，"第三者"是普遍存在的，"自杀"是普遍存在的，这些观点就不仅会影响到其他的读者，也会影响到作家，作家也会接受这些观点。这就涉及大众文化的另一个接受状态——从众，从众是指个人受到外界人群行为的影响，而在自己的知觉、判断、认识上表现出符合公众舆论或多数人的行为方式，从众心理是大部分个体普遍所具有的心理现象。通常情况下，多数人的意见往往是对的。少数服从多数，一般是不错的。但缺乏分析，不作独立思考，不顾是非曲直的一概服从多数、随波逐流则是不可取的，是消极的"盲目从众心理"。文学伦理的从众心理可以分成两个层次：作者的从众、读者的从众。先从作者说起，他们的身份是双重的，既是文学生产者，也是文学的接受者。作者的"从众"不像读者那么明显，因为向某些写作群体学习创作态度、写作方法并不是"从众"，而是写作知识的积累与写作素质的培养。可如果作者是跟随、模仿某一流派团体（比如"新写实小说"）、某一创作风潮（比如网络类型小说：职场小说、盗墓小说等），则另当别论。有论者指出："一批关注凶杀事件及凶杀未遂事件的作品在'70 后'作家那里不断涌现值得关注。"②像阿乙的《意外杀人事件》、曹寇的《市民邱女士》、张楚的《七根孔雀羽毛》、鲁敏的《死迷藏》等，这些作品关注的是杀人事件的偶然性和荒谬性，作家热切地渴望将生活中的极端事件展演出来，并试图挖掘无辜者一步步走向危害公共安全的犯罪分子的背后动因。但由于缺乏对人性最深

① ［奥地利］斯蒂芬·茨威格：《一个陌生女人的来信》，关惠文等译，选自《一个女人一生中的二十四小时》，北京：中国友谊出版公司，2012 年版，第 116 页。
② 张莉：《意外社会事件与我们的精神疑难——"70 后"新锐小说家与"城镇中国"的重构》，《上海文学》，2013 年第 6 期。

处的刮骨疗伤，缺乏原创精神及审美伦理的观照，我们在作品中却几乎只看到转换突兀的情节，迅速置换的场景，这里加点爱情，那里放点恩怨，再加上动作、悬疑，缺乏生活质感。这种"跟风式"的写作无疑造成了小说间题材雷同、故事重复，类型化很明显。虽然作家海岩争辩说，类型化作家的称号在某种程度上甚至可以看成表扬。只要这种类型屡试不爽，被大家接受，那也没什么不好。但就我们目前的反馈来看，读者和评论者对这种写作的"从众"并不买账。所以作者应努力使自己超拔出从故事到故事的思维怪圈去叙写伦理之"常"，而不是将生活中的常态遗忘而刻意地去追求生活的"变态"。

　　读者的从众应该没有明确的目标指向，他们的"从"受着诸如舆论监督、媒体宣传、朋友推荐等因素的影响。在文学作品的实际接受中，从众显然是读者之间自发的"强制"，是社会共同体的"集体无意识"。比如20世纪80年代初期出现的"金庸热""琼瑶热"；90年代中期重新升温的"张爱玲热""林语堂热"；新世纪以来的"安妮宝贝热""郭敬明热"等，读他们的作品仿佛成为某种阅读品味与阅读层次的标签。读者接受文学伦理观是通过接受作品的人物、行为、情感等关系的总和实现的，他不刻意去寻找作家的伦理意识，也不刻意去回避伦理形象的弱点。他们很可能喜欢白流苏而不喜欢林道静，喜欢韦小宝而不喜欢乔厂长。文学伦理的非强制特征助推了文学生产与接受的从众，这似乎也没什么不好，关键要看从众是否能够历久弥新，经受住时间的考验。读者的从众也并非"盲从"，他们有选择，也有放弃。如果作家和读者在作品中既能表现生活，又能体察心灵；既能关注生存，又能面向未来——"在道德态度中，存在着一种朝向未来行为的定向，即便是集中在现在，道德关注也沉溺于正在进行的和最终结果的东西，沉溺于被危险或机遇及选择需要的其他信息所唤起的东西"[1]，那文学必是整个人类的尽善财富和尽美收获。

　　文字所构筑的世界是虚幻的、镜像式的文字实存和基于此而生发的主体想象空间，文学伦理既是对现实的反映又是对现实的抽纳、取舍和诠释，尽管它对日常行为存有相当程度的左右与规范，但它终究是虚拟世界而非生活现实的

① Rader, M. &Jessup B: *Art and Human Values*, New Jersey: Prentice-Hall, 1976: 216.

规约。生活是多角度的，人是多侧面的，文学的特质既决定了它的伦理优长也决定了它的伦理局限。文学要在生活常态之中寻求伦理的超越，只有这样，才能完善文学的功能指向——真、善、美。如果作家的精神气质、写作技巧都不来自心灵的触发，那危险的就不仅仅是文学的伦理倡导，而是文学作为人类精神财富的本质属性了。如果文学的伦理之功能不得以释放，文学作品的艺术生命何以持久？

（刘巍撰写）

第二章　大学生文学经典阅读的现实境况

新媒体发展冲击纸质文本，潜移默化地改变大学生的阅读方式，网络、手机逐渐成为大学生的主要阅读渠道。新媒体给阅读领域带来便利与迅捷的同时也使浅阅读、碎片化阅读成为当代大学生阅读的现实生态。文学经典是人类经验与智慧的积累，阅读文学经典对于提升大学生的人文素养具有重要价值。因此，在这样的阅读语境中，我们思考大学生文学经典的阅读引导与自我实现具有现实意义。

新媒体时代，商品化倾向动摇了文学经典的神圣性地位，文学经典阅读呈现边缘化趋势。大学生"快餐式""碎片化"的阅读模式导致阅读思维的滞缓与阅读能力的平庸。因此利用网络媒体的传播优势，改善大学生文学经典的阅读环境就显得尤为重要。同时，还原文学经典的原貌，为大学生文学经典阅读提供最为本真的阅读素材；并增强大学生的文学经典阅读意识，提升大学生的文学经典阅读能力。

一、大学生阅读的功利化与网络化

大学生阅读出现功利化与网络化态势，而对经典阅读兴趣不高，原因一方面在于大学生压力过大，忙于应对考试和寻找就业，另一方面则是高校对文学经典阅读的教育不够。所以，高校应该多开展文学经典阅读活动，开设文学经典阅读课程，增强有效的阅读引导。

经典书籍不仅是文学史上的成就，更是民族思想的结晶。经典文学作品集人类优秀文化之精华、思想文化之精粹于一体，对大学生的道德修养、亲情友情、情怀陶冶、人生感悟等都具有重要教育作用。大学生对经典进行阅读的过程，不仅是汲取精神食粮的过程，更是对价值观、世界观的形成提供正确指引的过程。

我国高校大学生一般对文学经典缺乏浓厚的阅读兴趣，除专业学生外其他学生的阅读能力偏低，因此在开展相应的文学经典阅读教育时，教师的引导作用就显得至关重要。高校教师应该结合大学生经典阅读的现状，营造有效的文学经典阅读氛围，正确引导大学生进行文学经典阅读，让学生真正感受到文学经典的魅力所在。

大学生经典阅读功利化。随着当今社会名利化、功利性的发展，大学生经典阅读也出现功利化的倾向。大学生选择阅读书籍往往是以能不能给自己的升学或就业带来实际利益为出发点。如果一本书能够帮助其达到一定目的，就会花时间阅读，如果不能则往往束之高阁。

大学生经典阅读兴趣不高。随着信息化时代的到来，新媒体给大学生的生活带来了极大的变化。大学生们的业余时间都被网络所占用，阅读的时间相对就减少了。一部分大学生沉迷于网络，而对阅读失去兴趣。

大学生经典阅读出现网络化趋势。信息化的发展是一柄双刃剑，对大学生的经典阅读提出了挑战的同时也带来了新的机遇。新媒体以其形式丰富、互动性强、渠道广泛、覆盖率高、精准到达、性价比高、推广方便等特点深受大学生的青睐；新媒体信息内容的广泛性与多元性，资源的共享性，传播的双向性、实时性、开放性、交互性、超地域性等特点深受大学生的喜爱。大学生经典阅读的网络化日益明显。

大学生经典阅读缺失的原因主要在于：

大学生压力增大。现在大学生的就业危机感越来越强烈，这迫切要求大学生在大学期间，必须掌握扎实的专业知识，忙于应付功课与考试，大部分大学生为了找到称心如意的工作而努力学习所必需的技能，这使得大学生无暇进行经典阅读。

教育的忽视。随着市场经济的发展，高等教育逐渐扩大规模。在高等教育快速发展的背后，高等教育质量却没能同步发展。高等教育出现了"重技能，轻人文"的现状。人文课程逐渐减少，即使开设的人文课程也不受重视。这样的环境下，大学生对人文学科不感兴趣，对经典阅读更是弃之不理。

大学生娱乐方式多元化。信息化与网络技术的发展与普及，为大学生提供了新的更为便捷、更为快速的文化传播方式，娱乐方式的多元化、大众化使得经典阅读在大学生生活中所占的份额越来越少，吸引力也越来越低。

大学生对经典的理解能力偏低。经典阅读不是一个"快餐文化"，需要静下心来慢慢地品读与反思，大学生学习的目的是更快更好地接受知识，以便能为其将来发展增加砝码，这种急功近利的想法，使得大学生不能用足够的时间进行经典阅读，即使读也是走马观花，而真正对经典吃透的大学生寥寥无几。

加强对经典阅读的宣传，创造一个经典阅读的氛围。经典是人类文学史上的奇葩，不仅能提升大学生的素养，更能帮助大学生掌握历史长河中的瑰宝。譬如，让大学生读《论语》，学习孔子的"仁、义、礼、智、信、温、良、恭、俭、让"；让大学生阅读《史记》，可以帮助大学生了解中国古代历史发展，激发大学生的爱国情怀；让大学生读《易经》，可以帮助大学生形成自强不息的人生信条等。通过对经典的宣传，让大学生有的放矢地阅读经典，包括外国的经典，学习康德、黑格尔、尼采等伟大哲学家的思想、逻辑。这些经典不仅能够提升大学生的思维能力、审美能力、文学素养，更能净化大学生的灵魂。因此，大学要为大学生提供一个能够阅读经典的文化场所与氛围，加强经典阅读的宣传，提高大学生对经典阅读的认识与重视；开辟经典阅读的场所，为大学生提供一个可以安静阅读的地方；扩充经典书籍的数量，让大学生想阅读、能阅读、有经典可阅读。

增加经典阅读课程，推荐阅读书目。由于大学生对经典的理解能力还不够高，所以需要有专业老师进行指导与点拨。大学可以效仿《百家讲坛》，聘请对传统文化与经典书籍了解比较多且深的老师开设专门的课程，在指导大学生学习经典的同时还能把经典的精华与精神渗透到大学生的思想中，让大学生受益一生。譬如，在全校开设"中国文化经典导读"等课程，为大学生经典阅读提供指导。同时根据学生的阶段性特点，为其开列阅读书目。教师应该将经典阅读真正纳入长期教学计划中，在每一学期开始时为学生制订科学合理的阅读指导计划，向学生推荐阅读范围甚至具体篇目，为学生人文素养的提升创造条件。

开展经典阅读活动。有计划、有组织地开展经典阅读活动，开展"经典阅读活动月"、经典阅读征文比赛、经典阅读读书沙龙、经典阅读协会等吸引广大学生积极参与经典阅读活动。提高大学生对经典阅读重要性的认识，使经典阅读成为大学生的一种主动行为。帮助大学生制订合理的阅读计划、选择适合的经典阅读，并监督大学生对经典阅读计划的执行。让大学生通过经典阅读结交良师益友、分享经典阅读体会，使大学生在阅读经典作品中丰富和完善自己。

进行有效的教学引导。兴趣是增强学生学习效果的最好老师，也在教学有效性的提升方面发挥着重要作用，是学生良好阅读习惯养成的内在动力，因此，大学教师应该充分发挥阅读兴趣培养在大学生经典阅读引导方面的重要辅助作用。一方面，教师可以通过将经典阅读文本与生活实际相联系或分享名人故事等方式激发学生对此经典文学文本的阅读热情，让学生在教师的引导下获得一种对于经典阅读的内在精神需求，进而开始文学经典阅读活动，养成良好的阅读习惯。另一方面，教师也可以在学生阅读经典文本之前，和学生一起分享故事的发生背景、文学作品的语言美、文学作品思想的深刻性等内容，以作品本身特征调动学生文本阅读的积极性，满足学生阅读心理，引导学生完成文本阅读。

大学生文学经典阅读具有多元价值和作用。

大学生阅读文学经典，进行文学欣赏在本质上体现了一种审美认知的迁移过程，具有一定的美育效果。其表现在三个方面：首先，文学经典阅读能够给人以精神上的审美享受。经典文学蕴含着深厚的思想情感，阅读文学经典能够实现读者与作者、作品之间的情感交流，从而通过激发读者的心灵共鸣，促使读者的思想境界发展超越现实、世俗的羁绊，在精神层面获得文学美的享受。其次，文学经典阅读过程能够使人获得情感上的宣泄，并借此明确自身心志。文学经典的创作过程和阅读接受过程都充满了创作者和欣赏者的复杂心理变化过程，是感性思想心灵化的重要表现。学生在阅读文学经典过程中将在其中获得的美学思想体验作为自身阅读有灵感的"迷狂"或者是精神上的净化、情感上的"宣泄"，有利于学生思想层次的提升。最后，文学经典阅读能够提升人的人格境界。经典文学作品一般具有生动优美的文学语言，立体复杂的主人公形象，曲折回旋的故事情节，在一定程度上是对创作时期社会背景以及社会主流意识形态的反映，向读者传达着真善美和假恶丑激烈冲突的人格塑造意识，使读者在阅读反思中获得人格精神的纯净、灵魂上的艺术熏陶，进而逐渐提升自身人格境界。

阅读经典是一个与古人、伟人对话、交流的过程，大学生在这个过程中吸收传统文化的精华，接受中外经典的熏陶，这不仅能使大学生了解一个民族的发展史，产生爱国情怀，更能激发大学生对人生、对社会的责任感，帮助大学生成长为思想成熟、人格健全、道德高尚的国之栋梁，使其能沿着伟人之足迹创新发展，实现一个国家和民族的兴旺。

（李巍撰写）

二、文学经典阅读的边缘化与浅表化

网络新媒体环境下文学经典阅读的生存环境发生巨大变化，阅读呈现的浅表化、去深度倾向正在侵蚀大学生的阅读思维与阅读能力，对此应还原文学经典原貌为大学生提供有效的阅读素材，同时发挥网络媒介的积极作用改善阅读环境，提升大学生的文学经典阅读能力。

随着网络技术的迅猛发展，电子媒介在阅读过程中得到广泛的应用，网络技术在给阅读领域带来便利与迅捷的同时也改变了以往的阅读结构与阅读方式。在新技术的催动下文学经典所处的生存样态发生了变化，文学经典的阅读空间被其他非经典挤压着。在这样的文学经典阅读语境中大学生的阅读状况也随之发生了巨大的变化，浅阅读、碎片化阅读成为当代大学生文学经典阅读的现实生态，对此，应当有效地引导大学生改善阅读思维，提升阅读能力。

网络媒介环境下文学经典的生存状态。文学经典是文学家、艺术家对世界与生命体验的高度凝结，文学经典内涵丰富、可阐释性强，它"既是一种实在本体又是一种关系本体的特殊本体，亦即是那些能够产生持久影响的伟大作品，它具有原创性、典范性和历史穿透性，并且包含着巨大的阐释空间"①。文学经典具有多重价值，"其价值也是多元的，有认识的、伦理道德的、交际的、娱乐的、审美的等等"②。也正是因为文学经典的丰富意蕴与多重价值的结合，使经典具有了无限阐释的空间，并且获得了独特的神圣性与权威性。然而，随着电子媒介与数字化时代的到来，经典的权威性与神圣性地位受到挑战，文学经典阅读呈现出新的生存状态。

　　首先，商品化倾向动摇了文学经典的神圣性地位。网络媒介传播常常裹挟着经济与商业目的，随着网络媒介的运用商品化意味渗入到每一个领域，文学经典阅读也同样被打上了商品的印记。在网络媒介下，获得点击率成为媒介的着力点，而在点击率的背后隐藏着深深的商品与资本逻辑。在网络技术的不断革新与改进的过程中，其基本的通信工具性功能在得到极大的满足的同时而退居其次，原本作为传播媒介附属功能的商业化宣传功能跃居重要的位置，甚至取代了通信功能的地位。在商品化逻辑的运作过程中，文学经典也像其他的娱乐节目、影视节目一样成为一种精神产品而带有了商品的属性。正如詹福瑞所言："这样的文化产品，必然带有商品的属性，投合消费者的需求和心理，为其定制文化产品。"③商品化倾向的实施无疑将文学经典拉下了神坛，它的权威性与神圣性遭到质疑。

　　其次，网络媒介下的文学经典阅读呈现出浅表化、去深度的倾向。商品化运营思维以追求商品的经济利益为目的，这就导致了经典作品的批量生产和为迎合大众消费者的口味随意曲解与改编文学经典等现象的出现，"大话"经典、经典的"搞笑化"等将文学经典任意肢解、组合的现象层出不穷。文学经典原本所具有的丰富内涵在网络媒介的任意传播中被扭曲，甚至被剥离和抛弃。"生产者在策划和推出文化产品时，必须要预测并投合大多数读者的

---

① 黄曼君：《中国现代文学经典的诞生与延传》，《中国社会科学》，2004 年第 3 期。

② 晓萍：《文学经典的核心价值究竟是什么？》，《文艺研究》，2014 年第 3 期。

③ 詹福瑞：《大众阅读与经典的边缘化》，《复旦学报（社会科学版）》，2014 年第 6 期。

口味。因而大众阅读的产品，并非个性化的高级产品，而是适合普通人水平和口味的产品。"① 由此，为了抢夺商机，提升收视率，各种跟风复制节目、选秀节目、健康节目等进入规模化生产之中，这样，文学经典阅读的深度被取消了。

最后，在网络媒介环境中文学经典阅读呈现边缘化趋势。当文学经典成为商品化手段，其丰富性内涵与多元化价值被单一化、浅表化的同时，文学经典就已经与非经典没有什么本质差别，从而失去了经典的意义。不仅如此，文学经典阅读还受到了其他阅读模式与阅读趣味的挤压。网络媒介中，人们的娱乐化与功利化阅读趣味被激发和膨胀，挤压着文学经典阅读的生存空间。例如在高校大学生群体中，追求快乐与享乐的阅读最受欢迎，各种娱乐节目、选秀节目受到大学生的追捧。与此相比，文学经典阅读也正因此被网络媒介控制下的阅读模式排挤，由此离开阅读中心的位置，被边缘化。

（张立军撰写）

三、文学经典阅读的快餐化与碎片化

网络环境在改变文学经典生存状态的同时，也改变了文学经典的阅读状态，特别是在大学生群体中，文学经典阅读在网络媒介的作用下发生了巨大的变化，原有的阅读模式受到了巨大的冲击。总体说来，大学生文学经典阅读呈现出"快餐式""碎片化"的阅读模式，并由此引发了阅读思维与阅读能力的变化。

首先，从当前大学生的文学经典阅读状况来看，呈现出"快餐式"与"碎片化"的倾向。文学经典是民族精神的凝聚，它是蕴藏着人类文化精髓的宝库，因此文学经典阅读需要细细地体味，甚至这种体味需要贯穿人生的不同时期，只有这样才能将文学经典的价值进行有效的开掘。互联网时代的来临，在改变了人们通信手段的同时，也将微博、微信、电子阅读、电子游戏等引入大学生的生活，一种全新的"微电子"时代把大学生带进了"微阅读"之中，"快

---

① 詹福瑞：《大众阅读与经典的边缘化》，《复旦学报（社会科学版）》，2014 年第 6 期。

餐式"、读图成为这个时代阅读的最大特征。文学经典阅读被其他阅读冲击并从整体割裂为一个个片段,"碎片化"阅读很快打破了以往持久而专注的经典阅读模式,把经典阅读从体验降格为获取信息与娱乐大众。

其次,在"浅阅读"与"碎片化"阅读模式的作用下,大学生文学经典阅读思维随之发生了变化。在网络媒介作用下的大学生阅读思维令人堪忧:就审美趣味而言,大学生文学阅读的趣味越来越远离对文学经典的追求而更加适应"快餐式"阅读,阅读成为一种取乐,主要用来填补其他活动的空白,而传统的文学经典在这一趣味中显得沉重、烦琐;就商业化倾向而言,文学经典本身被商品逻辑制约与钳制,商品逻辑篡改了文学经典的精神内核。在大学生文学阅读过程中,商业化与功利化阅读改变着大学生的阅读思维;就"浅阅读"而言,文学经典阅读在被浅表化、平面化的同时,大学生的阅读思维在"浅阅读"的实践中也被平面化、简单化,长此以往大学生将以娱乐为导向,不习惯独立思考,不愿意细细体会文本中的内涵。

最后,大学生的文学经典阅读能力呈现出平庸化趋势。网络媒体环境下大学生文学经典阅读思维的变化直接导致了阅读能力的下降。在"浅阅读"与"碎片化"阅读模式的影响下,大学生的阅读被商业化侵蚀,并沉溺于短暂的娱乐之中,这种文学阅读的生存状况"还会使读者逐渐丧失理解和感受作品内涵的能力,使读者的阅读能力平庸化"[①]。阅读能力的下降与阅读文学经典的初衷背道而驰,阅读的意义和目的因此也随之丧失了,与之相应地,大学生的阅读能力在得不到有效提升的情况下,想象力和创造力也会随之下降。正如霍克海默和阿多诺认为的那样:"其中最有代表性的有声电影,抑制观众的主观创造能力。这些文艺作品……它们却约束了观众的能动的思维。当然,因为这些文艺作品的内容是迅速而过的,所以各个细节不需要一一表现出来,从而抑制了观众的想象力。"[②]

---

① 詹福瑞:《大众阅读与经典的边缘化》,《复旦学报(社会科学版)》,2014年第6期。
② [德]霍克海默、阿多诺:《启蒙辩证法》,洪佩郁译,重庆:重庆出版社,1990年版,第131页。

网络媒介品性中大学生文学经典阅读的引导策略。

首先，还原文学经典的原貌，为大学生文学经典阅读提供最为本真的阅读素材。网络媒介传播过程中，文学经典被打上了文化商品的烙印，扭曲和篡改了文学经典的本来面目，因此有必要在网络传播过程中保障文学经典的原貌。网络时代为了适应市场、迎合大众，文学经典被扭曲甚至篡改，经典性在扭曲中消失。为了有效地唤回真正的文学经典，一方面要提高大学生文学经典的甄别能力。高校有必要开设专门的文学经典精读课程，聘请具有丰富经验的教师讲解，进行经典导读的同时教授适宜的阅读方法，并对学生的经典阅读思维进行有益的引导；另一方面，网络媒体要负担起社会责任，特别是具备一定影响力的公众平台、大众媒介等，在文学经典传播过程中应提升对文化传承的责任意识，尊重文学经典的原貌，并适当地开掘文学经典的时代意蕴。

其次，增强大学生的文学经典意识，提升大学生的文学经典阅读能力。文学经典需要持续性阅读，细细体味，甚至需要读者将自己的人生经历、命运遭际融入到阅读之中，文学经典的阅读过程实际上是体验的过程，而并非单纯的信息获取，更不能将其看作娱乐与消遣的方式。在网络媒介环境中提升大学生文学经典阅读意识与能力将成为对抗浅阅读与平庸化阅读的必然需求。对此，高校有必要在课堂有限的时间内，以一种开放的视野解读经典，激发大学生的阅读兴趣，同时不断提升阅读品位。而对于大学生自身而言，大学生应以正确的立场和心态面对文学经典，能够积极主动地开掘文学经典的内在丰富性，更为重要的是能够从"碎片化"的生活方式中走出来，以沉静的心态和完整的人格面对文学经典，体味文学经典的深沉与厚重感。

最后，利用网络媒体的传播优势，改善大学生文学经典的阅读环境。网络传媒给大学生文学经典阅读带来挑战的同时，也为新的阅读模式的建立提供了契机与可能。但文学经典阅读与网络媒介的结合必须建立在尊重文学经典原貌的基础之上。利用网络平台可以实现文学经典阅读的有效延伸。从整个社会来看，网络平台丰富了文学经典的表现样式，实现了文学经典阅读的多元化阅读倾向，为经典的全民普及打下良好的基础，有效地运用网络媒体有利于建构良好的文学经典阅读环境，为大学生提升经典阅读能力提供文化基础。与此同时，网络传媒与文学经典阅读的合理适宜的结合能够增强文学经典与大学生之间的互动，在新媒体技术条件下，文学经典通过网络以及视频、音频、微信公众号平台等方式去传播，增强了文学经典传播的灵动性，同时在反馈与接收中有益于加深对文学经典的理解，从而激活文学经典的价值。

（张立军撰写）

第三章 大学课程与文学经典阅读的引导

以阅读经典文本为核心的通识教育能够引导大学生重新回到经典阅读。高校教学设置上首先应建构师生间高密度的学术互动机制，比如制度化的时间与空间，包括能让讨论深入下去的虚拟空间（网络平台）等。其他如专题讲座、讲坛、读书会、班导师组织的小组讨论等形式，在培养学生专注文学经典的品质和调动主动阅读精神方面，也都优于传统的课堂讲授。

一、通识教育与文学经典阅读的普化

文学经典是传承人类优秀文化传统的媒介，蕴含着人类文明发展的最高成就。经典的文本历经人类历史的考验而不断被阅读，是人类关于自身生命的认知的考量。但当下的高等教育培养模式妨碍了大学生的经典阅读，我们认为只有以人文社科课程为重心、以阅读经典文本为核心的通识教育才能真正引导大学生重新回到经典阅读，这也是当下我们引导大学生阅读经典最重要的路径。

引导大学生阅读文学经典，对审美心理的愉悦、欣赏水平的提高、文学修养的丰赡、生命价值的认知都具有重要意义。

文学经典阅读危机的现象解读。在长期的教学实践中我们发现当下大学生的阅读能力非常低下，原因就在于学生们没有形成阅读惯性，日常的阅读量也不够。他们置身于当下的文化场域之中，将读图与"刷屏"作为惯常消费，反而将文学经典束之高阁。这种反常的根源在于当下的高等教育的教学培养模式。

经过高中阶段的机械教条式的教学模式塑造的僵化思维延续到大学。学生们因此习惯于"被填鸭"，习惯于"被思考"，已经丧失了学习和阅读的自主能力。进入大学以后，尤其是已然摒弃精英教育从而倡导大众化高等教育的大学，百人班型普遍化，学生们无法通过讨论清晰表达自己的想法和观点，学生之间、师生之间难有观点交流。而这种讨论恰恰是以大量阅读为基础的。讨论的缺席，使学生参与教学的活动只余下听讲，不需要课后读书也可以完成的听讲。

再者，当下的高等教育，受制于学时，大多数课程使用的教材都是以概论性、导论性的拼凑方法编写而成，碎片化和无意义消解盛行。在这场拆解中学生们被迫远离经典。更有甚者，在大学中的课业考核与评价机制更加简单粗暴：统一命题、闭卷考试、标准答案、流水阅卷。这种看似公正量化的机制实则恰恰扼杀了学生们仅存的求知欲和创新意识。大学本应具有和倡导的独立之精神、自由之思想完全归于标准答案。在这场阅读经典与考核机制的博弈中，学生们无疑只能无声地选择教材思维。正如陶东风先生所说："似乎学贯中西、雄辩滔滔，实则一知半解，满脑子名人名言。"

课堂的面貌大抵如此。课后的阅读进而被功利性阅读占据。学生们受制于就业和升学的压力，因而更加注重效率与回报。实用性与功利性的快餐式阅读成为导向。应试书、考级书、外语书取代经典引领课后阅读。在这样的文化和现实场域中，我们引领大学生回到文学经典阅读具有重要意义。

通识教育的核心理念解读。通识教育是实现启蒙智识计划和政治计划的共同选择，它的目的是使学生逐渐告别专业教育的机械联合和"神圣的"、封闭绝缘的、排他性的定例与惯性，成为趋向平等的、流动的、分工和文明的人类社会的"通用阶层"成员，即成为能参与动态社会的有机联合，能合格履行其职业所派定角色的受薪阶层成员。这种教育的目标首先是为了实现最大范围的文化同质性，即建构一个全新的体制以满足因分工而派生的随机、短暂但又极端重要的人际交往需要——现代社会存在着比以前多得多的抽象的、复杂的、精确的、"非个人的"、"摆脱情境约束的"信息需要传递；其次，通识教育还要实现文化疆界内全部人口的可雇用性，提供虽非最深邃但必须是最广泛的知识、沟通技能以及职业的专业化训练，以使个体能够在这个不得不投身于其中的庞大福利事业及其分工网络中获得名分，占有一席之地——使男人和女人们尽可能精确地适合他们的职位，或使他们适合一些功能上相似但有着等级从属与支配关系的职位。这些目标决定了现代高等教育在形式上必须用垄断合法教育的社会化机构（如学校和专职教师阶层）所实施的集中的再生产取代以往次生群体（如亲属集团和邻里）所完成的自我的再生产；在内容上则必须用一种经过选择予以认同的文化取代以往那些用来锻造个人的传统和自在的习惯。这种经过审慎选择予以认同的文化通过重组前现代高级或低级（民间）文化中"有政治前途的"单元，发明了一种对于想象所有大于家庭的政治共同体——首先但并不限于"民族／国家"的政治共同体——来说至关重要的"传统"。这个"传统"更多地承载于现代大学的通识教育理念中。严格来说，当下的现代教育有两个取向：一是高级文化取向，走向最大限度的个体自由和自我完善的通识教育；一是大众文化取向，走向维护文化同质性秩序和分工结构的准专业化和专业化教育。两种取向有矛盾，但都不可或缺。如今，人本主义教育思潮压倒了过去功利主义的教育理念，这也意味着通识教育的呼声开始压倒狭隘专业教育的呼声。事实上，片面专业化的后果使社会变成了黑格尔所谓的"精神动物王国"。动物在某一方面专业化，并且不能做任何别的事情。但与动物相反，人作为一个精神的存在从本质上说是通才，是"绝对精神"的媒介。良好的文化趣味、判断力、创造力、美感、道德感、科学精神等都来自那些以往被错误地视为无用的通识教育科目，诸如哲学、文学、历史、诗歌和音乐、各种艺术、宗教、形而上学等。这些科目长久以来被忽视，或者出于无知，或者出于狭隘意识形态立场，其后果是异化的加剧和文明的衰微。单纯技术进步并没有导向同步的人类理性进步，而是导向了新的野蛮化。西方晚期现代性的文化危机和当下转型中国的社会矛盾都启示我们，大学教育应回归高级文化，回归通识理念，回归经典阅读。高校人文社科类通识课可以说是探索解决之道的一种重要尝试。

　　通识教育引导文学经典阅读的路径分析。现代社会的运行从根本上说是建立在其公众的文明素质之上的。就大学而言，学生作为被充分启蒙的、被理性化塑造的公民，其素质除了一般学识、美感、道德感应在中人之上，还表现在"专注"的精神品质。"专注"也可以归纳为理查德·桑内特所谓的"匠人精神"，它指的是将某件事情做到真正精通的态度。在现代社会，专注仍然是一个人为取得真正成功而必需的精神品质，虽然它需要封闭，不太讲效率，会迫使人放弃各种机会，因为只关注一件事情。专注的人也许会变得落伍，但从总的得失看，只有专注的人才有机会领略深奥的事理，有机会成为不可替代的人，并取得坚实的成功。相比之下，肤浅所取得的胜利经常是摇摇欲坠的，它导致了"无用的灵魂"。为了培养学生专注的个性，教学设置上首先应建构师生间高密度的学术互动机制，比如制度化的时间与空间，包括能让讨论深入下去的虚拟空间（网络平台）等。其他如专题讲座、讲坛、读书会、班导师组织的小组讨论等多样的形式，弥补了有限课时的不足，在培养学生专注文学经典的品质和调动主动阅读精神方面，也都优于传统的课堂讲授。

在实践中我们选取了一些面向全校开设的人文社科类通识课程进行教学改革，将课程内容与形式做了很大程度的改进，探索在有限学时中尽可能完整精当地与学生讨论各种流派、思潮和各时代核心问题的方法，而把知识的扩充留付于其自学精神已被充分调动起来的学生们。这意味着，课程内容不能封闭于任何教材，不能清单式地纠缠于知识点的罗列，而是要精讲经典文本。以讲座的形式上每一个学时的课，在授课中同时布置大量的背景阅读书目，并利用网络平台指导学生在阅读、撰写报告、小论文和陈述报告之后的小组讨论。采用这种讲授与指导相结合的形式授课，效果明显优于传统的讲解教材和检验机械记忆力的考试。由于课程的成败是建立在学生主动阅读而非教师备课的基础上，教师角色的指导性和调动性因而凸显，其工作量不是减轻而是加重了，在此，教师们更应率先垂范地大量阅读经典。事实上，这种课程深受学生喜爱，他们的收获也数倍于那些即学即忘的考试课，因为它真正与经典文本相衔接，能够切实训练学生独立思考和解决问题的能力，培养学生对于真理的信念。

通识教育不是将高等教育视为职业教育、专业教育，而是专注于人的教育，倡导的是人的整体性的精神世界，给予学生合理的知识结构和能力结构。因此，通识教育要对学生提出比较高的要求，是在人类基本知识方面下比较大的功夫，尤其是人文社科方面的经典文本要求比较多，这就必然要有相当的阅读量。通识教育就是要回到经典阅读，成为高校引导学生文学经典阅读的路径之一。当然，越来越开放的跨学科通识课也能为这种文学经典阅读奠定认知基础。

总之，文学经典阅读的真正实现有赖于通识教育的真正实现。通识教育的真正实现需要进一步探索、设计合理的教改方案与实践途径，兼顾课程的共性与个性，找到每个学科、每门课内容与形式的最佳契合点。这将是今后研究和思考的焦点。

（金世玉撰写）

二、大学教师与文学经典阅读的深化

培根在《论读书》里曾说："读书足以怡情，足以博彩，足以长才。"中华民族是具有悠久文化的民族，当代大学生有义务和责任传承历史文明与文化经典。在高等教育中，文学经典赏析课程成为大学生鉴赏和研读文学经典的有效途径。但在教学实践中却出现了学生对经典阅读热情不高、对文学经典鉴赏课重视程度不够等现象。针对学生阅读的问题进行分析，这里探究提高文学经典赏析课程效果的有效教学方法，进而提高学生对文学经典的阅读兴趣。

文学经典作为中华文明的根基，民族文化的精髓，千百年来启迪和影响着一代又一代的中华儿女。为了更好地传承民族文化、完善高校大学生的知识结构、培养适应未来社会发展的人才，各所高校都对在校学生，尤其是理工类学生开设经典赏析课程。但在具体的教学实践中，我发现现今的高校学生存在对待经典赏析课程的态度不端正、对经典阅读的学习兴趣不浓厚等现象。

针对经典赏析课程教学中出现的问题，我对课程教学方法进行深刻的思考和有效的探讨。

首先，经典赏析在高校校园的现状及原因分析。

为了更客观、全面地了解大学生群体对于经典赏析课程的认识和态度，以营口理工学院在校大学生为调查对象，进行了问卷调查。共发放问卷 220 份，回收有效问卷 203 份。通过对问卷结果的分析发现，经典赏析在高校的现状主要表现为以下几个方面：

对阅读的热情不高。对大学生阅读情况的调查显示，61.15% 的大学生主要的阅读阶段是初高中阶段，而在被问及对阅读的态度时，仅有 19.11% 表示非常喜欢，有 7.64% 表示不喜欢。这表明在校学生对待阅读的热情并不尽如人意，在如今浮躁的社会氛围中，由于广泛地参与社会活动，学生已经不再"一心只读圣贤书"了，他们的时间被丰富多彩的社团活动、名目繁多的社会实践占用，即便是偶有闲暇，他们也会选择上网、观影、游戏等更为轻松的、更容易带来快餐式愉悦体验的方式作为娱乐和消遣，阅读就这样在高校中备受冷落。

如今，我们已经进入了所谓的读图时代，人们追求的是立竿见影的效果，不再能够静下心来进行沉潜的阅读。高校大学生被裹挟其中也沾染了这种浮躁，他们喜欢用手指滑动手机屏幕，喜欢用鼠标指引的网络虚拟世界，而忽视了阅读所形成的审美空间给我们带来的高品质的阅读享受是娱乐消遣无法替代的。

对经典阅读的相对冷漠。就业形势的严峻和课业考核的压力使得在校学生必须苦修专业课，研读公务员、英语、计算机辅导书之类的"实用性"书目。此外，为了缓解学习压力，大多数学生会选择娱乐消遣类的图书，而对注重审美性阅读的文学经典则相对冷漠。在对学生阅读选择的调查中，59.8% 的学生选择了阅读漫画、杂志等娱乐消遣类书籍，仅有 28.6% 的学生选择了经典的阅读，针对近一阶段阅读文学经典情况的回答，44.59% 选择基本不读，8.92% 选择完全不读。

数字化时代在给我们的生活带来极大便利的同时也给高校教师带来了空前的困惑。很多文学经典被改编、被搬上荧幕，相对于拗口的文言、长篇耗时的经典阅读，大学生们更愿意选择抽条了的简装版或影视剧的观赏来快速地了解文学经典。调查显示，56.7% 的学生是通过电视剧、网络等媒体了解文学经典的，这种快餐式的阅读在让我们了解经典概况的同时却给学习带来了更大的隐患。因为商业化的要求使很多文学经典在改编时有很多偏离原著的部分。如果学生只是把影视剧作为了解文学经典的唯一途径的话，会长期甚至是永久地造成知识的误导。此外，不同于阅读时读者与作者的对话，由光影构成的画面信息往往给青年学生的是直观的刺激，却不会留下思考的空间、长久的记忆。

对经典赏析课程的不够重视。在高校课程设置中，文学经典赏析课通常是选修课或公共基础必修课，而大学生们会在潜意识里更加重视专业课的学习，对选修课或公共课则采取混学分的态度。而在文学经典欣赏课程设置的必要性问题上，不够重视的倾向便更为明显了，48.4%的学生认为学校完全可以通过让学生自主阅读的方式推进经典阅读，但只有18.5%的学生认为应该将文学欣赏设置为必修课。

北京大学钱理群教授在一篇序言中说："我们所培养的人才，有知识、有技术，却没有是非判断能力、没有良知、没有人文素养和人文关怀。这种教育和人生目标的失误，意义的丧失，必然带来对物质、科学、技术、竞争的顶礼膜拜，导致不平等的存在，以及精神的危机、道德的危机、教育的危机，甚至有可能导致整个人类文明的腐蚀与毁灭。"[①]面对信息时代的挑战，学生先入为主的主观意识，如何做好文学经典的传播、上好经典鉴赏课程成为每一位授课教师思考的问题。调查中暴露了学生在文学经典阅读中的许多问题，但是，我们仍然可以看到高校大学生强烈的求知欲和上进心，54.1%的学生认为大学生应该博览群书、提高人文素养。我相信只要学生走进教室，博学幽默的授课教师结合新颖丰富的教学内容同样会吸引学生参与进来。

其次，教师从思维角度启发学生的阅读观念。

"学习动机是激发个体进行学习活动、维持已引起的学习活动，并致使个体的学习活动朝向某一目标的内部动力系统。学习动机与学习活动可以相互激发、相互加强。"[②]在教学中，强调文学经典赏析的重要性，使学生切实地认识到经典阅读对自身的影响，从而产生积极的学习动机与强烈的求知欲。

文学经典作为中华民族的文化经典具有永恒的艺术魅力，其中精致的语言、华美的词句自然是值得后世效仿的，里面包罗万象的文化习俗、光怪陆离

---

① 钱理群：《我们缺了什么，我们如何面对》，《叩响命运的门：人生必读的102篇人文素养经典》，长沙：湖南文艺出版社，2012年版，第3页。

② 张奇编著：《高等教育心理学》，大连：辽宁师范大学出版社，2007年版，第136页。

的时代风貌同样是值得后学考证的，内里蕴含的深刻的道理、人生的哲学更是值得后人膜拜的。

进行经典赏析是民族责任感的体现。文学经典中蕴含着中华传统的文化、人类的文明，作为新时代的大学生肩负着祖国未来发展的希望，有责任、有义务去担负起传承文化经典的责任，让这些经典著述在人类的发展历史中永放异彩。

记得有一位印度工程师写了一篇题为《不阅读的中国人》的文章红遍网络，当中写道中国这个民族已经到了无人读书的可怕境地云云。外国友人的言论固然有其片面性，但是也从侧面反映出了国内阅读的问题。当代大学生作为知识的有效传承者更应该以实际行动捍卫祖国的尊严，用自己的行为树立国家的形象。

阅读文学经典是获得知识的有效途径。文学经典中包含的内容是丰富的，孔子在《论语》中说："诗可以兴，可以观，可以群，可以怨。迩之事父，远之事君；多识于草木鸟兽之名。"他的"兴观群怨"说，如今我们可以宽泛地理解为好的文学作品是可以让读者产生联想，认识事物，获得知识，统一思想，抒发情怀的。

通过阅读文学经典，学生可以了解到彼时的社会历史现实，了解历史人物的命运、朝代的更迭；可以知晓不同地域的风土人情、乡俗民情；甚至可以借用古人的智慧指导我们自己的人生。例如阅读《红楼梦》，我们除了了解小说评判封建思想的主题外，也了解了当时的社会生活和风俗、服饰文化、建筑艺术，还有专家通过《红楼梦》研究医药学和烹饪等。

重要，但全面发展，德才兼备才是未来社会需求的人才。我们经常能够看到央视的青年歌手大赛或主持人比赛中，选手在专业表现精湛之后，综合素质的考核往往不尽如人意。

文学经典的阅读有助于气质修养的培养。英国著名教育家洛克强调过，"一个只要科学不要人文精神的人，是只有知识没有智慧的人"。虽然我国素质教育不断推进，但在目前大部分地区仍是应试教育的形式下，大学生普遍出现重视专业学习而文学修养欠缺的问题，其实任何科目的发展都离不开基本的文化内涵。

"书卷多情似故人，晨昏忧乐每相亲"，古人总是以各种方式来教导我们读书的重要性。阅读文学经典可以让头脑更充实，在与人交流和表达的时候能够更有效果，可以启发学生关于世界美好图景的想象，培养学生对于生活的良好感觉，愉悦精神的同时褪去浮躁，让自己的生活充满诗意，从而提高个人的气质修养，"腹有诗书气自华"说的也就是这个道理。

经典阅读有效促进大学生的道德建设。相对于培养有文化知识的学生，高等教育更应重视的是培养有道德的人才，致力于学生的"德才兼备"。大学生处于社会经验和个人成长的发展期，他们的人生观、价值观尚未形成，因此，高等教育有义务帮助学生形成正确的价值观和世界观。除了日常学习生活中的教育之外，文学经典的阅读也能够给学生带来潜移默化的道德影响。

文学经典中有许多千古名句是历代先贤尚德思想的精髓，如"勿以善小而不为，勿以恶小而为之""先天下之忧而忧，后天下之乐而乐""寄意寒星荃不察，我以我血荐轩辕"等自强、正义的言语。

另外，文学经典离不开经典的人物形象，这些人物身上往往蕴含着巨大的精神内涵、道德力量，如《西游记》中师徒四人执着的信念和顽强的毅力；《钢铁是怎样炼成的》主人公保尔·柯察金坚定的意志和革命信念；《老人与海》中老渔民圣地亚哥永不放弃的坚韧和敢于冒险的勇气等。文学经典的道德渗透是对学生的精神最好的净化与升华。

再次，从授课教师自身树立经典阅读的榜样。

在调查中，50.9%的学生认为授课教师会影响学生的学习兴趣。德国心理学家卡尔·谷鲁斯提出过心理学概念"内模仿"，其实质是一种移情说，"模仿是人类最本能的动物性冲动，如一个小孩看到许多小孩在玩耍，会先站在旁边看几分钟，越看越高兴，就会加入他们一起追逐嬉闹，这就是模仿运动的动作"[1]。文学经典赏析课程教学也是一样，学生所模仿的是被美净化的对象，从

---

① 鄂义太、陈理主编：《加强教学建设 提高人才培养质量：中央民族大学本科教学研究：第四辑》，北京：中央民族大学出版社，2009年版，第182页。

而形成一种"超功利的美感的移情作用"。因此，作为经典鉴赏课程的教师，相对于其他科目，更需要博闻强识，见识广博，以自身的学养引导学生产生对经典阅读的向往。

教学与科研融合是上好经典鉴赏课程的基础。榜样的力量是强大的。曾经有一部美国电影叫作《独领风骚》，影片讲述的是一群盲目追逐时尚，喜欢流行音乐和舞蹈的学生，对新学期学校安排的国标舞不感兴趣，认为是过时的、老年人的舞种。为了纠正学生对国标舞的认识，国标舞教师找来自己的舞伴，在悠扬的乐曲声中翩翩起舞，学生们看到老师优雅曼妙的舞姿并深深为之吸引，他们认识到了国标舞的美。对于文学经典赏析也是一样，授课教师是经典赏析最好的形象表征，这就要求授课教师不断地丰富和扩大自己的阅读量，讲课的时候才能够旁征博引；对于经典的阅读和研究做深做细，分析的时候才能够鞭辟入里。这就要求授课教师具有创新意识和开拓精神，不断地优化和更新教学内容，并将教学与科研紧密结合，这也是上好经典赏析课程的知识基础。

多种审美艺术相结合扩充知识领域。文学欣赏作为一门审美的艺术，对于授课教师的要求往往不止于文学经典的阅读和分析本身。能够在教学中融入个人的审美体验，更能够将文学与音乐、绘画等艺术相结合，这不仅是教师个人素质的完善，更是吸引学生学习兴趣，扩大学生知识领域的有效措施。

例如讲解苏轼的词作时，介绍苏轼的人生经历、时代历史背景的同时，对于苏轼书法、画作的赏析更有助于学生对于苏轼乃至其人其文的深刻理解。讲解莎士比亚的戏剧《哈姆莱特》时，能够结合文艺复兴时期的历史背景，指导学生对当时的文学及艺术进行赏析，扩大知识面的同时也有效提高了学生的学习兴趣。

言传身教树立内外兼修的良好形象。行动是最好的语言。相对于其他科目，经典赏析的授课教师更要注意培养自身的气质和修养，注意个人的言行，注意课堂教学的语言，鼓励学生的优点、启发学生的交流、激发学生的共鸣。言传身教才能够给学生树立内外兼修的良好形象，古人云，亲其师而信其道。只有学生真正地敬佩教师、爱戴教师，才会更容易融入课堂，更容易接受教学内容。

此外，信息社会的发展也要求授课教师具备运用现代科技手段教学的能力。只有教师熟练地制作教学课件、利用网上资源等，才能够把全新的学科知识以最为有效的形式进行传授。

最后，从课程设置角度培养学生的学习兴趣。

兴趣是最好的老师。心理学角度认为，兴趣是人类行为动机的最重要的体现，培养大学生对经典赏析课程的学习兴趣，教学环节的合理设计是不容忽视的。

课前美文欣赏。上课的铃声响起，由于种种原因学生们可能不会马上融入课堂，在这个时间段，准备一篇短小的美文与学生分享，既很好地把握了课程的缓冲节奏，又把学生带入了审美的氛围，有助于接下来经典篇目的精讲和赏读。

读赏法是经典赏析教学中常运用的方法，教师在悠扬的音乐声中，把一篇篇优美的文章诵读出来，让学生陶醉在诗乐的优美氛围中。文学是一种审美的艺术，需要美的环境和氛围，授课教师在教学中注意营造审美的学习气氛，让学生浸润其中，更有助于提高经典赏析的教学效果。

注重教学的逻辑性。教学是一门艺术。"起（开始）能引人兴趣；承（上下衔接）能环环紧扣，别具匠心；转（转化）能自然畅达、波澜起伏、引人入胜；合（结尾）能令人顿开茅塞，豁然开朗，或者余味无穷，发人沉思。"[①] 教师在授课的过程中应当注意对逻辑性的把握，明确教学中的焦点问题和目的，并在具体鉴赏中由表及里地引导学生展开教学。

教学要以教学目标为导向，教师要结合学生的实际和特点，科学地制订教学规划才能上好经典赏析课。目前文科类的教师，特别是文学经典赏析的授课教师，因为个人学养深厚对所讲的内容往往能够做到旁征博引，甚至是举一反三。有的时候会过分延伸，偏离主题，可能会造成学生对教学以外的内容的关注和兴趣远远大于教学的核心问题，结果事倍功半，没有达到突出和加深教学内容的目的。因此，进行经典鉴赏教学时既要注重教学的艺术，适当地引

---

① 孙菊如等编著：《课堂教学艺术》，北京：北京大学出版社，2006年版，第6页。

申，也要注重教学过程中的逻辑性，脉络清晰、循序渐进、重点突出，让学生有章可循。

加强学生的参与性、互动性。学生的参与和互动一直是教学改革中强调的重点，也是高校教师们努力的方向。文学经典赏析课程中调动学生的参与积极性主要通过几个途径：首先，在作家作品等文学常识的介绍中，可以由学生讲课取代教师授课，学生们自己备课既可以加深印象，也培养了自主探究的能力。其次，在对文学经典经典片段赏读过程中，可以让学生以分小组的形式进行讨论并由小组代表进行鉴赏讲解，教师补充指导。例如《三国志演义》第五十回中曹操兵败遭劫，一路上每至险要处总会大笑，通过组织学生讨论曹操的笑的多种含义让学生全面地立体化地理解曹操形象，进而得到辩证地看历史人物的历史观念。最后，对经典作品中知识点的随堂考查可以通过学生抢答的形式，既活跃了课堂气氛，也强化了学生的记忆，是比较行之有效的方法。

新科技环境下多媒体的综合运用。在科技创新的环境下，高校经典赏析教学应该与时俱进，跨越书本，探索与网络等新媒体的结合。现在的高校大学生是接触科技手段的新一代，如果教师能把新科技引用到经典赏析的课堂，将是经典与现代的最好组合。常规的 PPT 多媒体投影已经在高校教学中普及，教师可以制作精美生动的教学课件，在对文学经典片段进行品读鉴赏时，除了可以指导学生品读原文之外，也可以通过播放由经典改编的影视片段，进而指导学生讨论原著与影视改编的表现手法等差异及其优劣，增强教学的直观性和艺术性。

另外，微信作为新兴媒体是大学生们常使用的联系方式，针对课堂教学可以建立微信群，授课教师把经典篇目在群里分享，并把自己阅读的心得和研读的困惑晒出来，与同学们进行讨论。这不仅让学生们获得了知识，也为学生们提供了学习和阅读经典的良好氛围，教师也可以根据学生的学习兴趣调整和选择经典的篇目。

随着信息技术的迅猛发展，"慕课"作为全新的教学模式进入到高校的教学。作为一种基于互联网的现代教学方式，它拥有跨越地域，不受时间、人数规模限制的优势，真正实现了教育资源的共享。针对文学经典赏析课程的实际情况，授课教师可以录制网络课堂，方便学生的知识回顾以及为未选修的学生提供学习的机会。

将经典欣赏与校园文化相联系。经典的欣赏同样有助于校园文化的建设。目前的高校大学生们有很多校园活动和校内社团，但学生们在选择参与的时候往往有些盲目，学校通过开展一些校内讲座活动、建立读书社团等可以将文学经典的阅读与校园文化相结合。

例如举办文学经典知识竞赛和读书讲座，组织学生根据经典改编舞台剧表演，既丰富了学生的校园活动，又加深了学生对于经典的了解，更把经典的魅力传递给其他同学，进而形成良好的校园文化环境。

除了教师素质、课程设置的注重外，完善文学欣赏课程还要注意加强和严肃期末成绩的考核制度。把平时成绩和期末的卷面成绩明确考量，从而端正和约束学生的学习态度。

文学经典是世界历史的瑰宝，对人类的精神文明有着深远的影响，对于当代大学生的意义更是不容忽视的。培养学生文学经典阅读的习惯和能力，提高学生文学欣赏课程的学习兴趣，不仅要让学生知晓经典内容，学习经典中的语言表达和文化艺术，更要引导学生进行对自我和世界的思考，对民族传统文化的接受和认同，这对于文学经典赏析课程的教师和教学而言，任重道远。

（曹帅撰写）

三、大学课堂与经典阅读能力的培养

自有文字以来，阅读成为人类知识代际传递的重要手段。可以说，人类知识和经验的传承在很大程度上是由那些有阅读能力的人来继承、传播和发扬的。阅读本身是人类的一种学习行为，它不是先天具有的，而是通过后天训练和培养形成的一种能力，所以我们在谈及阅读的时候，指的是人类在成长过程中通过学习或其他手段培养出的一种为自身所掌握的能力，也就是所谓的阅读能力。

阅读能力本身是一种过程，它涵盖选择、思考、理解和认识等各个阶段，它是与阅读习惯并生的。一个有阅读能力的人，应当具有对文本的需求和选择

能力，能够使阅读成为自身生命过程的一部分。在阅读中提升自己对世界和生命的把握，养成健全的人格，建构起为人生的核心素养体系，使人生趋向于自我的实现。

当下阅读能力培养的困境

阅读能力的培养对于人乃至人类的发展有着重大的意义，但是在形成阅读能力的时候，应当读什么样的书，这是一个摆在当下人们面前的大问题。古人有云"开卷有益"，这曾经是一个不易的真理。但是在今天信息过溢的情况下，不是每一种阅读都是对人的身心成长有益的。而且随着技术的进步，书籍的数量已非昔日可比，穷尽人的一生也无法阅尽天下藏书。对阅读对象的选择就成为当代人必须要解决的问题。在这种情况下向阅读者推荐文学经典是目前人们达成的共识。所谓的经典是"能够穿越具体时代的价值观念、美学观念，在价值与美学维度上，呈现出一定的普适性的文学文本""是具有丰厚的人生意蕴和永恒的艺术价值，为一代又一代读者反复阅读欣赏，体现民族审美风尚和美学精神"[1] 的文本。由此可见，文学经典是具有历时性和共识性的人类生活经验的总结。与科技文献相比，它们更偏重于人的人格形成与世界观的养成，注重于人类内在情感的发展和对世界美感的把握，也就是说使人成为真正意义上的人。

在以往的时代，人类对于阅读是无条件接受的，因为通过阅读可以解决人类从生存到发展的诸多问题，但是到了 21 世纪，随着科学的进步，获取信息渠道的多元化和简单化，传统意义上的阅读面临着巨大的挑战。我们所说的传统意义上的阅读，不但是指对纸质书籍的阅读，而且是指通过纸质书籍的阅读所形成的一种生活方式，指的是以提升学识修养和理论思维、工作能力为目的的深度阅读方法（一般称为深阅读）。在这样的阅读活动中，阅读主体通过对文本的选择，确定了阅读的客体，并且在阅读的过程中通过思考、接纳、反驳和记忆，最终形成自己对文本的印象。读一本书就是在体验一种生命的过程。在同经典作品的创作者及其塑造的人物的对话中感悟人生和体验获得知识的乐

---

① 王李平、王珏：《浅析大学生经典阅读》，《职教与经济研究》，2009 年第 3 期。

趣，推动自我的内在反思和对世界的外在观照，促进健康人格的形成。

与这种传统阅读相对应的是当下颇为时髦的浅阅读。浅阅读就是简单、快速甚至跳跃式的阅读方法，对阅读内容则是浅尝辄止、囫囵吞枣、一目十行、不求甚解，它追求的是实用的资讯或短暂的视觉快感①。浅阅读的特征是时效性强、阅读速度快和信息量相对集中。浅阅读的浅并不是一种贬义，而是强调这种阅读供给知识的速度和广度。它可以用最少的时间为阅读者提供他所需要的所有内容，满足阅读者的阅读兴趣，使阅读者迅速享受、迅速使用，然后可能的就是迅速抛弃。由此可见，浅阅读带来的是一种知识实用主义，它改变了传统阅读给阅读者带来的思考和体验，从而也剥夺了阅读给阅读者带来的成长空间。在这种情况下，阅读主体进行浅阅读的时间越长，他离阅读的本质就越远，最终不是阅读者掌握阅读客体，而是阅读主体成为阅读客体的依赖者。搜索式阅读、标题式阅读、跳跃式阅读成为阅读的主要方式。阅读者已经离不开为他们提供浅阅读的各种工具，阅读者逐渐成为浅阅读文本承载体的附属品。这些工具随时随地为阅读者带来阅读快感，并使之沉迷其间，忽略了自身在阅读中所具有的主体价值。

生活方式的转变势必影响到阅读方式的改变。时代在创新，阅读方式也应与时俱进，应该在充分利用当代提供的先进技术的情况下推动阅读方式的创新，培养阅读者与以往不同的、适应时代发展的阅读习惯。通过创新实现对文学经典的新的接受方式，构建起与阅读主体阅读能力相适应的阅读方式和阅读体系。

阅读能力培养的有效策略

如何把浅阅读与深阅读有效地结合在一起，使阅读者能够更好地接受经典作品，这是摆在全世界面前的一个大问题。负有教书育人使命的高校更是面临着阅读方式改变带来的冲击。为了使大学生更好地了解人类文明的优秀成果，培养他们的深阅读能力，各个高校普遍开设了与人文经典推介相关的通识课。在这里我们以"俄罗斯文学通论"为例，与大家分享一下我们向学生引入俄国

---

① 顾玉清：《浅阅读时代的深层思考》，《人民日报》，2010 年 8 月 10 日。

文学经典文本阅读的经验。

众所周知，俄罗斯文学是世界文学经典的重要组成部分，是具有独特文化内涵的民族文学，对人类文明产生过重要影响。特别是俄罗斯文学所具有的人道主义传统、现实主义精神和弥赛亚意识都是世界文学最为宝贵的财富。向当代大学生介绍俄国文学的经典作品是培养当代中国大学生人文情怀的重要内容。但是由于俄国文学具有的语言文化差异、作品体量的厚重以及关注社会人生的深度广度都使很多当代中国大学生产生了疏离感，阅读文本成为摆在选课学生面前的一道难题。如果不能了解文本，那么课程的设置将失去自己的意义。因此引导学生进入到文本阅读中就成为授课的重要任务之一。

通过问卷调查，我们了解到，选课的大学生在初高中阶段对俄国文学经典作品的接触并不多，而且主要集中在苏联文学作品。对于其他时期的俄国文学基本处于文学常识的状态，只是了解作家作品，并没有接触过具体文本，因此也谈不上是否喜欢阅读俄国文学。对于具体的经典文学文本，学生们主要提出了人名难记、缺乏娱乐性、思想性太强和作品篇幅太长等问题。针对这些问题，我们制定了相应的策略。发挥俄国文学的固有优势，并结合当代的新媒体技术，综合利用社交平台，采用当代大学生喜闻乐见并且能够熟练使用的技术平台，创造出培养学生阅读能力的新方法。在引入俄国文学经典文本的同时，培养学生们的阅读能力和阅读习惯，实现通识教育的目的。

首先，文本的图像化。曾经有一句时髦的话，叫作"有图有真相"。现在比图片更能表现真相的是视频。据统计，2016年度资讯方面点击率最高的是在微信平台上发送的各类视频。这些视频短小精悍，能够把相应的信息浓缩在数分钟甚至数十秒内，而且能够保证音视频的效果。中国新闻出版研究院发布的第十三次全国国民阅读调查显示，18—29岁群体的手机阅读接触率最高，达到89.6%，其中微信成为手机阅读接触者的首选，而且成年国民人均每天微信阅读时间为22.63分钟。由此可见，微信平台已经成为人们重要的阅读工具，而小视频在微信平台的信息传递中所占的比重越来越大。这对于俄国文学经典文本的推送是一个有利条件。大家都知道苏联电影与俄国经典文学的不解之缘，几乎所有的俄国文学经典文本都被搬上了银幕。

在教学过程中我们利用编辑软件对影片中的经典桥段进行剪辑，然后通过微信平台提供给学习者。这些精彩片段往往演绎了文本中的精彩场景，能够引起学习者的兴趣和好奇心，从而产生观影的意愿。教师利用微信平台对电影与文本的异同进行适当讲解，激发学习者对文本的兴趣，引导学习者从观影进入到文本的阅读。需要指出的是，观看视频与阅读文本存在着本质的差别，必须进行及时的讲解和引导，使学习者能够产生相应的联想与思考，实现对文本的把握和阅读习惯的养成。

其次，文本的碎片化。碎片化是浅阅读的特征之一。碎片化的出现与当代的阅读方式有着直接的关系。上面提到的国民阅读调查显示，成年国民网络在线阅读、手机阅读、电子阅读器阅读等数字化阅读方式的接触率为 64.0%，超过了图书阅读率的 58.4%。成年人人均每天手机阅读时长首次超过 1 小时，达到 62.21 分钟。由此可见，人们在当下阅读中对电子设备的依赖程度。而电子设备自身的不足（如内存的大小和电池续航时间的长短）导致阅读文本体量的受限，很多信息只能以碎片化的形式出现。现代社会的快节奏生活又为碎片化信息的出现提供了生存空间。人们在不知不觉中养成了接受碎片化信息的阅读习惯。

引导学生进入深阅读层次必须要改变已经形成了的阅读定式。经典文本中有诸多的名言警句和今天可以称作"段子"的精彩片段。把这些片段从文本中梳理出来，以电子文本的形式发送到网络平台，实现文本信息的共享。同时以这些片段为切入点，引导学习者接触文本中的上下文，实现从片段到整体的诱导式阅读。教师要参与诱导阅读的全过程，对学习者的阅读过程加以干预，带领学习者对文本进行精读，培养学习者对文本的分析能力。提高学习者的审美鉴赏力，最终养成阅读习惯，形成阅读能力。

最后，文本的娱乐化。娱乐化阅读的出现与消费社会的形成密切相关，是时代特征的体现。娱乐化阅读可以帮助阅读者释放内心的焦虑和压力，使其在尽量短的时间内获得最大的精神愉悦。尽管这种精神快感是非理性的，但它却成为阅读的目的之一。当代大学生是在消费主义价值观下成长起来的一代人，追求娱乐带来的压力释放感已经成为他们的生活方式，这也是他们接受浅阅读的动因之一。在通识课中我们认为要有效地把握娱乐化，利用文本具有的娱乐性特征来推进对文本的阅读和把握。一方面，俄国文学的经典文本多具有狂欢化的特征。狂欢化本身就是对仪式的消解，具有戏谑的特征，使阅读者在逆向思维中对既定的社会现实进行思考和分析，这本身就具有娱乐化的属性。它本身也体现了俄罗斯民族的内在心性。另一方面，娱乐化本身在一定程度上也体现了人类共同的审美标准和审美接受。娱乐化所带来的精神愉悦恰恰是阅读者审美心理的外在表现，尽管这可能是肤浅的。这种娱乐化在文本中的本质是一种含泪的笑。教师在引导学习者阅读文本的时候，重要的是要揭示出隐藏在"笑"背后的"泪"。在获得精神愉悦的同时领会到更深层次的思想内涵，从而达到深阅读的效果。文本娱乐化的过程本身是一个碎片化的整合过程，它把复杂的内容简单化，意图达到相反的效果，把阅读者引入到一个更深的思考层面，力求培养出以思考为目的的阅读者。

网络时代，知识的传播方式发生了巨大的变化。浅阅读本身并不是阅读的异化，而是人类进步的产物。通过多年的通识课教学，我们深深地感到，在当下培养青年一代的阅读能力和阅读习惯是一项任重而道远的事业，它不可能一蹴而就，而是要循序渐进。教育者必须与时俱进，充分掌握现代数字技术，利用新媒体带来的多元化阅读载体，使阅读方式当代化。鼓励和帮助年轻一代去寻找更好的阅读方式，帮助他们建构起属于自己的阅读生活。

（穆重怀撰写）

四、新媒体与文学经典教学的创新

"新媒体与教学改革"逐渐成为教师热议的"新常态"。新媒体教学为学生提供更加多元、立体的学习和信息获取平台，实现了师生的实时互动交流。现代文学经典作品在其精神内核、接受影响、时代传播方面都较为适宜新媒体教学。因此在教学改革的大背景下，合理优化现代文学经典教学资源的结构形态、建构互动交流的教学平台、提升现代文学经典教学的传播功能就显得十分必要而紧迫了。

"新媒体"逐渐成为近年来教学改革研究的热点之一，是教师热议的"新常态"。新媒体是以互联网、手机客户端、数字电视等网络平台、数字技术为代表的数据传播模式，电子杂志、数字广播、数字电视等皆可纳入其中。由于新媒体具有交互性与即时性、海量性与共享性、多媒体与超文本、个性化与社区化等显著优势，它的多维立体性及全息性对当下教学产生了巨大影响。在新媒体环境的簇拥下，文学经典功能指向乃至文本本身的话语风格、情节组织、审美接受等方面产生一定程度的变异。新媒体的繁盛模糊了影像与文字之间的界限，电子、数码技术的发达使经典得以媒体化呈现——网络直接化入教学；教师对经典作品的讲述也日渐强调形式、注重视觉愉悦。为实现学生对学习内容高效、合理的掌握与运用的教学要求，新媒体教学日益广泛应用于各个领域，越来越多的学校和教师青睐新媒体、实践新媒体，这也必将是教学改革发展的趋势。在此背景下，立足于新媒体技术的分析与展望，将新媒体形式纳入到现代文学经典的教学方法之中，让新媒体技术作为学生知识系统得以建立和发展的基础手段之一就显得尤为重要。

新媒体发展与教学资源的优化配置

新媒体的盛行不仅从媒介技术方面改变了信息传播模式，更从传播方式上颠覆了以往从上至下、从点到面的单向传播形态，而这种传播形态与教师教学和学生听课非常相似。新媒体教学无论在教学资源的合理布局，还是在教学内容的属性认知，抑或是在教学资源的分享互动等方面都明显地有别于传统媒体教学。新媒体教学克服了传统媒体教学在时间、空间上的局限性，在媒介功能上突破了传统教学单一、模式化的瓶颈，并且为教学资源的优化配置提供了更加宽广的平台。

首先，新媒体教学为学生提供更加多元、立体的学习平台。在传统的教学环境下，学生对于知识理解和接受的形式比较单一，仅局于文本文字的接受，学生不同层级的前理解制约了接受的视野。而新媒体则带来了教育信息资源的多元化，在信息形态上突破了传统媒体的信息形态，在文本基础上衍生出了图像、视频、音频等新媒体形态，并延伸至不同的领域，例如政治、经济、科技、历史、文学、娱乐等方面。同时，新媒体也带来了教学模式的立体化，传统媒体的教学方式通常是单一渠道传播，即"传道授业"，教师多运用板书、图片等方式上课。而在新媒体教学环境中，教学信息资源不断地整合、集散、扩充成一个全方位、多模式、微传播的网络信息资源系统，从而在一定程度上激发了学生的学习兴趣，扩展学生的认知空间、激发学生的探究热情。比如讲授曹禺的《雷雨》，在新媒体不甚完备的情况下，教师可使用介绍作家及作品创作背景、细读台词、"三一律"理论介绍、学生分角色表演等方法教学，尽管也会取得不错的效果，但学生的获益程度并不相同。若能高效利用新媒体，比如播放曹禺先生的讲话视频，《雷雨》的话剧、电影片段，《雷雨》不同版本的台词改动影印等，则可更多更广地调动学生的积极性与理解力。

其次，新媒体教学为学生提供高效、智能的信息获取空间，提升学生学习的主观能动性。传统媒体中蕴含着广博的教育资源，但是这些资源的传递主要取决于教师，教师成为学生获取知识的重要的"把关人"，因为传统媒体不具备新媒体所特有的信息检索功能，学生主动挖掘知识信息的时间和精力成本都比较高。与之相比，新媒体不仅蕴含着庞大的信息资源，并且具有智能、高效的检索功能，可以充分地对信息资源进行组织、挖掘、提取并实现资源的合理配置。新媒体教学的智能获取空间可以使学生在获取知识的基础上不断地扩充、重构自己的知识视野，可以引导学生在更深层次、更新视角对教学内容进行主动的思考。

最后，新媒体教学可实现师生的实时互动交流。由于媒介技术所限，传统媒体教学仅仅是单项的信息传递，而新媒体所特有的实时互动特质则使教学资源在时空中无限敞开，使得知识的获取更新更加及时有效，也使得教育资源的应用更具时代价值。教师公开自己的博客、微博、微信、QQ号，学生既可以直接给老师留言，也可通过阅读老师分享的链接、文章拓展思维空间。在新媒体教育环境中，学生可以不受时空局限，对教学内容提出疑问，并进行不同的意见交换、评论，形成一个开放、互动的交流空间，也使教师教学体系的建构与时俱进，更加完备。

新媒体视域下的现代文学经典讲授

以个性解放和民族救亡为主题的现代文学经典，在中国社会的文学史和精神史上都占有极其重要的地位。中国现代文学经典的新媒体传播与传统媒介时代相比，无论在作品体式形态的呈现、文本信息的传递、美学风貌的接受还是社会效应的产生上，都发生着巨大的变化。"教育的感知力（pedagogical perceptiveness）部分来自于某种无言的直觉的知识。"[①] 新媒体传播以其独特的互动性、高度的开放性、多维的整合性为现代文学经典传播构建了一个崭新的平台，直接作用于学生的"直觉的感知"。相对于古代文学或外国文学经典作品，现代文学经典更加适合运用新媒体进行教学改革。

首先，从文学经典内容的角度出发，现代文学更加适用于新媒体教学平台。现代文学经典传播的目的和内容主要是以国家社会需求为切入点，时刻谨记思想启蒙、民族救亡和文化批评的历史使命，其对革命理想以及人性解放的追求恰与当下新媒体的自由、民主精神相契合。现代文学经典既是与国家变革紧密联系的文化精神，又是与社会发展密切相关的文学追求。其次，从学生接受的视角出发，现代文学经典较之古代文学与外国文学经典，它的切近性与在场感也更适于新媒体教学平台。现代文学经典的创作主体是具有平民意识和时代精神的精英集团知识分子，这造就了它前所未有的以精英视角观照的平民品味，这与新媒体大众化、平民化的特点相一致。最后，从现代文学经典作品的传播影响来看，现代文学经典与古代文学经典和外国文学经典相比具有更加广泛和深刻的影响力和公共性。虽然在新媒体语境下的现代文学经典受到了前所未有的挤压和改写，特别是网络盛行后，现代文学的当下接受再次出现了动荡，但这并未使现代文学的影响力式微，反而使"民国往事"一次次发酵提纯。虚拟社区中对现代作家作品的关注批评，以及"为你读诗"等公众号平台或 App 等对现代作品的复活传播，使阅读现代文学成为不可或缺的"文艺范"。在这样的场域中，我们引导大学生的现代文学经典阅读别有一番意义。

基于新媒体技术的现代文学经典教学创新

新媒体技术的发展为现代文学经典教学带来了巨大的变革，互联网、大数据更是为师生架构起全新的知识交流空间。面向现代化的教学资源理应在基于

---

① ［加拿大］马克斯·范梅南：《教学机智——教育智慧的意蕴》，北京：教育科学出版社，2001 年版，第 273 页。

新媒体技术发展的基础上进行整合，从而实现新媒体教学的与时俱进。

第一，合理优化现代文学经典教学的结构形态分布。新媒体教学平台的结构特征是以集成性与分散性、海量性与共享性、多媒体与超文本为主的，现代文学经典教学资源的组织分配也是基于此建构的。在传统的教学平台中，现代文学经典的信息资源仅仅是教师理解分析文本而后以模拟信息的模式传递给学生，而在新媒体技术的教学平台中，教学资源的结构配置以图像、视频、音频等多元方式呈现，信息资源应具视觉性、观赏性。比如对萧红生平的讲授，教师可以引入电影《黄金时代》各个版本的片花，全方位地还原作者所生存的时代、所经历的爱情，是非判断留给学生定夺，而非灌输式地按教科书教学。

第二，建构互动交流的现代文学经典教学平台。若非教学督导和学生打分机制的反馈，教师很难自觉地对自己的思想观念和行为方式进行批判性的分析和审查。杰克森在其研究中指出教师具有"观念简单性"特征，即教师不愿意探究复杂事件的其他可能解释，在处理教学事件上所采取的策略或方法大多是直观性的或是依赖于既有的经验，而非探究或是反省思考的产物[1]。新媒体的交互性与即时性、个性化与社群化等特征可以有效规避教师教学"观念简单性"弱点。在建立于数字技术和网络技术基础之上的新媒体教学平台中，现代文学经典的教学资源呈现出发展性、融合性、开放性的特征，有助于学生对于现代文学经典的理解与接受。新媒体整合下的现代文学经典教学资源系统包括数字图书馆资源，例如现代文学经典电子书、参考文献等；视频教学资源，例如现代文学经典的视频公开课、现代文学经典的动画演示、现代文学经典的影视改编；网络课件资源，例如现代文学经典的电子教案等。在互动交流的新媒体教学平台中，教师和学生平等地进行意见交流、沟通思考，类似于网友的聊天，畅所欲言、率性自由。学生的全方位、立体阅读也会促使他们对老师的讲授形成独创性的意见，二者的有效沟通真正做到了教学相长。

第三，提升现代文学经典教学资源的大众传播功能。教学资源的合理优化配置与互动交流除了在教学方面的应用之外，还可注重其在社会传播领域的功

① Jackson, P.W: *Life in Classrooms*, London : Teachers College Press, 1968: 98.

效，从而做到开放式教学。现代文学经典教学资源在公共领域的影响也是衡量教学水准的重要标准之一，新媒体平台的开放性决定了经典教学不仅局限于课堂学习，也方便大众"听课"，任何对此感兴趣的学习者均可通过现代文学经典的教学资源平台获取各种相关知识信息，参与远程学习、自主交流、社区讨论等，使现代文学经典教学资源有机地融合、扩散、提升，成为一个不断完善的整体。"慕课"（MOOC——Massive Open Online Course）便是非常好的新媒体教学实践，既有经典教学的深入浅出，又有面对公共领域的现实针对性。

新媒体对现代文学经典学习资源的建构、教学功能的完善以及学习资源的合理配置都起到了一定的推动作用，在科技手段的应用下，现代文学经典作品的教学改革是媒体数字化转型发展的必然要求，是对传统教学方式的必然超越。

（刘巍　卢兴撰写）

五、鲁迅文本：经典与大学生的例证

鲁迅精神内涵丰富，在不同时代都具有强烈的时代价值和现实意义。鲁迅精神深刻地影响着中国一代代青年，被誉为青年的灵魂导师，青年也一直是鲁迅所关心的对象，当代青年大学生与鲁迅沟通，接受鲁迅是一种历史的必然选择。大学生通过阅读鲁迅文本可以汲取其精神营养，引导自己成长，逐渐形成正确的价值观、人生观、爱情观。引导大学生学习鲁迅精神，应该以人为本，采用渗透式、主体间互动教育方式，尝试与中国现代文学、近代史教学实践等相结合。鲁迅精神的意义与价值不仅属于当代，同时也关照着未来。他的作品和精神将伴随当代青年一路前行，青年也有把这种宝贵的财富一直绵延下去的重要使命。

当前是我国社会主义现代化建设的关键时期，面对复杂的国际形势和激烈的国际竞争，我们必须不断提高国民素质，进一步推进人的现代化进程，才能实现中国梦。青年大学生是全面建设小康社会和实现中华民族伟大复兴的中坚力量，重塑和培养有理想、有道德的现代化新人，重点是对青年大学生进行有效的思想政治教育。当代大学生思想上存在一些共性问题，而当前高校的思想政治教育过多注重理论的强行灌输，方式方法陈旧，尽管教育者的主观愿望是好的，但是教育效果不佳，反而激起了大学生的反感情绪，产生强烈的逆反心理。2024年是鲁迅逝世83周年，我们回首仰望，发现他许多深刻的思想主张是异常宝贵的精神遗产，值得我们严肃认真地去分析、研究与借鉴。我们民族要全面实现现代化，鲁迅将是不可淡忘的一面精神旗帜。对鲁迅精神进行当代解读，发掘鲁迅精神对青年大学生思想政治教育的启示和应用，从而增强思想政治教育的实效性，在当下中国具有鲜明的应用价值，意义重大。

什么是鲁迅精神？鲁迅精神内涵丰富，要深刻理解鲁迅精神，我们必须从他的作品出发，排除鲁迅在政治话语系统中长期被神化的影响，以及其在回复本体过程中被蓄意炒作、贬损亵渎的非学理性操作，真正给其以公允合理的定位。客观地、实事求是地审视鲁迅思想精神客体，我们就会发现其在不同时代都具有强烈的时代价值和现实意义。

鲁迅文本的精神指向

20世纪二三十年代到中华人民共和国成立前，鲁迅代表反封建反专制的知识分子，我们主要关注他的独立思考、不畏强权、理性批判、复仇精神等；从40年代到五六十年代，鲁迅以无产阶级革命家、战士的形象深入人心，集中代表着"革命硬骨头精神""爱国精神"；在70年代，时代更强调鲁迅"俯首甘为孺子牛"的牺牲精神；在80年代，改革开放之初，我们更关注鲁迅的开放胸襟，他大力主张广泛吸取世界各国的长处，赞赏"汉唐气魄"，提倡"拿来主义"；90年代以来，随着中国社会现代化进程的加速，人们对鲁迅精神中清醒的现实主义、反抗绝望、立人思想、创新意识尤其关注。到了21世纪，鲁迅精神也并没有过时，习近平总书记在文艺工作座谈会上的讲话中多次谈到鲁迅精神，他赞赏鲁迅对人民的热爱，说如果不熟悉底层民众的处境，鲁迅就不可能塑造出祥林嫂、闰土、阿Q、孔乙己等人物；在谈到学习世界优秀文化成果时，习近平总书记说"鲁迅等进步作家，当年就大量翻译介绍国外进步文学作品"，他还特别谈到鲁迅的"批评精神"，文艺批评就要褒优贬劣、激浊扬清，谈到改造精神世界，他再次提到鲁迅，"鲁迅先生说，要改造国人的精神世界，首推文艺"。可见，鲁迅精神厚重丰富且关涉现实，在现实生活中我们总能在鲁迅精神中汲取营养从而更有力地前行，而且鲁迅精神是活的，是源头活水，随着时代的变化我们的关注点也不同。

鲁迅精神深刻地影响着中国一代代青年，被誉为青年的灵魂导师，青年也一直是鲁迅所关心的对象。鲁迅一生以"立人"为己任，认为青年是中国未来的希望。在《热风》中有这样一段深情的话："愿中国青年都摆脱冷气，只是向上走……能做事的做事，能发声的发声。有一分热，发一分光，就令萤火一般，也可以在黑暗里发一点光，不必等候炬火。此后如竟没有炬火，我便是唯一的光。倘若有了炬火，出了太阳，我们自然心悦诚服的消失，不但毫无不平，而且还要随喜赞美这炬火或太阳：因为他照亮人类，连我也在内。"[①] 这段话中包含着作者对于中国青年和社会的无尽期望。但由于历史的变迁，时代环境的变化，当代青年对于鲁迅精神在体认上存在着一种隔膜。绝大部分青年只知道鲁迅是中国现代以来最伟大的作家，是"中国文化革命的主将"，他以作品作为投枪、匕首，与封建社会的黑暗做斗争，认为社会已经发生了翻天覆地的变化，在社会主义新时期，鲁迅的作品已经丧失了它的价值与意义。另外，鲁迅先生一生执着于中国的启蒙，要打破铁屋子的黑暗，然而自身却难以摆脱因怀疑一切而带来的"鬼气"，这使他成为中国最忧愤的灵魂之一。如此复杂而痛苦的灵魂使很多当代青年不忍去触碰，担心在拷问自身灵魂的过程中，不堪心灵的重负，以鲁迅的方式来思考社会人生，会让自己活得很累，因而不敢直面鲁迅。又因为鲁迅文本自身的艰深，使得在快餐消费时代成长起来的青年，很难摆脱浮躁，认真地啃噬文本当中的深刻。

其实，当代青年与鲁迅沟通，接受鲁迅是一种历史的必然选择。他们与鲁迅一样，处于一个历史、社会、文化的转型期：面对东西方文化的冲击，在传统与现代之间，在困难的歧路面前，他们自然会产生与鲁迅类似的探索与思

---

① 鲁迅：《随感录四十一》，《鲁迅全集：第一卷》，北京：人民文学出版社，2005年版，第341页。

考。在转型时期，选择属于民族的道路。此外，在更加合理的现代教育体制下成长起来的年轻人，接受了多元化的思想，不会再把鲁迅当作一个神或者偶像来崇拜，也不会轻率地、偏激地去否定他，而是以更科学的态度去分析理解，与鲁迅进行平等、独立的对话，从而在内心中更容易接近真实的鲁迅。

鲁迅文本的接受向度

当今青年大学生思想状况的主流是积极、健康、向上的，但是不可否认，部分大学生存在一些较为突出的共性思想问题，面对这些问题，我们可以从鲁迅精神中得到启示。鲁迅精神体现在他的作品中，大学生通过阅读鲁迅作品可以汲取其精神营养，引导自己成长，逐渐形成正确的价值观、人生观、爱情观。

首先，在市场经济条件下，有些人过分强调经济利益，对理想信念热情不高，更关注自身的状态和现实的利益。这些观念和想法直接影响着大学生的价值观，使部分大学生的价值取向从乐于奉献的理想生活转向注重实惠的现实生活，从追求理想和知识转向追求金钱和物质享受，一些大学生不同程度地存在着政治信仰迷茫、理想信念模糊、价值观念扭曲的问题，重物质轻精神。这些学生往往以自我为中心，缺乏爱国主义，缺乏为社会和集体牺牲的精神。鲁迅是民族魂，爱国主义是他精神的主要体现。青年时期的鲁迅就指出："强种鳞鳞，蔓我四周，伸手如其，垂涎如雨。""中国者，中国人之中国。可容外族之研究，不容外族之探检；可容外族之赞叹，不容外族之觊觎者也。"[①] 对帝国主义的侵略野心进行揭露，表达了捍卫国土的决心。在《斯巴达之魂》中鲁迅激励中国青年要有斯巴达勇士的战斗精神，保卫祖国反抗侵略。鲁迅的一生把矛头指向封建文化礼教和专制社会，鲁迅后期把对祖国、对人民的爱投射到对无产阶级及其政党的信赖和热爱上，用阶级论的武器做韧性的战斗。鲁迅的"牺牲精神"是爱国、爱人民的具体体现。鲁迅总是站在广大人民群众的立场上，关注着民众的生存状态、命运与前途，让自己与民众共同呼吸。在观察与分析

---

① 鲁迅：《中国地质略论》,《鲁迅全集：第八卷》, 北京：人民文学出版社, 2005 年版, 第 6 页。

问题时，总是以是否符合最底层民众的利益作为根本标准。鲁迅的人民立场和牺牲精神是值得当代大学生发扬的，当代大学生读书不应只为自己，要有济世情怀，应该始终铭记鲁迅先生的话："外面的进行着的夜，无穷的地方，无数的人们，都和我有关。"①

其次，缺乏怀疑精神，容易盲目追赶潮流。大部分大学生在课堂上更愿意被动式接受知识，不会主动质疑、挑战权威。调查数据表明，"985"院校学生在"课上提问或参与讨论"题项上，有超过20%的中国大学生选择"从未"，而选择这一选项的美国大学生只有3%；只有10%的中国大学生选择"经常提问"或"很经常提问"，而选择这一选项的美国大学生约为63%。大学生缺少怀疑精神，就容易盲目跟风，不辨是非，被不怀好意的域外敌对势力和犯罪分子所迷惑、迫害。对国家民族来说，缺少怀疑精神就很难形成创新意识，很难提升国家和民族在世界上的核心竞争力。鲁迅不是人云亦云，不被时代潮流赶着走，他始终保持清醒头脑，独立思考，敢于质疑。对待文化，鲁迅提倡多元化的发展观，认为各种文化都存在固有的偏至之处。对外来文化鲁迅并不是全盘接收，他反对"送来主义"，认为并非外来的就是好的，主张有取舍地吸收；对传统文化他主张取其精华弃其糟粕，采用"拿来主义"策略批判地继承传统资源。鲁迅对文化的态度提醒当代大学生在复杂的国际国内形势下既要有开阔的胸襟，又要保持清醒头脑，明辨是非，有所取舍。鲁迅拒绝一切瞒和骗，他直面国民劣根性，进行国民性的反思，他也解剖自己，欲食本味，他的一生从未停止过反思。鲁迅清醒的现实主义精神、反思精神对当代大学生具有启示意义。

最后，在培养健全人格方面，鲁迅的"立人"精神，主张尊个性而张精神，要求每一个社会成员的个性都能得到合理健康的发扬，有自己的健全的人性。"人立而后凡事举"，这给我们当下大学生人格教育有益的启示。鲁迅呼唤"人"的觉醒，其实就是呼唤"主体意识"与"生命意识"，也即自我的觉醒和

---

① 鲁迅：《这也是生活》，《鲁迅全集：第六卷》，北京：人民文学出版社，2005年版，第624页。

对其他生命个体的尊重。当代大学生的主体意识在对自我的保护和尊重方面已经比过去有了很大的改变。不过，有时候他们又存在走极端的情况，因为越来越多的人来自独生子女家庭，他们习惯了唯我独尊，我行我素，甚至对自己生命的处理都认为是个人的事情，跟他人没有关系。有些学生遇到学业、恋爱方面的挫折，选择逃离现实，沉迷于虚幻的网络世界，甚至有的轻易选择自杀。在小说《伤逝》中，鲁迅通过子君和涓生的爱情悲剧，反思青年婚恋问题，对当代大学生如何对待爱情，以及如何选择生存与发展等问题具有跨时代的启迪意义。

鲁迅精神的传播策略

当代大学生思想上的这些问题和高校教育方面的很多不足有关，如以智力教育代替人格教育，盲目追求成绩、就业率，注重实际利益，重理论轻实践等。在新形势下，高校思想政治理论的教育难度越来越大，将鲁迅精神融入对当代大学生的思想政治教育中去，从而寻找一种更多元、更有效的教育方式，无疑是一种有益的尝试。

大学生学习鲁迅精神，要做到以人为本，不能强行灌输，要采用渗透式教育方式，引导大学生真正走近鲁迅，热爱鲁迅，让鲁迅精神成为其人生当中重要的组成部分。可以在大学校园开展"鲁迅读书会"或开设"鲁迅作品赏析"选修课程，引导学生回到鲁迅那里去。鲁迅本体意义的存在主要依赖于他留下来的全部文本，读《鲁迅全集》是理解鲁迅智慧与哲学的全部基础，是获得个人体验的全部出发点。但是阅读经验告诉我们：鲁迅作品本身是十分艰深的，白话文初创时期语言的生涩，造成语法以及文字阅读上的陌生。另一方面，从中学时代便开始的鲁迅作品的学习，并不是在主体阅读基础上形成的个性化体认，而是教师主观式的灌输，甚至是"左"的思想的影响。这都在某种程度上影响着青年对于鲁迅作品的接受和理解，心理上产生了敬畏而非亲近之感。消除这种畏惧和隔膜的关键是克服青年对鲁迅的心理障碍，激发青年人积极主动地阅读鲁迅作品的兴趣。只有在主动阅读的基础上鲁迅才能径直地走入青年的心灵深处，使青年领略到他作品的风采、人格的魅力，并自觉地把鲁迅精神作为自己一生当中重要的资源。

大学生学习鲁迅精神，要采用主体间互动方式。在学校开展辩论赛，在课堂上开展讨论。让学生主体参与对鲁迅精神的阐释，在阐释中师生互动，学生间互动，在这个过程中使学生对鲁迅精神有更深刻的理解，比如题目"当代中国是否需要鲁迅精神""中国国民劣根性还在吗"。可以在全校范围内组织演讲比赛，比如题目"走近鲁迅之鲁迅对我的触动"，在这个过程中可以使学生在无形中将鲁迅精神主动内化为自我精神品质，通达整体性自觉，实现学生理想人格的重建。在此基础上教师给予必要的指导或者自身阅读相关的书籍，从而获得个人对于鲁迅的看法，形成自己的鲁迅观。教师在读书、讨论、辩论、演讲之中要进行记录，之后进行书面总结，再采用调查问卷形式反馈教育效果，进行评估、调整。在活动过程中使鲁迅精神潜移默化地影响、塑造当代大学生的精神品格，起到思想政治教育的效果。

　　大学生学习鲁迅精神，应该与中国近代史教学实践相结合。"中国近现代史纲要"是全国高校必修的思想政治理论课程，通过让学生了解近现代中国所发生的历史事件，进而树立正确的人生观、价值观、历史观，理解中国人民为什么选择了马克思主义和中国共产党，为什么选择了社会主义和改革开放。1840 年到 1949 年是中国近代史部分，也是中国历史上千年未有之大变局。鲁迅生活在 1881 年到 1936 年，他亲历了晚清的甲午战争、洋务运动、维新变法、八国联军侵华、日俄战争、辛亥革命、五四运动、五卅运动、三一八惨案、四一二事变、九一八事变等重大历史事件。这些历史事件对鲁迅的生活、思想、创作都有重大影响，同时鲁迅的文章也是近代史研究不可或缺的史料。在"中国近现代史纲要"课程的教学中引入鲁迅作品及思想能让学生更形象地理解那段历史。比如，让学生课后阅读《阿Q正传》《风波》《头发的故事》《药》等小说，分析辛亥革命失败的原因及教训；通过阅读《记念刘和珍君》《无花的蔷薇》《死地》《可惨与可笑》等杂文，了解黑暗的军阀统治、国民大革命爆发的原因等。同时，把鲁迅及其文章放到他所处的历史语境中去考察，也能让大学生更好地理解、学习鲁迅精神。

　　黄侯兴先生曾说："鲁迅精神必将进一步激发全民族的觉醒与崛起，使这个古老的民族从此更加振作起来，在强手如林的世界舞台上成为一个'尚可以有为'的民族。"① 当代大学生们肩负着民族复兴的重任，鲁迅宝贵的精神财富将是开创民族大业的大学生们必不可少的精神食粮，引导当代青年大学生自觉学习传承鲁迅精神是时代的需要。鲁迅的意义与价值不仅属于当代，同时也关照着未来。他的作品和精神将伴随当代青年一路前行，青年也有把这种宝贵的财富一直绵延下去的重要使命，让鲁迅的作品随着时代常读常新。

（霍虹撰写）

---

① 黄侯兴：《鲁迅——"民族魂"的象征》，济南：山东人民出版社，1993年版，第4页。

第四章　校园文化与经典阅读氛围的营造

　　新媒体时代，高校针对大学生文学经典阅读的边缘化、浅表化、碎片化、快餐化倾向必须尽快找出相应对策。对高校来说，应当营造读书氛围，并从课程设置上重视文学经典阅读的引导。对高校教师来说，应该有效引导学生进行深阅读。当今大学生阅读出现功利化倾向，他们选择阅读书籍不是以是否经典为标准，往往是以能不能给自己的升学或就业带来实际利益为出发点。远离文学经典，导致欣赏水平与人文素养的降低。对于高校来说，开展文学经典阅读活动、发挥大学生社团的优势打造跨际阅读平台等，可以有效推动文学经典走进大学生的精神深处。

　　学校有计划、有组织地开展经典阅读活动，开展"经典阅读活动月"、经典阅读征文比赛、经典阅读读书沙龙、经典阅读协会等吸引广大学生积极参与经典阅读活动。提高大学生对经典阅读重要性的认识，使经典阅读成为大学生的一种主动行为。帮助大学生制订合理的阅读计划、选择适合的经典阅读，并监督大学生对经典阅读计划的执行。让大学生通过经典阅读结交良师益友、分享经典阅读体会，使大学生在阅读经典作品中丰富和完善自己。

一、大学校园与文学经典阅读的拓展

　　当今社会，电子媒介给纸质文本阅读造成巨大冲击，浅阅读已经成为人们日常阅读的一种普遍模式。浅阅读造成大学生不求甚解、囫囵吞枣的阅读习惯，而文学经典文本则能够以独特的艺术魅力激发学生阅读兴趣，给人独特的审美体验。因此，大学校园可以尝试利用文学经典文本的这一特质拓展大学生阅读，抵制浅阅读现象。"浅阅读是指人们借助现代媒介从符号中获取某种信息或者意义的一种社会实践活动。"[1] 网络新媒体发展冲击纸质文本，潜移默化地改变大学生的阅读方式，当网络、手机逐渐成为大学生的主要阅读渠道，"阅读未必要读书"的观念让快餐式浅阅读在高校中普遍存在。不可否认，浅阅读可以充分利用碎片化时间，同时给人以声、光、影的视觉快感和心理愉悦，但浅阅读具有浅表性、即时性和娱乐性的特征，阅读的功利主义和速成主义倾向非常严重，作家王蒙在谈到网络阅读时表示担忧："阅读会不会变为表层浏览、浅层思维，人们看似夸夸其谈、无所不知，事实上却缺乏深入的、系统的、一贯的思考。"

我曾经在某大学对该校文科学生做过一个阅读情况调查，结果显示，90%以上的学生都会将手机阅读、网络阅读作为主要阅读方式，而这部分学生拒绝阅读纸质文本的理由是多种多样的，如"借书、买书太麻烦"（18%）、"携带不便"（25%）、"无图、不生动"（20%）等，其余37%的学生则根本没有阅读的习惯，无论纸质文本还是电子文本，一概不读，他们用手机和网络所进行的阅读，也仅仅是看看新闻，翻翻电子杂志。这的确是一个危险的信号。

针对当下大学生普遍存在的"读书荒"，高校及教师必须尽快找出相应对策。

要解决的一个重要问题就是重新培养学生的阅读兴趣。文学经典，是能够启迪心灵，并经得起历史和时间检验的人类智慧的结晶。对高校学生来说，阅读文学经典不仅能够陶冶思想情操，提升人生境界，更有助于正确价值观的形成。文学经典以其历久弥新的艺术魅力涤荡着一代又一代青年人的心灵世界，因此，在浅阅读时代，那些经典文本或许能够重新激发学生的阅读兴趣，为他们打开一扇回归深阅读的大门。

重塑经典魅力，激发阅读兴趣

现代大学生都存在明显的阅读障碍，存在这种障碍的根本原因是"快餐文化"的冲击和阅读新媒介的普及，学生阅读的动机由传统的求知与审美转向了消遣与娱乐，消遣娱乐化的阅读不仅使学生阅读范围大大缩小，也降低了阅

[1] 吴燕、张彩霞：《浅阅读的时代表征及文化阐释》，《南京大学学报》，2008年第5期。

读的品位。于是，通俗小说、休闲杂志成了大学生的日常读物，而真正能够启迪心灵、提升精神境界的作品却少有人问津。与此同时，网络和手机的普及也改变了大学生的阅读方式，选择阅读纸质文本的人越来越少，纸质文本几乎已被电子阅读取代。那么针对这种情况，学校和教师应该采取相应对策以改变现状。

首先，对高校来说，应当从课程设置上重视文学经典阅读的引导。具体说来，应当开设文学经典鉴赏类课程，以普及经典文本和培养学生阅读兴趣为目的，旨在提高学生的阅读和鉴赏能力，并通过专职教师的指导，让学生在阅读文学经典中提升人文素质，提高审美能力，丰富情感体验，养成阅读习惯。笔者所在学校近年来已经开设了"文学经典导读""文学修养""中国现代小说名家选读"等多门课程，都是希望以文学经典作品自身的艺术魅力激发学生的读书欲望。实践证明，这一举措已初见成效，校图书馆文学经典图书借阅量逐年提高，学生对电子媒介阅读的依赖性也有所降低。

其次，对高校教师来说，如何有效引导学生进行深阅读，也是一个需要努力的重要方面。当下很多学生对于文学作品的了解和接受往往不是来源于第一手的阅读，而仅限于在课堂经由教师讲解加工以后的第二手材料，教师怎么讲，学生就怎么听、怎么记，与文本的疏离让学生对原著的感性认知几乎为零。于是，直观的阅读体验变成了概念图解和死记硬背，再好的作品也变得索然无味，这也进一步加剧了学生对阅读的反感，形成了一种恶性循环。因此，教师应加强对第一手资料的重视，特别是要引导学生阅读原典，改讲授式授课为讨论交流式授课，扭转学生对阅读的抵触情绪，培养阅读兴趣。

最后，针对学生对文字阅读缺乏兴趣和耐心的情况，教师可以通过一些引导措施和课堂辅助教学手段实现激发学生兴趣的目的。比如，教师可以从文学经典文本与影视剧改编入手，对学生熟知的热门影视作品进行原著重读，之后再对原著和改编影视作品加以对比式分析和讲解，这样就能够有效激发学生的阅读兴趣，同时提升学生的思维能力和人文素养。除此之外，教师还应该在课堂上给学生推荐一些经典文学作品，最好能在推荐时对每一部作品都加以简要说明，对作品的主要内容、特点、风格等加以概括，这样便于学生自主选择自己感兴趣的类型和风格进行阅读。而且，特别需要注意的是，一定要保证对文学经典的阅读质量，杜绝走马观花的阅读方式。

细读经典文本，提倡拓展阅读

大学生阅读普遍存在的一个倾向是阅读深度不够，浅尝辄止。受当下"快餐文化"潮流的影响，很多学生读书不求甚解，甚至是浏览式、翻阅式阅读，或者把阅读当成一种功利性的活动，只挑容易读的、"用得上"的、老师让读的部分读，于是一本完整的书不是被囫囵吞枣地翻阅，就是内容被拆解得七零八落，更谈不上阅读后的回味和反思了。针对这种情况，就需要教师对学生进行日常阅读方式方法的传授和引导。具体说来，就是要培养学生精读、细读的能力，养成深度阅读的习惯。

一方面，要破除快餐文化和娱乐化阅读的不良影响，要让学生看到，真正的文化营养和底蕴绝非来自"快餐读物"，要真正领悟传统经典之精髓，通过阅读汲取营养、完美人格，就应当深读、精读、细读。所谓细读，是一种对于文学作品的鉴赏方法，细读是一种主张阅读者应当认真、审慎、细致地阅读原文，从而挖掘出文本内部所产生的意义的文学阅读与批评方法。王先霈把文本细读概括为："从接受主体的文学理念出发，对文学文本的细腻、深入、真切的感知、阐释和分析的模式与程序。"[①] 文学经典往往都是蕴意丰富的多义性文本，细读的方法能透过文字或文字意象达到作品所隐含的深邃之境，要想真正领悟文学经典的奥妙和巧思，就要求在读者和文本之间产生真正的深度对话。

当然，长期以来形成的阅读惯性是很难在短期改变的，教师可以循序渐进，先让学生读一些纯文学类的杂志，或是选取名家的短篇作品进行细读训练，经过一个阶段的适应过程之后，再让学生读长篇经典。

另一方面，在阅读方式上，要运用行之有效的方法引导学生进行深度阅读。有些时候，虽然学生也能够逐字逐句阅读作品，但读后却没能真正体会、理解、消化作品内容，就更谈不上思考。教师可以选取经典文本进行个案分析，或者是让学生在细读之后写一些读后感和读书随笔，这样就能强制性地让

① 王先霈：《文学文本细读讲演录》，桂林：广西师范大学出版社，2006年版。

学生进入深阅读状态，久而久之形成深阅读的习惯。

当然，我们提倡细读、深读，并非要违背当今社会的文化发展趋势，并不是不允许学生利用网络、手机等电子媒介进行阅读，况且消遣式、浅表化的阅读已经成为信息社会人们获取信息的主要渠道。教师应当在引导学生进行深阅读的同时，培养学生的鉴别能力，也就是说，什么样的书值得细读，值得反思，值得重读，只要学生有了这种鉴别能力，就能在浩如烟海、纷繁驳杂的信息时代最有效率地选择有益身心的优秀读物。当然，这种能力的培养需要一个长期的过程。

营造读书氛围，培养阅读习惯

在国民阅读率不断走低的今天，大学无疑是书香最为浓郁的地方，高校应当发挥自身藏书优势，为学生创造一个良好的读书环境，营造读书氛围，让学生养成爱读书、常读书的习惯。

首先，高校应当充分利用图书馆资源。大学生阅读文学经典的最主要来源就是学校图书馆，而现实问题是有些学校对图书馆建设并不重视，有些问题如图书馆藏书老旧、版本过时，热门书籍数量不够，不能满足多个学生同时借阅的需求等，几乎成为高校普遍存在的问题。因此，学校应针对图书馆建设采取一定的措施，如：应根据学生的需求不断增加馆藏图书的数量及种类，顺应时代发展及时更新图书馆书籍，增加文学经典的购书数量，以满足多数学生同时借阅的需求，增加光盘检索和终端查询，完善电子阅览室的功能，开辟经典图书导读专栏，设置新书、畅销书阅览书架等。同时也要努力加强阅览室和自习室的硬件建设，改善图书馆、阅览室的借阅环境，让学生愿意走进图书馆，品味读书的乐趣。

其次，应当形成一个整体性的读书氛围，因为阅读经典是大学生塑造健全人格、提升人文素养的一个重要方面，因此，学校在对学生开展各类思想教育活动的同时，也应该注重学生文化素质的培养，多举办一些校园文化比赛，开展形式多样的读书活动，如读书节、征文比赛、辩论赛、演讲比赛等。这类活动的好处在于能让学生直接参与到品读活动中来，提升学生的阅读兴趣和乐趣，有条件的学校可以定期邀请国内外知名专家学者到学校举办文学经典导读的系列讲座，甚至可以让学生与一些知名作家面对面交流，提升学生解读经典的能力和水平。有些高校在这方面已经做得非常出色，比如常熟理工学院就非常重视提高学生的文学素养和阅读兴趣，虽然是理工为主的院校，但常熟理工学院开设东吴讲堂，定期聘请专家学者做讲座，其中不乏国内外一流的知名学者甚至是诺贝尔文学奖获得者，让学生与大师面对面，在全校范围内形成一种良好的文化氛围。学校还应当鼓励与支持各类与阅读相关的学生社团活动，在学校校报、网站等开辟读书专栏，设立经典图书推荐榜等活动，并定期组织座谈，让学生之间相互交流读书心得，形成良性循环。

在浅阅读盛行的时代，如何让大学生对传统阅读保持一种原初的热情，已经成为各个高校亟待解决的重要问题，而阅读文学经典对大学生阅读深度的引导无疑起到重要作用，重寻经典，重读经典，深读经典，势在必行。

（孙佳撰写）

二、跨际阅读与经典推广平台的打造

有的大学生疏于阅读文学经典，但他们积极参加社团活动，所以从大学生社团的角度思考如何推动文学经典阅读活动就显得非常重要。大学生社团跨年级、跨学科、跨高校，以及在师生之间、学生与图书馆等部门之间所建立起的联系，不仅利于打造文学经典跨际阅读平台、创新文学经典阅读形式，而且在文学经典阅读内涵建设中也具有非常大的优势。跨际阅读有利于大学生欣赏水平的提高与人文素养的提升。

文学经典是人类文明的重要载体，是人类在自身发展过程中精神财富的集中体现。阅读文学经典，对于提升大学生的人文素养具有非常重要的作用。正如佛克马说："经典是指一个文化所拥有的我们可以从中进行选择全部精神宝藏"，"文学经典是精选出来的一些著名作品，很有价值，用于教育"[1]。但现在大学生阅读文学经典的状况令人担忧，有些大学生徜徉于电子媒介的浅阅读，

---

[1] ［荷兰］佛克马、蚁布思：《文学研究与文化参与》，俞国强译，北京：北京大学出版社，1996年版，第50页。

对于经典似乎没有应有的兴趣。而大学生非常热衷于参加多样化的社团活动，这促使我们思考，是否可以从大学生社团的角度引导大学生的文学经典阅读。我们发现，大学生社团所引领的跨际阅读在大学生阅读平台、阅读形式与阅读内涵等方面都具有特别的优势。

文学经典跨际阅读的平台打造

大学生社团是指大学生因共同的兴趣和爱好自愿组成的学生组织。它在高校团委的领导下，按照章程开展活动，参与校园文化建设。作为高校的第二课堂，学生社团组织各项活动，成为大学生广泛交流、提升自我的重要平台。针对大学生文学经典阅读的缺失，近些年高校推出系列文学经典阅读活动，但在这些活动中，似乎还没有发现或充分发挥学生社团的作用。所以，我们通过学生社团打造的跨际阅读平台对文学经典阅读活动推动的研究具有现实意义。

这里所说的跨际，是指学生社团不仅建立起不同年级、不同年龄、不同专业、不同社团、不同高校之间的联系，而且能够加强师生之间的联系以及学生与图书馆等部门之间的联系。学生社团搭建的阅读平台是一种跨际阅读平台。

现在的大学生社团形式多样，"由单一的娱乐健身型社团逐渐向理论学习型、文化艺术型、专业研究型、实践参与型社团和管理服务型社团等新兴、多样化学生社团转变"①。不同社团之间的合作与交流越来越多，这利于大学生文学经典阅读活动的推广。大学生因对文学经典的共同爱好、兴趣与情致进入社团，不同年龄、不同专业的学生聚集在一起。在同一所高校内，跨社团的交流使各个社团成员之间互通有无、相互了解，在文学经典阅读核心力作用下，畅谈自我感知与人生思考。与此同时，不同高校的相似性社团相互联系，互通信息，告知各自学校推出的文学经典阅读系列活动，达成资源共享。跨专业、跨社团、跨高校等空间的突破，阅读平台不断拓展，使更多的大学生参与到文学经典阅读活动当中。

大学生社团加强师生之间的联系，把不同专业的学生和老师凝聚在一起，推动文学经典阅读活动。现在大学师生之间的交流相对薄弱，在很多高校教师

---

① 张文学：《高校学生社团发展现状及其指导》，《中国青年研究》，2006 年第 6 期。

那里，只有"上课"是自己的教学任务，较少主动参与到第二课堂的建设。同时，一些大学生也缺少与教师交流的主动性，或自卑，或无所谓，或没有意识到与教师非课上交流对自我成长的重要性。此时，学生社团以社团名义与教师沟通与交流，希望教师对文学经典阅读提出意见与建议或分享阅读等，不仅能够使教师的文学知识得到现实性实现，而且更多学生可以从教师那里学到非课堂上的东西，包括对自我人格培养等。

大学生社团对大学生阅读现状非常了解，社团根据对大学生阅读状况的调查实际，把大学生的想法和诉求以及对学校推出阅读经典活动的意见与建议，及时反馈给学院、团委与图书馆等相关部门，然后再把图书馆等部门的看法与将要实施的做法反馈给学生。社团搭建的跨际阅读平台，作为第二课堂的实体性存在，对于大学生的阅读起到重要的推动作用。

文学经典跨际阅读的形式创新

大学生社团的生命力在于活动与创造，它的跨年级、跨学科、跨高校，以及在师生之间、学生与图书馆等部门之间所建立起的联系，不仅利于搭建平台，而且也能促进文学经典跨际阅读的形式创新。近年来高校推出读书日、读书周、读书月、读书节等活动，但这只是一个时间性的概念，实际上在新媒体时代，大学生的阅读兴趣与阅读方式发生了很大的变化。大学生社团在打造的文学经典跨际阅读平台上，可以把传统的阅读与新媒体时代的阅读有效融合，创新阅读形式，把不同文体与文本形式、现实阅读空间与媒体虚拟空间、意见领袖与共同参与等多元化阅读形式融为一体。

首先是文学经典不同文体、不同文本形式的"阅读"。文学经典在人类文明史中流淌，以往的文学经典以纸质文本的形式存在，但进入到现代，文学经典的存在样式发生了一定的变化。文学经典多被改编成话剧、电影、电视剧。当然，阅读经典，最重要的是阅读纸质文本，但是在阅读纸质文本之后，可以通过阅读其他文体与文本形式的经典，进一步加深对文学经典的理解。这不仅能够使大学生欣赏各种文学艺术，而且还能感受到不同文本之间的联系与区别。当下，电影与电视剧作为大众传媒，在推广文学经典大众化过程中作用很大，学生不论欣赏、阅读何种形式的文学经典，都可以思考二度创作与一度创作的关联，提升欣赏水平。

其次，从调动学生的主动性出发，社团组织不同形式的"阅读"，比如表演、朗读、讨论等。不同文本与文体形式的阅读强调的是学生的"看"，但学生的参与度似乎"语焉不详"。我们强调学生主动地看，学生参与文学经典的经典化建设过程，让自己在过程中受到文学经典的在场性熏陶。大学生社团排演根据经典改编的话剧，这不仅需要一般的经典阅读，更重要的是把经典变成自我的个人化的形式存在。话剧，可以调动更多的学生参加，而学生观看学生排演的话剧会有一种亲切感，他们的参与涉及对思想蕴含与人物性格的理解。同时，大学生社团可以组织文学经典朗读活动。2012 年莫言获得诺贝尔文学奖，各国电视台都对此新闻进行报道。但是，与众不同的是，日本电视台特别设计播放朗读莫言作品的画面。朗读具有特殊的审美作用，不仅让朗读者进入角色，而且受众也可以在共时性中会心而动。而在表演与朗读之后的讨论，则可以在更高的层次上加深对经典的理解。

最后，跨际阅读可以在现实空间与虚拟空间中共同展开，使阅读分享产生更大效用。大学生社团一方面利用组织排演、朗读、讨论等面对面形式，使大学生在现实空间中表达对于经典的理解，同时社团可以利用新媒体建构网络对话与交流平台，比如"阅读经典空间"，让大学生在这个平台上推荐经典阅读，并随时发表阅读感受，其他同学可以对此经典与同学感受发表看法。在阅读经典空间中，意见领袖也是一个非常重要的角色，可以是老师，也可以是水平相对高的同学。这样，文学经典的网络传播在意见领袖与大学生共同参与中得到回响。

大学生社团利用社团优势组织多样化形式的阅读文学经典活动，活动本身不仅灵活，而且充满趣味性，能够充分调动大学生阅读文学经典的积极性。

文学经典跨际阅读的内涵建设

大学生社团以跨际阅读打造文学经典阅读平台，不仅能够创新形式，而且在内涵建设中也会取得较大成绩。

首先是多重内涵的提炼。社团内不同专业的同学组成阅读小组，来自不同专业的同学对于同一部经典的阅读感受不同，大家可以从不同的角度解读经典。文学经典被各个时代的读者所接受，而同一个时代的读者对经典的接受也有所不同。多义性存在本是经典的特点，大学生对于经典的阅读应该是多样化阅读。来自同一学科或专业的同学因受学科与专业的限制，对于经典的解读可能会停留在自我认知的层面，而对于其他领域的观照相对较少。社团组织的文学经典阅读会打破专业限制，不同专业的学生各有所长，拓展对于文学经典的阅读与理解。比如，阅读巴尔扎克的作品，文学专业的学生对于艺术形式的把握比较自觉，其中蕴含的经济问题会被经济学专业的学生所关注，而人与人之间的关系，社会学专业的学生则更感兴趣……这样，面对同一部经典，来自不同专业的学生提炼多重内涵，对经典的认识更广、更深。

其次是审美水平的提高。后工业社会充满喧嚣，虽然诗意地栖居具有乌托邦性质，但是阅读经典，还是能够在一定程度上使个体沉静下来，面对纷扰的世界而获得一份内心的安宁，并提高审美能力。大学生在电子媒介上阅读文本能够一目十行，但是，面对纸质文本，却没有沉静阅读的心境。这是大学生阅读中普遍存在的现象。有位大学生这样形容自己的阅读状态："眼睛发飘，溜得快，深度不够，没法沉静下来慢慢看、细细咂摸。"[1] 大学生社团组织文学经典阅读活动，以多样化与富有趣味性的形式吸引大学生，使大学生能够从"漂移"状态回到相对稳定状态，在阅读经典中感受美感，以审美的心境看自然、社会与人生。

最后是人文素养的提升。大学生参加社团的动机是在交往中增进友谊、拓展视野、提升自我。大学生社团是潜在课堂，和团委、院系、图书馆等部门联系互动，营造书香氛围。社团聘请校内外的专家与学者谈文学经典，他们把自己对于文学经典的阅读感受与理解传递给大学生；大学生聚集在一起阅读文学经典，在现实与虚拟空间中对话交流；来自不同专业的学生共同解读经典；等等。社团组织的文学经典阅读活动使通识教育落到实处，有利于大学生人文素养的提升。

大学生社团打造跨际阅读平台，符合教育部"大学生素质拓展计划"。在

---

① 陈洁：《经典文献阅读有力推进大学生通识教育》，《中华读书报》，2008 年 10 月 15 日。

文学经典阅读活动中，创新阅读形式，"不断满足学生的文化需求"；"扩大社团活动的参与面，吸引更多的学生参加学生社团与社团活动"①。大学生社团能够充分调动大学生的主动性，积极推动丰富多样的文学经典阅读活动走进大学生的精神深处，在提升人文素养的同时加强学风建设与文化建设。

（史姝扬撰写）

三、媒介宣传与文学经典阅读的传播

文学经典是中国文学史上最璀璨夺目的星星，它不仅集结了无数圣人的智慧结晶，而且体现了中华文化的源远流长、博大精深。大学生文学经典阅读的自我实现不仅是陶冶情操、丰富情感、形成健全人格，更是弘扬优秀的历史文化，传承古老的中华文明的必然选择。

大学生文学经典阅读是传承中华民族博大文化的途径，是陶冶道德情操的选择，是认识人生、丰富情感、形成健全人格的方法。从浩如烟海的文学经典中我们能够了解古老的中华文明，能够汲取先人的伟大智慧成果，能够形成前所未有的民族自豪感和民族自信心。所以大学生对文学经典的阅读在当今网络和信息技术飞速发展的时代显得至关重要，大学生对文学经典的阅读不仅仅是一个自修的过程，同时也是一个传承文化的过程。因此，大学生文学经典阅读的自我实现应该得到全社会的普遍关注。

教育部门将文学经典阅读纳入大学生毕业考核体系

目前，大学生在阅读文学经典时是带着很强的功利性的，并不是单纯从审美的角度来阅读文学经典，不得不说这种阅读的功利化倾向本身就是不正确的。目前大学生的这种阅读的功利化倾向可以分成两种情况：第一种情况是理工科的大学生，他们对文学经典的阅读是为了应付大学语文课的期末考试，不挂科是部分大学生的终极追求，所以他们不得不随便翻翻那些文学经典，充其量只是囫囵吞枣。另一种情况是纯文科的大学生，他们大多数的情况下是为了完成老师课堂上布置的作业，或者自己在写作中需要用到某部文学经典中的名

---

① 廖良辉：《中美高校学生社团管理比较》，《青年研究》，2005 年第 4 期。

言警句来增强自己文章的说服力。这部分大学生中也有少数科班出身的汉语言文学专业的学生，他们阅读文学经典是为了给写毕业论文打一个良好基础，而不是出于自己的喜欢。由此可见，大学生对文学经典的阅读并不是出于怡情养性，体会文学经典的美感、深刻性和思想性的目的，而是呈现出文学经典阅读的功利化倾向。

文学经典阅读在培养大学生正确的世界观、人生观、价值观以及塑造大学生健全人格方面发挥着不可替代的作用，所以正确引导大学生进行文学经典阅读势在必行。大学生这种文学经典阅读的功利化倾向应该引起教育部门的重视。教育部门掌握着教育的命脉，能引导教育的合理展开，因此在正确引导大学生进行文学经典阅读上教育部门有着不可推卸的责任。教育部门应该将文学经典阅读纳入到大学生毕业考核体系中，也就是说任何大学、任何专业的大学生如果想顺利修满学分，拿到毕业证和学位证，必须通过文学经典阅读这项考核。本人认为考核的形式可以分为以下几种：第一，背诵文学经典中重要篇目或名言警句。例如背诵《论语》十则、背诵《孟子》中的经典篇目等。这种考核形式适用于文学经典中的诗歌，不仅可以复习高中时所学的一些诗歌，还可以提升自身的文学素养，为今后走向社会与别人沟通提供良好的语言素材。第二，书写关于某部文学经典的读后感。这种考核形式适用于文学经典中的小说。书写读后感的过程是大学生对文学经典的一个再创造的过程，这个再创造的过程可以透露出大学生对文学经典的理解以及阅读某部文学经典给自己带来的启迪，这种形式可以让大学生在阅读中不断去体会经典的独特魅力。第三，听中文专业的文学经典阅读课，并作听课笔记。这种形式适合于非中文专业的大学生。这些大学生的文学素养相对弱一些，听课可以让非中文专业的学生接受文学经典的熏陶，记笔记可以强化他们对文学经典的记忆，在熏陶中慢慢培养对文学经典的兴趣，感知文学经典的深邃思想。

大学开设文学经典阅读课程

事实上，为数不多的阅读文学经典的大学生在选择文学经典来阅读时往往会避繁就简、避难择易，试图走一条捷径。他们往往会选择篇幅相对短一些、钟情内容相对简单一些、偏爱思想性相对弱一些的作品，而对于那些大部头的、长篇巨制的文学经典作品他们往往会"投机取巧"——翻翻目录、看看简介，或者干脆弃之而去。最显著的例子当数当代大学生对四大名著的阅读，作为一个中国当代的大学生如果连四大名著都没读过，恐怕会让外国人笑话。但实际上，大部分中国当代大学生在面对原版四大名著的鸿篇巨制以及晦涩难懂的半文半白语言时常常是望而却步，他们转而选择通俗直白的白话文简读本来阅读，更有甚者仅仅翻看一下四大名著的目录，或者搜索一下四大名著的故事梗概。另外一些大学生在阅读文学经典时会刻意避开文学经典中难理解的篇目，只看容易理解、故事性强的篇目，例如就文学经典的体裁而言，大部分大学生更钟情于小说，而规避诗歌、散文、戏剧。所以说大学生在文学经典阅读中存在着避繁就简、避难择易的问题。

基于以上的事实，在大学开设文学经典阅读这门课程是相当有必要的，在课程中可以让大学生对那些有深邃思想的文学经典作更多的了解。我国的一些大学开设了文学经典阅读这门课程，但大多是针对汉语言文学专业的大学生，而忽略了其他专业的学生，不得不说这种做法是不可取的。为了正确引导大学生进行文学经典阅读，我国应该在所有大学开设文学经典阅读课程，课程针对的群体应是所有中国在校大学生，不分专业，不分年级。当然，文学经典阅读课程的开设需要注意以下两点；第一，文学经典阅读课程的老师必须具备较为扎实的知识基础。大学生对一门课程的兴趣度和老师的个人魅力关系密切，一个对文学经典如数家珍、了如指掌的老师，势必会在课上对大学生有良好的启发。老师将自己对那些大部头的文学经典的体会潜移默化地注入到大学生的头脑中，势必会吸引学生亲自去翻阅文学经典。第二，文学经典阅读课的趣味性要加强。部分非中文专业的大学生对文学经典阅读课会有一些排斥，传统的教学方法往往会事倍功半，因此授课教师要注意提升此课程的趣味性，吸引学生的阅读兴趣，这样才会达到事半功倍的效果。

媒体加强对文学经典阅读的宣传

当今时代信息和网络高速发展，人们不知不觉进入了一个全新的时代——读图时代。读图时代的到来意味着文学传播的媒介状态不再是单一化，而是变得多样化，如电子媒介和数字媒介的产生都严重冲击着传统的书面文字媒介。

读图时代的显著特征就是以文本形式呈现的语言文字的吸引力遭到弱化，以图像方式呈现的视觉材料的观赏性得到强化。对于乐于接受新事物的大学生来说，这是不需要通过阅读文本语言而营造的一个头脑的世界。我们会发现，大学生似乎在视觉娱乐中见证了真实的历史和现实，似乎不需要通过阅读文学经典这种传统的形式来了解中华文明的起源和发展，不得不说这是一种令人担忧的现状。如今在大街、公交车、餐厅等公共场所里随处可见的是大学生们手里拿着手机、iPad 等电子产品在目不转睛地看电视剧、电影、综艺节目等，却很少看见大学生在这些公共场所里手捧着一本文学经典在津津有味地读。大学生茶余饭后谈论的焦点往往是韩国"欧巴"、英美大长腿，而不是中国文人、民族英雄，所以我们不得不承认读图时代的到来对文学经典阅读产生了前所未有的冲击。

读图时代的到来对文学经典阅读的发展既是机遇又是挑战。一方面影视作品对文学经典的阅读产生了巨大的冲击，另一方面也为文学经典提供了一个新的传播媒介，所以，正确利用媒体这把双刃剑势必会对文学经典阅读产生意想不到的效果。媒体对文学经典阅读的推广应从以下几方面入手：第一，文学经典的影视化。人们应当依据文学经典的本来面目去拍摄电视剧或电影。现在的大学生被"网络化"，沉浸在"读图"中，他们在闲暇时更愿意看一集电视剧、一部电影，把文学经典拍摄成影视作品势必会吸引他们的眼球，观看影视作品时也会激起他们对原著的阅读兴趣。但媒体需要有自己的道德底线，不能把文学经典改得面目全非，一定要实事求是。第二，多开设文学经典阅读栏目。现在的电视节目五花八门，但大多是本着娱乐大众的目的，缺少有深度、有思想内容的节目。在电视上开设文学经典阅读的节目可以提升大学生对文学经典的阅读兴趣。我们都知道中央电视台有一档栏目叫《百家讲坛》，在这档栏目中一些名家绘声绘色地讲着文学经典，吸引了许多大学生。我认为其他频道也可以开设类似的栏目，通过在栏目中介绍文学经典得以引导大学生正确地进行文学经典阅读。试想如果全国各个省级和地方电视台都有专门介绍文学经典的栏目，那么势必会对引导大学生进行文学经典阅读起到显著作用。第三，明星代言文学经典阅读。现今的大学生都有自己的偶像，都有追星的情结，明星代言的东西在他们看来肯定是值得一看的。如果让明星来代言文学经典阅读，让他们在荧幕前宣传阅读文学经典的好处，那么一定会引起大学生对文学经典阅读的重视，促进对文学经典阅读的"消费"。当然，这并不是将文学经典作为一种商品，而只是利用媒体和明星效应来正确引导大学生进行文学经典阅读。

大学生主动参与文学经典阅读

随着网络与信息技术的飞速发展，人们的生活节奏越来越快，随之而来的是人们对文学经典的阅读的观念呈现出日趋淡薄的势头，这种情况在接受过高等教育的大学生这个群体中表现得尤为明显。我们不难发现如今绝大多数大学生在阅读的过程中往往会主动选择非经典作品来阅读，而忽略那些经得起时代考验、经得起历史推敲的经典作品。除了为数不多的正规科班出身的汉语言文学专业的大学生会选择文学经典来阅读，大部分大学生还是更倾向于通俗作品，如武侠小说、言情小说、盗墓小说、玄幻小说、穿越小说等。这些通俗作品故事情节曲折离奇、一波三折，内容上充斥着血腥、暴力、色情，这些作品充分迎合了当代大学生的猎奇心理，吸引了他们的眼球，成为他们的阅读首选。从目前的情况来看，我们不得不承认通俗作品的阅读对文学经典的阅读形成了强烈的冲击，我们可以发现在各大书店中通俗类作品的销量往往要远胜过文学经典作品的销量，这也从侧面反映出当代大学生中存在的文学经典阅读观念淡薄的问题。

文学经典是一个民族文化的集中表现，是一个民族赖以生存的源泉。对待文学经典我们应该怀有虔诚的态度，所以大学生要主动参与到文学经典阅读中去，养成良好的阅读习惯。文学经典阅读的展开不一定非要每个大学生都拿着一本厚厚的书在艰难地读着，文学经典阅读的形式应该多样化，可以采取以下几种形式：第一，举办辩论赛。辩论赛是大学生比较喜欢的比赛，以文学经典内容为主题的辩论赛不仅可以激发大学生对文学经典的阅读热情，而且可以促使大学生对文学经典进行深刻思考。比如某大学就曾开展过关于《水浒传》中宋江究竟应不应该招安的问题的辩论赛，学生们在辩论赛中加深了对文学经典中人物性格的理解，这不失为一种行之有效的方法。第二，举办文学经典知识有奖问答比赛。大学生喜欢有刺激、有挑战性的东西，不喜欢呆板、常规的东西。知识问答比赛有挑战性、竞技感，势必会吸引大学生的注意力。另外奖品的设置也是吸引大学生阅读文学经典的一个重要因素，所以采用这种文学经典知识有奖问答比赛的形式，势必会收到预期的效果。第三，开设文学经典阅读的大型讲座。讲座是接受学术熏陶的良好形式，也是大学生喜闻乐见的一种传播知识文化的形式。邀请名人名家进行大型讲座，如果条件允许还可以邀请一些在国际上知名的学者，由他们宣讲文学经典阅读的重要性。在讲座上还可以免费赠送一些文学经典给大学生，书中可以写一些名家勉励大学生读书的名言警句，这种形式有利于文学经典阅读在大学生中的普及。大学生主动参与以上这三种形式的文学经典阅读都有助于大学生文学经典阅读的自我实现。

文学经典是一个民族文化的结晶，是一个民族文人的智慧成果，也是一个民族得以经久不衰的源泉。从浩如烟海的文学经典中，我们看清自身的渺小，宇宙的浩瀚；从字字珠玑的文学经典中，我们感知到中华文化的源远流长，民族精神的自强不息；从灿若星辰的文学经典中，我们体味到历朝历代的兴衰，时代进步的精髓。每一次翻看文学经典都是与智者对话的过程，与历史共兴衰的过程，与民族同甘苦共患难的过程。当代大学生应该深刻了解中华民族的悠久历史，更应该肩负起实现中华民族伟大复兴的重任，因此当代大学生应该积极主动地阅读文学经典，在阅读文学经典中形成正确的世界观、人生观、价值观，塑造自身良好的形象和健全的人格，肩负起当代大学生的艰巨使命。我们伟大的周恩来总理曾说过"为中华之崛起而读书"，如今的我们不仅要谨记伟人的"为中华之崛起而读书"，更要为传承中华民族的文化而读书。

（姜艳艳撰写）

第五章　大学生文学经典阅读的自我实现

　　培养学生的阅读习惯，培养学生的鉴别能力，这样才能重寻经典、重读经典、深读经典，获得阅读文学经典的愉悦与人文素养的提升。大学生文学经典阅读的自我实现关键在于养成良好的文学经典阅读习惯，阅读的自主度和自觉度大幅提升；同时积累一定的阅读技巧，把握文学经典的时空永恒性、文化传承性、艺术审美性三个方面的特质，在阅读文学经典中成长。

　　大学生实现经典阅读需要大学生个人对自身的合理规划。选择经典阅读课程、撰写阅读笔记、进行经典阅读的心得交流，都是大学生实现经典阅读的明智之举。此外，大学生也应当养成科学安排时间、科学制订学习计划的良好习惯，结合自身实际情况采取切实可行的阅读策略，设定阅读目标。在经典阅读的过程中，大学生可以选择由易而难、循序渐进的阅读过程，切勿因为经典作品的晦涩难懂而失去阅读兴趣。经典阅读的实现将使大学生受益终生。

一、一把钥匙：开启阅读经典之门

　　经典阅读是大学生提高自身修养，成长发展的必经之路。大学生经典阅读自我实现的一把钥匙是指开启阅读经典之门，做到读与思、思与性的统一，包括选择经典、阅读经典、反思经典、践行经典四个环节。选择经典要求大学生披沙拣金，将自身的积极探索与他人推荐相结合；阅读经典则是以勤学勤为、常读常新为箴言，实现思与动的统一；反思经典指出经典并非完美无缺，需要大学生去芜存菁，借精华之处反省自身；践行经典是经典阅读的升华环节，标示了大学生经典阅读的根本目标。只有将四个环节有机统一，大学生经典阅读的自我实现才能得到最大效益。

《文心雕龙·宗经》提及"经"时，释其为"恒久之至道，不刊之鸿教"，可以视为"经典"的本义，即在时间的检验与淘洗中荟萃而成的文化精华。经典跨越了时空的界限，汲取着智慧的芳华，予人以生命之哲思。在日益推崇精神享受的当下，阅读经典的重要性不言自明。尤其对于大学生来说，经典阅读更是成为提高自我修养、奠定自身发展基础的必经之路。因而，经典阅读的实现途径成为关涉经典阅读的关键问题。对于当代大学生来说，经典阅读的自我实现包含着选择经典、阅读经典、反思经典、践行经典四个环节。我们所呼吁的大学生经典阅读并非停留于浏览经典的表层，而是倡导深入经典，将经典与现实结合，唯其如此，才可称为真正读懂了经典。

选择经典：披沙拣金，从善如流

在商品经济与消费主义攻城夺寨的今天，经典往往被掩埋于粗制滥造的泥沙之中，复制与拼凑的技巧机械地生产着一批批现代书籍。与经典不同，它们常常披着华美外衣，谄媚市场，作为与金钱息息相关的商品令人心荡神摇。在琳琅满目的书籍中实现经典的突围，对于大学生来说迫切且必要。如何选择经典成为大学生经典阅读的必修课之一。

选择经典首先需要了解经典。对于古今中外经典，我们并不要求大学生耳熟能详，只需其略知一二。提及中国古代经典，四大名著首屈一指，谈及国外经典，莎士比亚、雨果、托尔斯泰等世界文学大师也应知晓皮毛。由于知识领域的分化，大学生已经由过去的"万能型"人才转变为今天的"专业型"人才，因而，对于非人文领域的大学生来说，了解经典，具备一定的经典素养是实现长远经典阅读的第一要义。

在具备一定经典素养的基础之上，我们还要适当地拓展自己的经典视野。经典并非局限于文学，社会学、哲学乃至艺术等各领域均具有自己的经典文本。经典阅读的方向并非人为规定，大学生应根据自己的兴趣爱好进行有意义的选择。经典的选择首先需要大学生自身进行积极主动的探索。在信息网络交织的现代社会，我们可以利用网络实现经典的获取，诸如浏览书籍作者、书籍简介、书籍评价等内容，结合多方因素综合考量，优先选取大家作品。同时注意比较书籍版本。不同版本的选择不仅关系到书籍质量的高低，也会关系到书籍内容的变化。经典历经时间越长，版本越多。以《红楼梦》为例，仅民国时期便出现过文明书局评本、广益书局评本、世界书局本等 17 个版本之多，及至当代更是数不胜数。版本的选择则需要我们结合版本评价、出版社情况等具体分析。另外，大学生之间的经典推荐也是选择经典的良好方式。同学朋友的经典推荐常常会契合大学生个人的兴趣爱好，更容易引起经典阅读兴趣，可以在互动交流中实现经典阅读的选择。对于大学生来说，更为重要的经典推荐方式为老师推荐。"师者，所以传道授业解惑也。"老师因其充沛的知识储备与阅读经验，相较于大学生更具有辨别经典书籍的能力，同时老师们常常会选择于大学生成长发展更为有益的经典书籍进行推荐，能够使大学生更好更快地掌握经典阅读的意义。老师推荐的经典书籍不仅仅停留于课堂之上的几句话、几行字，也需要大学生主动与老师沟通，将自己的经典阅读需要与兴趣方向告知老师，选择更符合个人需求的经典书籍。

经典的选择犹如披沙拣金，需要大学生自身树立经典阅读的意识，具备一定的经典素养，进行金石的开采。在淘金的过程中，应做到勇于发问，从善如流，对于同学、师长的意见进行积极有效的采纳。

阅读经典：勤学勤为，常读常新

阅读经典是大学生经典阅读自我实现的关键环节，也是反思与践行经典的前提。阅读经典需要大学生勤学勤为，常读常新，进行经典的精读，探寻文字背后的深意，切忌浅尝辄止。

勤学，即坚持阅读，保持经典阅读的连续性，持之以恒，不可三天打鱼，两天晒网。阅读的中断不仅影响阅读效果，也会导致大学生的片段式思维。片段式思维又可称为"碎片式"思维，由于长期的碎片化阅读，整体思维将逐渐被打破，思维系统分化为碎片，失去连贯性，损害整体认知与思考，甚至造成思维的退化。相反，连续阅读则有益于大学生良好注意力的养成，使大学生在连续的阅读过程中，确切掌握经典内容，发现经典内蕴，受益终生。同时，勤学也要求大学生扩大阅读视野，提倡综合阅读。即在自身专业领域、兴趣爱好之外，涉猎更多领域的经典书籍，学习多方知识，向"综合型"人才靠拢。

勤为，即勤于思考、勤于动笔。在经典阅读的过程中，大学生应当勤于思考，发现问题。经典阅读不仅依靠视觉，更有赖于我们心灵的徜徉。在阅读过程中思考经典问题，思考与书籍相关的内容才能使经典深入人心。同时，勤于动笔，将所思所想记录下来，使片刻的感悟化为永恒。勤动笔，培养书写阅读笔记的良好习惯，不仅可以加深我们对经典的记忆力，而且能够将经典转化为自己的素材。清初国学大师顾炎武一生倡行"钞书为著书"的准则，在抄录中将他人精华转为自身积累，受益良多。记录灵光一现的智慧，记录感人至深的文句都应成为大学生阅读经典的行动。另外，勤于动笔还具有平静人心的功效。平静的心态将使经典阅读事半功倍，浮躁之心只会使经典阅读半途而废。思与写的统一是提升经典阅读效果的珍宝。

常读，顾名思义，即重复阅读。虽为重复，却只重复阅读内容而并不重复思想。苏轼有言，"故书不厌百回读，熟读深思子自知"，道出了常读的必要性。常新则产生于常读的基础上，既是常读的原因，也是常读的目的。对于同一本经典的重复阅读，往往会涌现新意。以鲁迅的经典作品《阿Q正传》为例，王冶秋先生进行了多达14次的阅读，指出：第一次阅读，我们会笑得肚子痛；第二次阅读，才咂出一点不笑的成分；第三次阅读，鄙视阿Q的为人；第四次阅读，鄙夷化为同情；直至第十四次阅读，阿Q的遭遇成为对世人的警报器①。常读，才能常新，才能真正切近经典的初衷。同时，阅读犹如"听雨"，在少年、壮年、老年的不同阶段总有不同的感悟。随着时间的推移，大学生的人生经验必然发生变化，对于同一本经典，在不同时期往往会产生不同的理解。因而，常读常新是初次阅读之后的必要步骤。

勤学勤为，常读常新是大学生在阅读经典过程中应当时刻牢记的信条。由思而动，由动而思，不仅是学与为、读与新的循环过程，也是阅读经典的环形方法。因思考而记录，继而阅读再得出思考，往往可以连接在一起，成为阅读经典过程中的箴言。

反思经典：去芜存菁，三省吾身

金无足赤，人无完人，经典也是如此。经典产生于特定时代，往往具有时

---

① 王冶秋：《〈阿Q正传〉读书随笔》，《抗战文艺》月刊，1940年第6卷第4期。

代的色彩，反映着时代的风貌。以中国古代经典作品观之，其创作于封建制度根深蒂固的背景中，必然含有一定的封建因素，诸如阶级意识、男尊女卑思想等。《西游记》作为中国古代第一部浪漫主义神魔小说，刻画现实，张扬正义，却将救赎民众的可能归源于宗教，贯彻着深厚的佛教情怀，这些显然已经不适于当代大学生的生活认知。因而，在经典阅读的过程中，需要大学生进行经典的反思，不可一味迷信经典，要去芜存菁，具有一定的辨识能力。芜，并非仅指经典中的糟粕之处，也包含了经典中脱离时代、不为大学生价值观认可的内容。对于经典中的荒草，不仅要自觉剔除，"把书读薄"，更要主动批评，以批判精神学习经典，挖掘经典，才能使经典价值得到最大发挥。

经典的魅力在于"菁"，正是因为精华的存在，经典才可生生不息，源远流长。精华作为经典的价值核心，极为重要，因而大学生在经典阅读的过程中要养成耐心品味、细心琢磨的良好习惯，以达到发现"菁"的目的。同时，对于经典中的精华之处，又不能仅仅停留于表层的发现，还需要大学生学习精华，同时以此精华对照自己的行为，三省吾身，发现自身的弱点与缺陷。在阅读经典的过程中，以经典之精华作为自身的行为准则与生活信条，不断接近经典的微言大义，修身养性。大学生所处的人生阶段，往往是大学生人生观、价值观的塑造阶段，正确的方向引导对大学生成长来说至关重要，经典阅读正具有启迪心智、陶冶情操的良好功效。

"反思"是现代审美的核心精神，尤其对于当代大学生来说，是否具有反思精神成为评判大学生基本素养的重要标准。反思经典，一是反思经典书籍，考察经典的"芜"与"菁"，有选择地阅读经典，舍弃并批判糟粕，选取经典中堪称经典的内容；二是借经典中的精华之处反思自身，以经典的信条作为自身行为的绳墨，切事情，明是非，形成良好的精神风貌，将反思贯彻于经典阅读的始终。

践行经典：学以致用，推而广之

践行经典是经典阅读的升华环节，标示了大学生经典阅读的根本目标。在认识并掌握经典的基础上进行经典的实践，将知与行统一起来，才能真正学会经典。

践行经典即学以致用，将经典的所言所写转化为现实的所悟所行。陆游曾言，"纸上得来终觉浅，绝知此事要躬行"，即倡导将书本所学运用于生活，亲身实践。经典既为前人精华，必然深经检验，然而对于大学生来说，却依然属于间接经验。读书的目的在于实践，学习经典的目的在于以经典指导自身的发展。只有在践行经典的过程中，才能亲身感受经典，深切体会经典，真正了解经典，得到成长生活的直接经验，切勿借经典纸上谈兵，人云亦云。在日常的生活学习中，时常谨记经典的教诲，使经典成为自身的信仰，在经典潜移默化的影响中逐渐改善个人的行为举止。在践行经典的过程中，我们往往也能得到新的发现，诸如新的经典书籍、对经典的新认识等。古人倡导"采铜于山"即指出了掌握第一手材料的重要性，只有对经典进行亲身实践，才能在浮华的当下接近"采铜于山"的可能。践行经典便是在前人智慧的基础之上，进行积极主动的探索，开采出新的宝石，实现对前人的超越。"欲穷千里目"，必然要求学以致用，唯其如此，才能真正开阔个人视野，打破经典中的书本局限。

同时，践行经典中的重要步骤还在于"推而广之"，即将自身对经典的认识与体悟传播出去，润泽群人。"推"指向经典的主动传播，"广"则是要求经典阅读的推荐应当尽量广泛，适用于更多人的需求，以达到全民阅读的效果。大学生掌握经典后，需要进行经典的主动推广，推广方式多种多样，诸如举办读书交流会，发表读书心得，总结读书经验，将自己成功的经典阅读过程告知他人，同时帮助他人解决经典阅读过程中遇到的问题，倡扬经典魅力，实现经典阅读的互动合作。对经典阅读的推广必然包含着如何选择、阅读、反思、践行经典的重要内容，因而经典阅读的实现往往是一个回环往复的过程，由小而大，由己及人。"登山则情满于山，观海则意溢于海"，读经典则热爱经典。在践行经典的过程中也要求大学生始终保持对经典的热爱，以自身对经典的热衷感染他人，借助榜样力量，实现经典的全面传播。

周国平在《阅读与生活》的演讲中指出阅读具有实用、消遣和丰富精神生活三种目的，而人生的意义就在于高质量的精神素质和精神生活创造的幸福感。经典阅读理所应当成为阅读的主要来源，尤其对于大学生来说，更是生活幸福感的创造途径之一。大学生经典阅读不仅有利于提升大学生个人的人文素养，也为大学生建构高尚的精神世界提供了动力。大学生经典阅读的自我实现由选择、阅读到反思与实践，四个环节并非脱离，而是有机统一。选择经典是经典阅读的良好开端，只有选择正确的适合大学生需要的经典才能为经典阅读的长远发展奠定基础；阅读经典是经典阅读的关键环节，关涉着大学生对经典的掌握理解，成为经典阅读的主体，也是经典阅读得以顺利进行的必要步骤；反思经典是彰显大学生主体特色的阅读环节，只有将反思贯彻于经典阅读的始终，才能使大学生切近经典的要义；践行经典是在各环节之上的升华与超越过程，倡导知行统一，推而广之，实现经典阅读的回环往复。四个环节的统一，是大学生经典阅读自我实现的最佳方式，使大学生能够以经典为乐，以经典为友，最终实现经典的突围。

（安忆萱撰写）

二、一个习惯：阅读文学经典之径

所谓一个习惯，是指培养大学生阅读经典的习惯，这是阅读具体化实现的有效路径，是人类获取知识、提高自我科技文化水平和思想道德素养的重要途径。大学生是文化素质较高的社会群体，是社会发展的潜在力量，大学时期的自主阅读数目和质量不仅对大学生本身的精神成长、人格培养及整体素质水平有重要影响，而且关系到民族的文化传承和国家未来发展的命运。培养大学生文学经典阅读的习惯对社会发展具有极其积极的现实意义。

文学经典的界定并不是将文学和经典的意思简单叠加。文学经典应该在人文精神、艺术审美和民族风格上具有如下特殊的内涵：第一，在人文精神上，文学经典闪耀着永恒的光芒。它往往既植根于时代，展示出鲜明的时代精神，又概括、揭示了深远丰厚的文化内涵和人性的意蕴，具有穿透的、开放的品格。第二，在艺术审美上，文学经典是作家个人独特审美经验在特定时期的艺术创造，也是任何历史阶段的读者群体审美经验的不自觉艺术创造。第三，在民族风格上，文学经典往往展现了一个民族基本的风俗、风貌。作为语言艺术之一的文学经典首先淋漓尽致地呈现了民族语言的特色。比如，莎士比亚对英国文学语言的呈现；司马迁对中国封建社会和文言小说语言的呈现；北朝民歌对中国古代游牧民族语言、风情的呈现。

经典的基本特点可以从以下几方面去把握：

首先，从经典的构成看，它具有原创性文本与独特性阐释相结合的特征。经典是个人或群体在独特的世界观、人生观指导下，结合特定的时代背景和历史文化积淀所创造的成果。因此，它至少反映了某一历史时期的基本事实，具有丰厚的文化和人性内涵。与此同时，经典也少不了读者的反复阐释。读者的反复阐释使经典经受了历史的洗礼，具有更旺盛的生命力。而经典永远具备了不断地被解释、接受和传播的能力，如《红楼梦》被称为"红学"，还有"说不尽"的泰戈尔等。

其次，从经典的存在形态看，经典具有开放性、穿透性和多元性的特征。经典存在形态上的这三个特征是相互联系、相互影响的。经典内容的高度浓缩使得它的存在形态既是空间结构上的开放，它所辐射的范围十分广大，并且无限延伸；又可以是时间维度上的开放，过去、现在、未来都是经典存在的时间形态，并且随着时代发展不断会有新的优秀作家和作品纳入其中；也有了被无限阐释的可能，无论是时间维度上的跨越历史阐释，还是空间结构上的跨越学科阐释，都为世世代代的社会发展提供精神财富、思想营养。

最后，从价值定位看，经典既具有世界性价值，又具有民族性价值。经典应当是人类普遍智慧的结晶，蕴含着丰富的人文内涵，得到了人们普遍的认同，对启迪人生价值意义的思考，提升人的灵魂，完善人格和精神有重要的影响，因此具有世界性价值。另外，经典又具备被全民族所认同的民族文化和民族精神内涵，是民族文化和民族精神存在的象征，它传播着一脉相承的民族文化和民族精神，并具有与之共存亡的特征，在世界文化之林中树立了民族的标识。因此，经典具有民族性价值。比如，我国古代文学中有着鲜明民族特色的文体辞赋。

文学经典是经典内容的重要组成部分，它是特定文化背景中思想、文学、历史相交融的艺术结晶，具有权威性、神圣性、典范性的文学文本。文学经典所反映的既不是一个纯粹客观的对象世界，也不是一个纯粹的表现世界，而是这两者的相互渗透、相互交融，融为一体的审美世界。它的权威性、神圣性、典范性也来自文学文本自身的这种魅力，它至少体现了文学文本对时代文学艺术的重大影响，有的还是一个时代文学成熟的标志。如《史记》不仅建立了我国纪传体的史学，也开创了我国纪传体文学。

文学经典阅读的方法。文学经典阅读对于大学生而言，不只是作为抵制低俗阅读、消遣时光的文化行为，更是修身养性、提升境界的生活方式。因此，寻找一些切实可行的阅读方法十分必要。

制订适合自己的阅读计划。许多人觉得，在当今快节奏的生活方式下，工作忙碌，没有什么空闲时间，所以很少去读书，更何况经典阅读了。我想这可能只是自己拒绝经典阅读的一个借口罢了，既然有时间上网冲浪、聊天、购物，就不会没有时间去读书。所以，问题的关键是没有养成经典阅读的习惯。因此，依据自己的情况，制订一个适合自己的经典阅读计划很有必要。简单的阅读计划主要包括阅读书目和时间合理分配。这种计划要切合实际，不贵在有多么宏伟，而贵在有多么坚持。

选择一个好的阅读方式。随着网络技术的发展，人们的阅读方式也早已发生了改变。但是，进行文学经典阅读最好的方式，还是选择传统的纸质阅读方式更好。理由有三：一是纸质阅读方式既环保又方便，不像电子阅读那样需要一台电子设备并且需要电源、网络的支持。此外纸质阅读不会受到电磁辐射，而且对人眼视力的影响相对较小。二是纸质阅读受外界影响小，可以专心地阅读。如果采取电子阅读，很容易受到 QQ、新闻或一些广告的干扰而分心。三是纸质阅读效果好，一些阅读时产生的疑惑可以很方便地在书中翻阅查证，也可以在笔记本上甚至是书上圈圈点点，即时写出自己的感想、心得，大大增强阅读效果。所谓"不动笔，莫读书"，讲的也是这个道理。

养成良好的阅读习惯。一是带着问题阅读文学经典。从自己关注或正在研究的理论问题出发，带着需要解决的问题来阅读经典。既然称之为经典，其人文精神和价值内涵必定极为丰富、深邃，倘若阅读时没有问题意识，阅读的目的性不强，随心所欲，无所事事，即使再好的经典，也难以成为你研究的理论支持。对于研究性的阅读来说，不少人虽用力颇勤，却事倍功半，不得要领。

二是以质疑的态度阅读文学经典。胡适说："大胆地怀疑，小心地求证。"这句话对于经典阅读也很有启发。怀疑是学术创新的前提，没有怀疑，知识生产就会停滞不前，重蹈覆辙。冯友兰认为，讲哲学有两种方法，这就是"照着讲"和"接着讲"。这两种方法都不可偏废，但第二种方法更富原创价值。这里要强调的是，"接着讲"同样可以看作一种很好的文学经典阅读方法，它重视经典和传统，又能面向当下和现实，体现出较为明显的创新态度，这是在质疑经典的基础上开拓创新的文化意识。否则，文学经典阅读只会促生更多的遗老遗少，或食洋不化的假洋鬼子，或抱残守缺的文化僵尸。

三是阅读要融会贯通，出之己意。文学经典阅读，更要善于思考，融会贯通，这也是常理。初读某些文学经典，可能会遇到字词方面的理解困难，扫清字词阅读障碍是基本工作，但高明的阅读不能就此止步。在文学经典阅读过程中，应该形成网络化、系统化的知识结构，做到古今会通，中外交织。经典阅读，贵在吸收经典中蕴含的精神之光，并从中领悟出某些独特的生命和存在的智慧。中国古代艺术家重视师法传统，但他们更强调"师其意而不师其迹"，就是指向领会经典的精神，而不是钻入字词章句的牢笼而不能自拔。经典怎样才能常读常新？必须以现代人的人文意识观照之，又必须运之以己意。这不是要你标新立异、挖空心思去讨好广大观众，不像某些学术明星那样包装自我，"穿越"经典，糊弄大众。这与其称经典阅读，不如说是现代传媒与商业文化共同合谋而对经典阅读的炒作性曲解。

经典阅读习惯养成的意义。经典之所以成为经典，是因为它是人类最优秀思想的记录与保存，经得起不同时代的不同人群从各自不同的视角去审视、阐释和理解。文学经典是读不完的，常读常新，它能够把自己的生命延伸到更为久远的历史生活中去。因为有流传、辗转的历史过程，所以经典能够形成一种持久的习惯与气势，即所谓传统，因而具有强劲的话语力量。阅读经典等于积极主动地接引传统的力量。

大学生作为祖国未来的重要建设者，如果能坚持文学经典的阅读，无疑会对自身整体素质的提升产生重要影响。

提升母语运用能力，激发创新思维。显然，阅读传统文学经典，有助于提高大学生的母语运用能力。可以说，阅读文学经典是提高母语水平不可或缺的重要环节。阅读文学经典，还能够培养大学生的创新能力。首先，读文学经典可以丰富想象力，激发创新思维。文学经典都有思想深邃的特点，其论述和概括都具有极丰富的内涵，博大精深，给人以无穷的想象力。其次，阅读文学经典可以构建新的思维方式。在文学经典中，像中国传统哲学、佛教哲学的经典，都有丰富的辩证法思想。

汲取文学经典能量，确立人生理想。文学即人学，文学的核心内容就是描写人，抒发作者的感情，表达作者的理想。文学经典之所以成为经典，是因为它所塑造的人物给人树立榜样，表达的感情给人以震撼，读者能够从中汲取能量，从而激发人的动力，鼓舞人的志气，催人向上。"文学的目的是帮助人了解自己本身，提高他的自信心，激发他对于真理的企求，同人们的鄙俗行为做斗争，善于在人们身上找到好的东西，唤醒他们灵魂中的羞耻、愤怒和勇气，做一切使人能变得高尚坚强，能用美的、圣洁的精神来活跃自己生活的事情。"[1] 高尔基的自传体小说中的人物，虽身处逆境，但他们不丧志，不气馁，顽强地与命运抗争，最终实现了人生的超越，显现了生命的价值，给我们树立了榜样。有些经典作品给人以信仰的力量，如伏尼契的《牛虻》、奥斯特洛夫斯基的《钢铁是怎样炼成的》，保尔·柯察金疾恶如仇，爱憎分明，和牛虻一样有着钢铁般的意志和不屈不挠的革命精神，激励了一代又一代青年人为理想而奋斗终生。

提高自身道德修养，完善自我人格。"我们阅读传统经典，不仅是为了获取知识，也是为了一个悠久文化的传承与发展，这或许是寻求一个完善、独立的自我与品格的最好途径。"[2] 文学经典积累起人类的精神基础，民族复兴离不开文学经典之根。大学生精神的支柱是科学精神和人文精神，而人文精神之培养就必须汲取古今中外文学经典中的思想精华。假如一个人在心中埋下了经典

---

① 倪文锦：《阅读经典：提高学生语文素养的必由之路》，《课程·教材·教法》，2004 年第 12 期。
② 王玉光：《论阅读传统经典》，《北京大学学报》，2001 年第 1 期。

的种子，假如他的人生旅途常与经典相伴，与古今的文化巨人同在，他自然会明白历代圣贤教人立身处世、做人做事的道理，理解内圣外王、成己成物、知性知天、尊道贵德的思想精髓，从而自觉地将圣贤的教诲融入自己生命成长的历程，自觉地消解外部世界的喧嚣与浮躁，自觉地加强修养，丰富思想。

提高自己的精神境界，完善自己的人格可以有多种途径，但重要的还是要通过学习优秀的文学经典来达成。中国文学经典无不贯穿着人生境界和人格完善的思想。

道家经典《老子》《庄子》都贯穿着人生境界和人格完善的思想。老子在《道德经》中提出人应该按"道"和"德"行事，以达到顺应自然、无为而治、少私寡欲的思想境界。要达到这种境界就要自我约束，不要把自己的要求强加给别人，不要对别人作过多的干涉，不要有过分的欲望，不要去破坏自然的和谐。老子这一思想对于处理人际关系，节制私欲，实现人与自然的和谐是有积极意义的。庄子一生都在追求超越自我的境界，他在《逍遥游》中充分地展示了从有我到无我，勇于舍去，勇于追求，否定小我，成就大我，实现更高自由境界的超越精神。他以寓言的形式讲了许多神仙式的修养之道，其目的都是要告诫人们从小我的圈子中独立出来，获得精神上的自由。庄子这一思想对今天抑制人们过分膨胀的物欲追求，把人们的视野从小我引向大我，跃到更高的精神境界也是具有启迪作用的。

在儒家看来，一个人只有通过道德修养才能实现其政治抱负。儒家经典著作《大学》中明确将"诚意、正心、修身"作为道德修养，"齐家、治国、平天下"作为政治实践和政治理想。儒家十分重视个人道德修养，把"齐家、治国、平天下"视为道德境界追求的最大目标，看成是实现人生价值的根本。由此可见，儒家的"修身之道"具有强烈的社会责任感和使命感，而不只局限于狭隘的个人利益。儒家"修身之道"的内容还有很多，如好学笃行、重义轻利、尊长爱幼等，这些思想对于提高当代大学生的素养都是十分有益的。

总之，在这个多元文化并存的时代，经典阅读的必要性无须多言，关键是我们如何确立心中的经典，如何在经典阅读中提升自我。经典阅读应该尊重经典的基本特征，有所为，也有所不为，全身心地投入，领略经典的精妙之处，从而化经典思想为存在的人生智慧。

（付星撰写）

三、一次体验：探寻别样精神之旅

一次体验，是指大学生文学经典阅读是一次探寻别样的精神之旅的生动体验。阅读的自我实现是一个漫长而艰难的过程，阅读兴趣的产生是阅读质量能够得到保障的前提条件。想要全面深刻地了解文学经典的内在表达，排除阅读中可能会遇到的阻碍，就要做到一定的阅读前期准备，包括对经典作品的作者的了解，对于作品社会背景、历史现实的了解，这有助于我们回到历史中去感受作品的节奏氛围。我们自身的人生经历和个人素养也会在阅读过程中产生重要的作用。而阅读方式媒介的改变也在无形之中改变了我们的阅读习惯和阅读效果。文学经典的阅读是需要我们一直去坚持的，长久的阅读经验的积累才会对我们的人生、人格塑造产生有益的影响。

作为一名文学专业的学生，平时自然会接触到大量的文学经典作品，不论是学习生活中的应有之义，还是业余生活中的关注点，都会与文学有关，同时也会产生属于自己的独特的阅读体验。其实，面对文学经典这个名词，我内心对这个概念的界定是很模糊的，也从未细致地学习文学经典体系中应该包含哪些作家作品，具体具有什么品质特征才能称其为文学经典作品。但是有一些文学史上著名的作家作品一定是属于这个范围之内的，比如鲁迅、老舍、沈从文，这些非文学专业人士都耳熟能详的作家必然创作出了不少文学经典。但是实际上，就连这些作家，我也不能保证他们的每篇作品都仔细阅读过或者全部通读过，并且在我所阅读过的作品之中，能够让我产生深刻共鸣和沉重反思的作品也只占少数，大多数作品都是局限于一些有关情节内容上的浅层次阅读。深究其中的原因，我认为是阅读兴趣的有无决定了自己的阅读程度和阅读体验。而在我所阅读过的文学经典作品之中，只有少部分是自己自发产生阅读兴趣，并主动地寻找阅读资源进行阅读的，大部分文学经典作品都是课本上的规定阅读书目，属于必修之课，所以只能算得上是通读一遍，阅读的滋味只在阅读快感之中，阅读效果并不明显，阅读影响也并不深刻。所以，总体上来讲，我认为文学经典的阅读兴趣是决定阅读效果的一个重要因素，阅读兴趣会引发积极的阅读情绪和产生深刻的阅读影响。

文学经典对于当今的大学生来讲大多是具有时代感和历史感的，在阅读过程之中我们需要有很强的代入感，需要回到历史环境和社会背景中去，将自己置身于那时那刻，或是某一条斑驳破旧的街道，或是某一处繁华的街角，感受作品中人物的情绪波动和人生境遇。如果我们无法实现这种代入感，那么这种时代差异的距离感就会在一定程度上阻碍我们真实的阅读感受的到达。所以，在我准备阅读一部作品之前，通常会先去大概地了解一下本书作者的情况。有的时候作者会将自己的生活体验写进书中，融入自己的小癖好、小特征，甚至有些作品本身就是作者的自叙传，比如郁达夫的小说就带有强烈的自叙传特征，了解郁达夫的求学历程和留学经历就能够了解书中主人公的凄哀和自卑，感受他的人生窘境和环境压迫下的变异心理。对作者人生经历的了解，尤其是人生中重要的事件对作者内心和人生轨迹的改变，有十分重要的作用，有的时候不了解作者，会造成对作品中一些文本细节的费解甚至误读。所以说，这种了解作者的阅读的前期准备是十分有必要的，有的时候会帮助你的阅读，有助于理解人物心理和作品的主题指向。

其次，对作品中社会历史背景的了解，也有利于阅读过程中阅读阻力的消除。比如茅盾的一些作品，有时会让我在阅读过程中产生一种阅读困惑，造成理解困难，因为自己没有经历过那个社会剧变的时期，处于一个相对安稳的社会环境，就无法产生深刻的党性认识和社会阶级分析的认识，意识不到当时社会矛盾的严重程度和阶级分析的严峻性。这种时代的差异感是无法消除的，我们也并不能同作者或者是作品中人物感同身受，我们只能通过可以获得的背景知识和材料去努力地理解和认同作品。但同时这种历史时代的差异，也提供给了我们一个追本溯源的可能，可以让我们看到旧中国人们水深火热的生活环境和中国社会各阶层的一个探寻历程和自身定位的最终确立。我们会产生同理心，会理解自己祖辈的生活经历，也更能理性地看待社会发展前进的必然趋势和必然结果。通过对这些外部因素的了解，我们更能深刻地挖掘到作品内在的精神层面，感受到人的精神面貌和精神特征。最能深刻地挖掘中国人内心的非鲁迅先生莫属了，有的时候，时间和现实给我们的真相是残酷的，甚至只有用自己的痛觉才能感受到，这无疑是一剂猛药，让人无法吞食下咽，却又不得不接受。落后的中国所盛下的是麻木的人心，愚昧的思想和沉滞的生活节奏一成不变，残酷的现实在被揭发的那一刻给人最直接的感受是逃避。其实直到如今，鲁迅先生所揭发的那些中国人心理的劣根性仍留存在中国人的血液里，不是时代和社会的更迭能够洗净的。包括萧红笔下东北乡村滞涩的人生轮回也仍在重复上演，费孝通的《乡土中国》至今仍是"乡土"的代表。经典的意义就是无论时间、社会如何更迭往复，人类体内的基因是永远流传于后代的，人心中根部的力量是永远存在的，经典的价值对于人类认识自己、改变自己的力量是永远有效力的。虽说如今是个拼商业、拼科技的社会，物质的能量主宰着社会前进，让社会不断变革进步，但随着质与量的变化和积累，我们或许可以预言接下来是一个文化拥有话语权的社会，文化将把握人心走向，文化能够主宰世界的发展趋势。

在阅读过程中，除了这些外部因素的影响，自己的人生经历和素质程度、思想深度，也会影响阅读过程中对于作品的理解深度。我阅读自己感兴趣的一些文学经典作品时，会用文本细读的方式慢慢地阅读，并关注作品中字里行间的暗示和隐喻，勾画出最能引起我共鸣的语句、段落，进行标记，仔细琢磨品味。这个过程是让人享受其中的，我也会将自己的一些生活经验和对于人生事物的理解融入文字中去，由此产生出新的东西。因为文字本身对于思想情绪的启发是没有限制的，它可以产生无限的意味，形成不同层次的理解。比如几年前读张爱玲的作品，我就会关注辞藻的华丽、语句的精美，对作品中所描绘的华美生活和衣着服饰产生兴趣。读过之后，会有一种无法言喻的满足的感觉，但是抓不住具体打动我的节点，说不出具体让我深受震撼的地方，犹如雾里看花，水中望月，只知道美，知道这是好文。我喜欢去阅读，并能获得一种十分满足的阅读快感。现在读张爱玲就会有与以往不同的关注点，有一些具体的意象和象征性的语句，会让我驻足深思，仔细品评，总觉得这背后有太多暗含的、引而不发的事物和道理存在着，有更多的深意等待着我去挖掘、去深入地体会和探究，会有一种想要搞清楚、弄明白的欲望。于是我试着去了解更多有

第五章 大学生文学经典阅读的自我实现

103

关张爱玲本身的传记性书籍，看不同的人对她纪实性的评价，进而试着去探知她对于两性之间关系的认识，对于人世间爱情的理解，以及人生哲学的所在。

尤其是在自己的人生经历不断积累，体验过更多的悲喜之后，我的内心会逐渐地沉淀。在阅读过程中，我不会感性地凭自己的喜好去单一地判断作品中人物的是非对错，而是以一种包容的心态去体验、理解每一种人生的乐趣和悲苦，站在每一个人物的位置和角度，去感受人生抉择的不易和无奈。我知道一个人之所以处于这一种境地，并不是自己一个人的选择所决定的，而是有太多的偶然因素和外界因素，这决定了一个人的社会位置和人生位置。以前我总认为张爱玲作品中的男女主人公有一种过分的矫情，理想之中多了一种故意而为之的错觉，其实不然，现在会慢慢发觉人生的不易，懂得两性关系的离合与造化不只是感情上的你来我往，还有许多外部因素可以成为感情的桎梏，造成无法更改的遗憾和过错。两个人的你情我愿并不一定会让有情人终成眷属，但是最终收获幸福的两个人必定是互为有情人。

在阅读某些文学经典作品的时候，我们总会遇到一些无论怎样咬文嚼字、厘清关系都读不懂也解不开的谜团。有的时候我会选择询问一些读过的同学，有时会得到想要的答案，有时也会因为意见相左而难解难分，毕竟个人的差异性太大，每个人都各执一词，有属于自己的理解和价值判断。所以，在我阅读完一部作品有了自己基本的理解和态度取向之后，我会去查找一些重要的评论文章和解析文章。大多时候这些材料都会提供给我很多的、我所不曾想到的理解角度，会让整个作品的主题指向和所讨论的问题产生不一样的解读，有一种豁然开朗的感觉，可以说这在一定程度上拓宽了我的视角，开阔了我看问题的角度，是一种"守得云开见月明"的感觉，这其实也是一个自我学习的过程。因为不论我们阅读了多少书，其实作品的数量并不能决定我们最终的阅读质量。回想我曾经阅读过的一些经典文学作品，真的如同过眼云烟，有的甚至无法回忆起情节走向和故事梗概。所以说，我认为其实作品的精读能力是我们需要练就的一门本领，如果对一部文学作品不能够做到文本细读的程度，还只是浮光掠影的表层理解，那么阅读就失去意义，达不到阅读本身所要求的层次和理解程度。

其实，文学经典作品的阅读相对于一些还未成为经典的作品来说，是具有一定难度的。尤其是当下兴起的属于大众文学范畴的新呈现的小说形式，比如青春小说、穿越小说、玄幻小说等。这些以情节和情怀取胜的小说并未得到时间的检验和认可，在阅读中我们更多得到的是一种阅读快感。情节的曲折刺激，矛盾的激烈起伏引发我们快速阅读的欲望，但阅读之后，留下的所剩无几。但文学经典就如同上文所提到的那样，具有历史感、时代感，具有阅读深度，值得细细咀嚼，并不是乍一读就能理解其中的深意，需要时间，需要阅历，需要耐心和努力才能有所收获。

　　再则，对于我的阅读经验而言，其实社会生活无形之中让我离读书本身越来越远了，可能是由于社会价值观的引导，我的观念也随之慢慢地发生改变。以前我是喜欢亲近书的，也喜欢逛书店买书，上学的时候不舍得买书，在书店坐着一看书就能看半天，一抬眼天就黑了。因为抱着书，就有一种踏实感，买到喜欢的书也有一种拥有感。阅读的同时能感受到纸上的油墨香气，新书一页页展开的过程有一种收获占有的喜悦，正因为这种可贵的感受，所以阅读中不舍得漏掉每一个字，生怕漏掉每一个细节，有哪里读不懂了，还会回读，往回找，那个时候的阅读是稚嫩的，但也是记忆深刻的。在我们面对文学经典作品时，我们所持有的阅读方式的不同也改变着阅读过程中的阅读体验和阅读效果。并且随着时间的推移，社会的变迁，我们的学习方式发生了根本性的变革，阅读方式也随之必然性地发生了改变，具体可感的纸质图书一点点被电子媒介的屏幕所取代。文学经典离我们越来越远，书本也离我们渐行渐远。现在当我想要阅读一些文学经典书籍的时候，首选的方式不是纸质书籍，而是打开手机，在电子图书软件中搜索我要看的书，阅读习惯和阅读方式都已经在不经意间发生了深刻的变革。在阅读电子书的过程当中，我更多感受到的是一种借阅的感觉，阅读时也没有了往日的熟悉温暖的感觉，更不会去反复地阅读咀嚼，失去了很多阅读的仪式感。其实很多事情都是需要一种仪式感来保持事情本身的庄重性和存在感的，失去了仪式感，有时就会失去阅读的质量和感觉。而在我选择阅读媒介的时候，其实更多的是考虑到阅读的成本消耗和便捷程度。电子书能够让我以最快速、最方便和最低的金钱消耗得到我需要的阅读资源，相对来讲，如果纸质书籍是免费的，且同样的便捷、容易获得，那么我会毫不犹豫地选择纸质书籍来阅读。只是社会的发展趋势和进程演进在不断地提高我们的生活速度和便捷程度，势必会改变我们以往的很多习惯，包括阅读习惯的改变，是必然，也有些许无奈，我想这也是经典离我们越来越远的原因之一。

虽然一切外界的因素都让我们离文学经典的距离越来越远，但是对于文学专业的学习者来说，阅读文学经典的过程又是一个不可越过的漫长过程，有时也是一个痛苦的过程。读书是一门修行，也可以成为一个人一生的修行。读书是一件值得去坚持的事，无论有没有条件，都该去创造条件进行阅读。我们阅读文学经典也是一个汲取养分的过程，经典书籍对我们的影响可能不会有立竿见影的效果，但是在我们形成自己的个性和人生观的过程中，好的阅读习惯有利于塑造一个有益的性格和人格，即使是在人格形成之后，书籍的阅读也会对自身的素养产生潜移默化的影响。每一部文学经典都是一块待开发的处女地，不仅能让自己知道一些从未有过的人生经验，也会了解到一些潜在的十分认同的人生哲学，以一种探寻和向上的姿态过自己的人生，丰富自己的社会经验，增加对中国社会的认识，对历史发展趋势的了解，以及对人性善恶的判断力。

（高璇撰写）

四、一份分享：愉悦审美心理之趣

一份分享，是指大学生阅读文学经典产生的审美愉悦心理和与他人分享的乐趣。如今在快节奏时代里，似乎人们总是步履匆匆，生活中可以点"快餐"，快递可以"加急"，服务则有"VIP"优先制。如今仿佛"慢下来"生活成为一种很罕见的生活方式，尽管基本的社会认知观念总是告诉我们"学习很重要"；很多心灵鸡汤的灌输者告诉我们"下班后的学习时间真正决定你的未来"；总有成功人士分享自己的成功经验，"持续不断地阅读并思考"是其成功路上一个很重要的因素；有人甚至提出"停下来，等一等我们的灵魂"这样的说法。久而久之我们都知道在繁忙的工作和生活当中利用人生有限的时间来阅读的确很重要，但很多人只是知其然不知其所以然，知道阅读很重要并不意味着我们知道怎样阅读更高效，更有利于自己吸收并掌握更多的知识和信息。

相对于庞大的社会人群，处于校园内的大学生群体更容易受到学术氛围的熏陶，更方便拥有包括图书馆、教研室提供的纸质和电子类书籍，他们身边更有大批师友同窗来进行讨论和互相学习的各种活动。阅读可以成为一种习惯，而如何让日后步入社会后将成为祖国建设者的大学生群体养成良好的经典阅读习惯则变得更为迫切和重要。这里以我的经验为例谈谈在"大学生经典阅读自我实现"这一课题上的想法。

开设级别书单

不同文化层次的人、不同专业的人、不同爱好的人当然不一定喜欢看一样的书籍。不少经典，尤其是文学经典，往往名气很大，受众却很有限，究其原因便是内容上的艰涩难懂或者不合时宜。比如我刚入大一，偶然看到了一个推荐书单，上面有《尤利西斯》《追忆似水年华》等书，我开心地到图书馆翻了几页便停了下来。作为一个中文系学生，我入门读书时看此类书籍都如此费劲，试想给一个理工科学生一开始就推荐这种适合已有较多阅读经验的人来研读的书如何能引起他的兴趣，更不要提让他一本接一本地读书最后爱上阅读。另外我在图书馆观察过书架上不同类别的书的借阅情况，我本科就读于理工科为主的院校，图书馆内武侠类书籍大多残破不堪，即使是同一本书的好几版也会出现新书和旧书的借阅率都十分高的情况。言情类和工具书在图书馆内也属于借阅率比较高的书。不同的受众接触的书当然不会完全一致，不见得都推荐人们看高雅的书籍，通俗类中比较经典的书籍也可以适当地增加一些。阅读活动是为了推广，不是为难学生，一味地开一些艰涩难懂的书单只会将更多的学生堵截在经典阅读的大门之外。

有了之前的惨痛教训，我后来读书每次搜索书单介绍便不再看大类推荐，比如标有"大学生必读书100本""大学生不得不看的经典"等标题，推荐单上却没有分类、没有简介的书单，因为我在图书馆找到那些书之后发现很多完全和自己兴趣无关，即使借来，翻看几十页也已经是上限。"经典阅读的自我实现"需有人指点，无论是师友还是同学，都可以向其咨询，但是最重要的是找到适合自己的书单。当前大学校园内看书的人其实不少，但看经典的并不是很多。之所以碎片化信息占据了大家的生活，恐怕和大家没有适合自己的书单有关。所以如果开设通识类经典阅读的课程，如果能够按照类别比如文学类、历史类、哲学类等分门别类地开书单并且按照初级、中级、高级这样的方式分类，又或者设置一些开放类推荐书单，让大学生们自己也试着为别人开一些书单，这样不仅能提高学生们的参与热情，也有利于更好地推广经典阅读活动。毕竟大学生群体有自己的判断能力，有了兴趣，他们又找到了适合自己的书单，怎么会不爱上阅读呢？

培养大学生群体的良好阅读习惯

爱因斯坦说过："兴趣是最好的老师。"任何习惯往往不是一朝一夕养成的，阅读习惯同样如此。我阅读习惯的养成源于少年时代对文学作品尤其是小说的强烈兴趣。我小学时候偶然在家里发现了一本青少年版牛津书虫双语的《傲慢与偏见》，当时正好暑假无事可做，便拿起来自己看，当时还没有学习英文课程，即使不是所有地方都看得明白（比如舞会、庄园、爵位、军官等新鲜词汇以及私奔、遗产等话题），但是我依旧看得津津有味。直到现在那本书开篇的第一句汉译文我还能脱口而出，这就是兴趣的魅力所在。后来初中的暑假我把家里更多的书找出来看，主要是读小说，因为那时候看书更关注故事情节，对语言和结构等问题倒是兴趣不大。记得当时阅读的作品有《围城》《白痴》《钢铁是怎样炼成的》《平凡的世界》等，假期没看完的后来有空闲时间就接着看，懵懵懂懂也读了不少。正是这种一直以来的阅读兴趣伴随我读书到现在。对我而言，兴趣是绝对的推动力，是强大的吸引力。正是有着浓厚的阅读兴趣让我后来看书的时候十分投入，没有任何压抑或者痛苦的感觉，便很能坚持下来。但是一旦遇到自己不喜欢的书，我读起来往往特别痛苦。举自己的阅读经历为例，我高中时候的同桌是一位男同学，他当时特别喜欢《狼图腾》这本书，班里很多同学在他推荐下看后都说好看，但是我兴致勃勃地打开后看了一小部分便看不下去了，不管是对情节还是语言都完全提不起兴趣。后来不管他们怎么夸这本书我都没坚持读下去。上大学期间我在图书馆再次偶遇此书，以为随着年龄增长，境遇不同，也许会看好这本书，因为大学同学也有人提到此书不错。但是重读的结果依然是看不下去，后来我便彻底放弃了。作为对比的例子，比较小的时候读《红楼梦》，因为太长又难，我读第一遍的时候连人物关系也没有完全理顺，后来靠着兴趣总共读了三遍。一边读一边画人物关系图，忙得不亦乐乎，画了好几大张。虽然读起来并不轻松，但是靠着兴趣我读了多次。所以在我的阅读经验里，兴趣是我读书的第一标准，不喜欢的种类我往往很难坚持读下去，即使有时候因为课程原因必须通读一些作品，我读的时候仍然会有身心俱疲之感，使我反感的书一般不会拿起来读第二遍。所以"大学生经典阅读的实现"我认为首要的问题是培养起大学生群体的阅读兴趣，一个人对于自己不感兴趣的事情总是很难坚持下去，因为那会让自己很痛苦。大学生群体普遍有自己的独立思考能力，如今大家个性鲜明，追求多样，所以如何在"快餐文化"盛行的当下时代环境中让大学生能够不骄不躁地静下来读书，应从兴趣培养开始。有了浓厚的兴趣，便有养成良好阅读习惯的可能，一旦养成了习惯，无需他人刻意提醒或者逼迫，爱读书的人自然会自觉地多读书，读好书。

我认为开设经典讲座，举行读书比赛，建立读书社团，安排阅读兴趣小组，设置相关文化课程等都是可行的手段，例如央视教育频道的《中国成语大会》已经举办了两季，收视率不俗，我也很认真地看了很多期节目，学到了很多中国传统文化知识。这个节目的开播对于传播中国文化和普及成语知识起到了不小的作用。如果能够开设更多像《百家讲坛》类文学推广节目，相信会有更多人加入到阅读经典的队伍中来。

投入阅读活动中后产出阅读成果

阅读是一种休闲娱乐又能增长见识、提升文化修养的活动，如果能够很好地利用大学生群体的思维开放、精力充沛而又善于思考的长处，也许能更好地推动大学校园内的经典阅读活动传播，让更多的人参与到爱阅读、爱讨论、爱分享的活动当中。

我记得本科期间曾选修过一门艺术学院开设的影视赏析课程，那门课在学校特别火爆，其原因除了课堂上总能看到西方经典电影以外，还与老师幽默的讲课方式和同学互动活动多有关。课堂上大家可以针对看过的电影讲出自己的看法，你可以讲电影的商业技巧、故事安排、摄影角度、服装造型、配音成败以及演员演技、票房成绩等。只要是你能想出来的和电影相关的都可以畅所欲言。每场讨论大家都能踊跃发言，大家在一片欢乐的氛围中既学到了专业知识也锻炼了演讲技巧。这些都说明当活动成为双向互动，且参与者积极性很高时往往可以取得更好的效果。所以为积极地推动"大学生经典阅读的自我实现"，就必须让大学生参与双向互动性活动并愿意讲出自己的心得体会。

我以前看电影会偶尔写写影评，有思想感悟会写写随笔，看了书有了感慨也会试着写写读后感。即使写得很短很差也是一种输出的表现。当自己合上书回想看书感受的时候往往异常开心，在回味的过程中将作品理解得更加透彻，往往对人物有了新的看法，对作品结构有了新的理解，对主题有了更多的猜测。正是平时在读书的时候不仅喜欢读还喜欢讲或者写出自己的感受，我才会爱上阅读。所以基于自己的阅读经验，我认为如果要更好地推广经典阅读的实现，可以从产出角度入手采取一些方法。如果大家只是自己读自己的书，不同别人进行分享，不与大家进行讨论，那时间久了显然有的人可能会觉得无聊便放弃或减少阅读。如今新媒体如此发达，即使是组织一场网络投稿、网络评选也不是什么难事。阅读本身就是一种再创造活动。人们通过阅读其实不仅可以推动优秀书评的产生，而且还能刺激不少学生的写作兴趣，他们能够成为写作新秀也未尝不可能。

加强阅读者之间的讨论与分享

有些人读书很喜欢自己读自己的，不愿意参与到大家的讨论话题中，我们尊重这种习惯，毕竟每个个体都有自己的个性和选择。不过基于我本人的阅读习惯而言，学会和别人分享自己喜欢的书籍让我可以更深地去理解自己所阅读的作品。我是一个很喜欢向别人推荐书的人。上大学期间我经常和班上几位爱读书的同学在一起讨论、分享，有时候甚至因为一些不同的观点发生一些思想碰撞，激烈的时候谁也没办法说服谁，最后形成各执己见的结局。虽然有时候貌似是在激烈地争论，甚至是针锋相对，比如他喜欢的作品我可能完全无感，甚至觉得写得很差；或者我喜欢的经典被人否定，这都是很正常的分享交流。正是那段可贵的思想交锋让我们几个经常讨论的人都获益匪浅。一个人的想法是一个，一群人的想法用千千万万来形容也不为过。当每个人都各抒己见，毫无保留地畅谈自己对某部经典的看法，思想的碰撞让大家在别人的思考角度中看到自己所不能看到或者是忽略掉的一方面。比如对某些人物形象的性格评定，对作者文章结构的安排指摘，对作品语言风格的赏析，每一次的探讨都让我们对文学多了一份敬畏之心和真爱之情。正是文学的多样性，让每一个爱上阅读的人都能从书本里看出自己的一片天地。喜欢就是喜欢，不喜欢也不勉强，主观也罢，客观也可。当阅读成为一种兴趣和习惯，也许只是简单的几句话大家都能感同身受，潸然泪下；也许只是一个简单的对白，可能让大家郁闷一天。而这些探讨和辩论正是推动大家更加热爱阅读的一种方式。就我本人而言，在无数次与书友的探讨中得到的益处可能比自己读书得到的要多得多。所以我认为如果要很好地推行阅读的自我实现，有必要多开展一些书友活动。基于互联网时代给我们造就的各种便利条件而言，线上也好，线下也罢，如何吸引更多的大学生参与到经典阅读的学习与探讨中至关重要。

调动主体积极性

阅读习惯的养成并非一朝一夕，书单只能作为一种参考，写读书笔记对于有些人来说并非易事，和别人进行分享和讨论对于比较内向的同学也许并不太合适。每一个人都有自己的阅读方法，拿一个统一标准来要求大家可能确实会强人所难。但是激发每一个学生的阅读兴趣，提高大家的阅读积极性却是比较普遍通行的方法。无论是喜欢自己默默地读书还是热衷于分享，如何能引起大家的阅读兴趣，调动大家的阅读积极性的确很重要。

以上四点每一项的成功实施当然也取决于大家的参与度高不高。

我以前也不愿意和别人分享读书心得，一是大家的读书爱好并不一定一样，二是当时完全没有和别人进行交流阅读的想法。之所以后来会开始热衷于向大家分享并讨论是因为高中时候有位同学特别喜欢阅读，记得当时她介绍给我们的是《简·爱》。而高中读书分享会的兴起源于有一天宿舍里大家聊天，同学们七嘴八舌地讨论得很热烈，于是有人提议在每天放学的卧谈会中大家介绍自己喜欢读的书。于是《红楼梦》爱好者讲《红楼梦》，捎带背诵并普及讲解《红楼梦》中的诗词；《简·爱》爱好者负责声情并茂地为大家讲述简·爱和曼彻斯特先生之间荡气回肠的爱情故事，记得她还给我们背了其中的一些"爱情金句"……如今想来正是那时候天真轻松的生活让我更进一步地爱上了阅读和分享。本来宿舍里并不是很热衷于说话发言的同学也因为前几个人的良好示范而加入到了大家的书海遨游分享活动中。所谓的积极性大长就是在大家你方唱罢我登台的过程中形成的。我后来十分喜欢这种文学阅读交流的方式，并因此结交了不少对书有自己独到见解的朋友。

如果要让更多的人参与到经典阅读的过程中，我认为线上线下应当多举办书友交流会，让大家在扩大交际圈的同时也可以吸引到更多已经爱上阅读、正在爱上阅读以及未来会爱上阅读的伙伴加入到阅读中来。虽然当下的快节奏生活让安心读书对很多人来说成为一种奢望，但是大学校园内的学生群体有其学习的天然氛围，如果活动举办得多一些，活动形式变得更加丰富一些，相信会有更多人成为经典阅读的爱好者。

总之，我认为如果能够在很好地调动大学生群体积极性的基础上，为他们开设合适的书单和课程，引导大家养成经典阅读的良好习惯，鼓励他们和大家一起分享阅读体会，一定可以更好地推广大学生经典阅读活动，吸引更多的学生爱上阅读，爱上经典。

（张娟娟撰写）

五、一方净土：安放温润心灵之处

在当下浮躁而难以安定的时代的遮蔽下，文学经典阅读是人们温润心灵的唯一存放之处，是残存的一方净土。新媒体的极速发展带来了信息的大爆炸，诸多良莠不齐的出版物大行其道，大学生文学经典阅读的实现受到了畅销书的阻挡。大量文学畅销书代替了曾经被人们争相传看的文学经典，一些审美性消泯的出版物竟被吹捧成人人必看的国民读物，文学经典作品的神圣地位被动摇。更令人难以接受的是，不少人竟鼓吹"读书无用论"，极大地影响了人们阅读的积极性。当今大学生对文学经典的阅读急需一种"孤独感"，唯此才能够在真正意义上滋养干涸的心灵。在纷繁混杂、充满诱惑的社会中，文学经典始终是人们疲惫的精神得以栖息的最后一块自留地。

最好的时代，读书的时代

我们应当承认，与过去的岁月相比，当今的新媒体时代让查阅资料变得更加便捷，这也在客观上缩小了人们与文学的距离，人们能够更容易地触碰到文学世界。同时，网络为大众提供了海量信息，它对信息的快速捕捉带给了人们全新的认知方式。数字化信息存储的便利性是以往任何时代都无法企及的，而新形式的电子阅读的盛行确实在相当程度上促进了文学的多样发展。另外，整个时代以宽容的姿态接纳了众多普普通通却热爱文学的人们，每个人都是一个自媒体，可以自由地表达观点、释放情绪，我们的社会步入了全民写作的时代。

然而，上文涉及的繁盛景象实质上是一种带有表层性质的泡沫假象。新媒体看似带动了人们阅读的积极性：朋友圈中的诸多好友都晒出了畅销书订购单或带有作者签名的书籍，而这实则是被媒体宣传所牵引过去的盲目行为。新媒体时代下大众对影像的痴迷，对传统的解构与戏仿动摇了文学经典作品的神圣地位。借用狄更斯的话，"这是最好的时代，也是最坏的时代"，眼下这个疯狂的时代重塑着我们的思考方式、阅读方式、学习方式。曾经的我们物质很贫乏，这反而更加激发了我们对精神食粮的渴求之心，闲暇时间多是与书为伴。转眼间时代的浪潮在催生经济复苏的同时，却也导致了经典文化消泯的恶果。有学者曾声称如今是一个"文学失仰"的时代，此说法虽有些极端，却一针见血地指出了当下人们精神领域愈加沙漠化的弊病。

不少学校都会大力推行文学阅读的"必读书目"，采用强制性的方法逼迫学生们"吞"下一本本文化大餐。强制性阅读赋予学生们以深重的责任，个人的兴趣志向不再是阅读的第一出发点。这种做法违背了个人的阅读意愿，会在阅读层面招致学生们的反感，也使得学生丧失了阅读的原初趣味。作为一名研究生，我有时也会为了完成一份论文作业而必须看完一些作品，但事实上我对这些作品的体悟性并不强，未必能探寻其精神实质，这也就造成了为了"研究"而研究的悲哀。我认为在文学经典阅读中，最原始的阅读所获取的欣悦之感或是悲怆情绪是极为珍贵的。曾有一位老师向我们坦言，他很羡慕同学们初读作品所获得的对作品的第一印象。他遗憾地感叹，从事专门的研究久了，总是将作品进行过于理性化的思考，有时已经难以回想起最初的感动与欣喜。此外，我们有可能在翻阅其他学者的文学批评的过程中不自觉地改变了自己对作品的最初态度。

　　但另一方面，能够自主阅读、自主学习的学生们确实为数不多，当代大学生的自控力、自我时间管理的能力不尽如人意。若非强制地要求学生们阅读经典作品，他们很可能在相当长的时间内不会主动去翻看文学名著，这似乎形成了一种令人无奈的悖论。对于大学生来说，摒弃浮于表面的形式，为自己设立明确目标，诚恳地写一份读书笔记，从而逼迫自己对文学经典进行深入的思索是极有必要的。另外，这一举措对于电子技术迅猛发展的时代中大学生"提笔忘字"的尴尬现象也有一定的缓解作用。我们大学生可以花费一整天的时间去看电视剧、综艺节目也不会觉得疲倦，而提到读一本经典名著，却望而却步，迟迟难以翻开那沉重的第一页。在电子产品急速更新换代的时代中成长起来的学生们，对待电子产品如同上瘾一般，其头脑意识深处已被碎片化的信息所占据，因而其业已形成的行为习惯很难被更改。这也是文学经典遭遇寒流的一个不可忽视的原因。原本仅仅作为人们进行即时联络工具的手机，在频繁的升级开发中增添了大量附属功能，正是这些附属功能绑架了我们的思考方式、行为模式。包括我自己在内的许多大学生十几分钟就会查看一次手机，这种过分依赖手机的行为显然会打断本来应当是充满连续性的思考、阅读进程。无法控制自己行为习惯的"低头族"们在无形之中已被剥夺了获取精神补养的权利。有时我会十分羡慕不能熟练操作电子设备的人们，因为他们反而能逃离电子产品的"魔爪"，拥有独立的时间与空间。

　　"严肃的阅读或许是一种结束媒体生活对我同化的办法，一种找回我世界的办法。"[①] 不同于网络游戏只会带来视力的下降与头昏脑涨，文学经典能滋养、唤醒被物质社会所麻木的心灵，并提升人文素养，陶冶性情，滋润人们干涸的心田。感官刺激意义上的"悦读"并不等同于实实在在的"阅读"，在一切以"快"至上的当代社会中，唯有文学经典阅读应当彻底地"慢"下来，由此人们才能享受其"润物细无声"的效果。阅读文学经典的确不似接收图画影

---

① ［美］大卫·丹比：《伟大的书》，曹雅学译，南京：江苏人民出版社，2003年版，"导言"第7页。

像那般容易，我们必须一个字一个字地阅读，然后将这些字符在头脑中连缀成一句完整的话，进而展开想象，最终才可深入理解。在最开始未能沉浸其中之时，也许会稍显吃力，而一旦你沉下心，走进作品所营造的独特世界，整个身心便会牢牢地被书页吸住，渴望将其一口气读完。正如不少同学在初读《百年孤独》之时会觉得它内容烦琐而茫然没有头绪，然而经过耐心的阅读却欲罢不能，不得不感慨交织着凄美和哀伤的命运轮回。

当下的学生们携带着群体性的浮躁"细菌"，定力不强，同时在阅读书目的选择上缺乏理性，盲目滥读。当我回顾自己的阅读历程，一股愧疚之情与自省之思填满了心间。对自己而言，阅读的专注力在不断下降，我时常觉得对阅读的专注度还不及儿童时代。以前的周末、寒暑假，或者中午午休的时候，我经常会去邻近学校的书店逛逛，即便时间不充裕来不及深入阅读书籍，我也深信身处那种充溢着书卷香气的环境与静谧的读书氛围中总归是有所裨益的。目前，以 Kindle 为代表的电纸书阅读器逐渐走红，改变了传统的手捧纸质书的阅读方式。我认为，尽管 Kindle 具备方便携带、信息存储量大、可随时随地阅读等优势，但它依旧无法取代传统纸质书承载的那份"文化厚重感"。我们每次虔诚地翻动书页，都是在经历一次庄严的仪式，接受着无上精神光芒的洗礼，在澄澈明朗的阳光中沐浴。诚如作家需要孤独才可造就伟大的著作，我们读者又何尝不亟须找寻遗落已久的那份孤独感呢？对文学经典的阅读、品味终究是属于我们自己一个人的静默时光，在此过程中吸纳、领悟的至理也是其他人无法夺取的珍贵私藏。在这个浮躁难以安定下来的时代，我们理应呼唤孤独，呼唤静默。

文学畅销书的审美性消解

纵观近几年的图书市场，我们发现图书市场中的文学畅销书存在以下的现状：《活着》《百年孤独》这样的文学经典作品并不占多数，而一些看似文艺气质十足，却又充满着"地摊小报"气息的文本却在畅销书排行榜中占据很大的比重。尽管这些文学畅销书中的一些作品被翻拍成了影视作品，进而票房大卖，收益颇丰，但这仍旧无法掩饰其艺术水准不高，文学性、审美性较低的不足之处。

第一，"鸡汤文"、速食文本的肆意泛滥。文学类畅销书作为畅销书的重要组成部分，对整个社会的文化氛围起到了不可估量的作用。因而，面对如今众多"鸡汤文"与文化速食垃圾的出现，我们应当对此充满警惕与深切的担忧。在新媒体时代，不少畅销书丧失了文学应具有的"诗性魅力"，文学韵味极度淡化，这种速食文字经过媒体的多方位宣传与不遗余力的包装，在图书市场上迅速走红，但其精神涵养的不足导致了对文学审美性的消解。对于"阳春白雪"与"下里巴人"两种文学类型，我们并不能武断地去评价它们孰高孰低，但是作品中承载的基本的审美性是不可或缺的。"鸡汤文"式的文本用雷同的情节、纷杂混乱的结构、媚俗化的语言叙述使人们的精神版图被蚕食，文学的鉴赏能力与水平逐渐下降。

审美性不足的文学畅销书造成了人们对文学经典的不自觉疏离，进而形成了文学经典阅读的边缘化现象。在新媒体时代，传媒潜移默化地麻醉了人们的神经，将人们淹没在信息膨胀、极度娱乐化的滔滔洪水之中。同时，当下作家身份的普泛化导致了作者艺术责任的淡化消退与作品人文精神的缺失。中外几千年积淀下来的文学经典不在少数，还有待于我们去发现其中的悠长韵味，我们的确不必在这些市场化产物上浪费过多的时间与精力。

第二，微博等新媒体的营销误导。近年来，电视广告、报纸宣传、广播等传统营销方式的效果逐渐被微博、微信等新媒体平台所超越。一些文学类书籍经由这些蕴含巨大能量的新媒体平台宣传，在短时间内成功地摇身变为大众向往的畅销书。在文学畅销书的营销过程中，微博起到了难以忽视的作用。"微博集中了很多社会化媒体的特点，同时又具有独特的传播特征，当下已经成为理想的营销工具之一。"① 在新媒体时代大众话语狂欢的掩映下，诸多"名人"利用作为自媒体的微博，达到宣传自身及其"作品"的目的，大众的注意力被成功吸引。不少名不见经传的作者们纷纷通过微博聚集人气，运用自己的一些日常趣闻或者对人生的点滴感悟来拉近与粉丝的距离，在频繁的互动中增加彼此的亲近度、好感度，从而为图书宣传推广打下坚实的粉丝基础。许多微博红

① 王跃、张志强：《出版社微博营销和宣传的可行策略》，《出版发行研究》，2012年第7期。

人俨然变成了众人跟随与追捧的明星，其影响力与号召力难以想象，尤其是拥有上百万、千万粉丝的"大V"们。为获得读者们持续的关注与购买热情，微博博主们经常开展转发抽奖的活动，并利用微博的置顶功能将书籍的多种购买方式与链接在自己的微博中直接贴出。微博等新媒体的营销误导使人们为了履行粉丝式的义务与责任，而心甘情愿地用购买图书的方式去支持"偶像"，造成了对作品不加分辨的恶果。

除了微博、微信的营销方式，网上书店也是影响文学畅销书的一个关键因素。在当当网、亚马逊等图书网站，我们能在首页引人注目的位置上看到畅销榜、热销榜、新书榜的目录分类，众多暂时没有明确购买目标的读者很有可能通过这些分类直接购买几本销量不错的畅销书。然而畅销书排行榜上的作品良莠不齐，在畅销书的名单中我们不难发现一些艺术水准不高，甚至不知所云的"读物"（我们难以称其为文学作品）。在商业利益的驱动下，市场标准战胜了文学标准，畅销书排行榜将一些幼稚、粗糙的出版物与《活着》《围城》等经典作品并列，这实在是一种令人心痛的讽刺。

在新媒体时代，多种新媒体平台在使文学得到一定程度创新发展的同时，也使得往日兴旺的严肃文学遭到冷酷的挑战。目前的文学图书市场看似繁荣昌盛，但实际上文化垃圾却比比皆是，人们对纯文学的关注度呈持续下降的趋势。"鸡汤文"在不知不觉中改变了人们的审美观念与倾向，它的肆意泛滥是一种对经典性与精致性的远离，应当引起我们的警惕。"鸡汤文"用一些表面上具有沧桑感的语句"温暖"了大众疲惫的身心，相比之下，茅盾文学奖的获奖作品却少有人问津，文学经典应当得到更多的关注。不少人认为纯文学的"门槛"过高，在工作之后的休闲时间再去耗费脑力、吃力地读一本厚厚的严肃文学作品是一种负担，只得望而却步。因此，我们理应关注到新媒体对文学未来发展的负面影响。在一页又一页快餐文学的影响下，人们自身的思考能力是否会不断退化？并且真正让我们担忧的是，鱼龙混杂的畅销书榜单，是否会对青少年读者们审美能力的发展造成消极的影响？

第三，大众文化消费的从众倾向。"大众文化是一个特定范畴，它主要是指兴起于当代都市的，与当代文化产业密切相关的，以全球化的现代传媒（特别是当代数字传媒）为介质大批量生产的当代文化形态，是处于消费时代或准消费时代的，由消费意识形态来筹划、引导大众的，采取时尚化浪潮化运营方式的当代文化消费形态。"①大众的文化消费行为具备了较强的从众倾向，人们为避免被社会潮流所落下，无论在学习工作中，还是在家庭生活中都会遵循"从众心理"，自觉而盲目地向"主流"靠拢。因而，当人们看到"畅销"两字，便认为多数人购买的书一定会拥有巨大的魅力，而一窝蜂地争相购买，可看完整部书之后才发觉自己是被畅销书榜单所欺骗了。

畅销书以其庞大的销售量彰显了新媒体难以小觑的影响力，也显示出受众极易被媒体"催眠"的特性。一方面，人们的从众消费行为使平庸、缺乏精神涵养的作品获得了与其质量内核不相称的声誉。从普遍意义上讲，对于平均阅读水平不高、知识储备量一般的大众来说，文学经典的确有一定的阅读难度。但我们不应在娱乐的感官刺激与媚俗文化的浸染下，丧失对文学作品审美旨趣的追求。身为中文专业学生中的一员，由于所学课程的需要，我有更多的机会去接触经典文学著作。然而，对经典作品的品味与感悟不应仅仅局限在中文专业的学生以及专业研究者之内。我们的社会在推广全民阅读之时，也应更加地关注书籍的质量水平，不能仅仅满足于"以量取胜"，而忽视作品的内在品质。另一方面，人们不是完全没有鉴赏能力，也并非不愿意接纳纯文学的熏陶，人们只是被媒体营设的舆论所牵引，错以为现今文学作品的水平就是如此。我们应该期待纯文学在日后能够得到更多的打捞与关注，并盼望越来越多的文学经典能够成为畅销书。

文学经典："无用"即"有用"

在一些对大学生文学经典阅读情况的调查结果中，我们发现文学经典阅读表现出边缘化的倾向，大学生们对经典的重要性、不可替代性存在着认知层面的偏差。我们认为，"经典是指那种能够穿越具体时代的价值观念、美学观念，在价值与美学维度上呈现出一定的普适性的文学文本。它体现了文学文本作为历史事件对当下生存主体在美学维度上产生的重大影响，体现了作为个体的文

① 金元浦：《大众文化兴起后的再思考》，《河北学刊》，2010 年第 3 期。

学文本对历史的穿越。表现在具体的历史语境与文化语境中就是那些在该语境中处于中心地位，具有权威性、神圣性、根本性、典范性的文学文本"①。文学经典包含了作家对现实生活的独特观照，经典作品的生命是经久长存的，唯有它们才可良久地引发读者的情感共鸣与深刻思索。然而，如今不少人淡忘、忽略甚至漠视文学经典作品，认为它们只是"无意义"的存在。许多大学生坦言，文学经典读来既费力又没有"实用性"，何必自讨苦吃？当下我们正面临着文学经典的式微，众多人失去了对文学经典的敬畏之情。

其实，"无用"即"有用"。"20世纪初，我国著名大学者王国维先生化用老庄哲学思想在《孔子之美育主义》一文中提出著名的'无用之用'艺术教育观，阐明了艺术无获取物质之实用，却具有塑造精神之大用的特点。"② 现代社会中存有这样的一种不良风气，即实用主义日趋成为人们权衡自我行动的主要准则。针对此种现象，我们应当尽快悬崖勒马，不应以实用之效来否定精神财富的深远作用。尽管文学经典对人们生活的浸润是间接的、缓慢的，但恰恰是这些不为功利所衡量的"无用"成就了充实富有意义的人生，只有文学艺术才能最终完成"立人"的目标。一件事的本身是不需要具有意义的，而是需要你去给予它意义。学生们通过阅读文学经典得以触碰、感知、体悟生命中诸多精妙的瞬间，丰实自我灵魂，这一过程也是对人们空虚心灵的慰藉、对堕落命运境况的拯救，从而实现对人生境界的追寻。倘若不顾一切地冲向"有用"，学生们的人格个性也会困囿在循规蹈矩的噩梦之中。

"坏的东西无论如何少读也嫌太多，而好的东西无论怎样多读也嫌太少。"③我们应当由衷地感到幸运：作家们耗费几年、几十年甚至半辈子光阴潜心创作出的心血之作，我们花费几天、几周的时间就得以通读一遍。在金钱至上的商品社会中，这确实是一种相较于国际名牌而言更为"奢侈"的消费，是一种多

① 刘晗：《文学经典的建构及其在当下的命运》，《吉首大学学报（社会科学版）》，2003年第4期。
② 马明华、涂争鸣：《高校人文素养教育论》，广州：华南理工大学出版社，2010年版，第147页。
③ ［德］叔本华：《美学随笔》，韦启昌译，上海：上海人民出版社，2004年版，第24页。

么令人惊喜与慨叹的无上馈赠！蕴含着人类伟大智慧的经典作品展现了作家们深邃而宽广的精神视野，使读者们足不出户就可以纵览世界各国的民族精粹、人情世俗、无常的命运沉浮。人们能够跨越诸层隔膜，在多种文化的交界处徜徉，在无限的时空中穿越游走，领略多种多样的辛酸离别、幸福相依、忧虑彷徨……我们既会为基督山伯爵的成功复仇感到大快人心，又会深知在爱恨交织中"等待"和"希望"的至关重要；我们还会反复地品味《围城》里那些精妙的比喻："苦事是改造句卷子，好比洗脏衣服，一批洗干净了，下一批来还是那样脏。"我们更会被鲁迅思想的复杂性所折服，《伤逝》中鲁迅采用复调式对话的形式对涓生二重人格进行审判，充分暴露出其人格的分裂性与虚伪性。而《倾城之恋》以"城"为视域，展开了不同人性的博弈，我们不经意地发现，一座城市的沦陷反而成全了流苏；我们又难以忘记《金锁记》中曹七巧看似无意地向童世舫精心道出女儿长安正在吸食鸦片，对女儿进行的疯狂恐怖的虐杀；而《活着》又让我们体悟福贵在无数的忍受与苦难中顽强活着的生命。恍惚间，我们与书中的人物同呼吸、共命运，一起流下痛心的眼泪，仿佛经历了一番别样的、截然不同的人生。

　　总之，文学经典阅读的式微已然是不争的事实，我们不得不直面当今时代的残酷挑战。但我们有理由相信，文学经典凭靠其庄重厚实、深邃奥妙、精致典雅的永恒魅力，能够在时代的洪流中存续。无论是对于大学生们，还是对于全人类，文学经典都具有思维开拓之作用，是人类文明的最高代表。我们应该对自己充满信心：在未来的时间里，能进一步地领略文学经典的凝练含蓄，从而使灵魂得到净化，身心得到惬意的满足。

（赵雪君撰写）

六、一种提升：抵达生命根部之境

文学经典阅读，是一种抵达生命根部之境的自我提升。

绝地苏醒之后的重获新生

这个早晨我一起来就顺手拿起麦卡勒斯的《伤心咖啡馆之歌》，读到一个有一点悬念的段落，就是那个驼背人不期而至小镇，女主人公爱密利亚小姐是否会接纳他。麦卡勒斯只在世间停留了50年，一生备受病痛折磨，15岁患风湿热，经历三次中风，29岁瘫痪。那么说起来，她的写作在某种程度上是对自己的拯救和治疗。"心是孤独的猎手"，单单看她如此直抵灵魂深处的异样的触摸和探测，我就为之感动莫名。于是读《心是孤独的猎手》，读《伤心咖啡馆之歌》，在错位诡谲而碎裂的爱情故事之间，怦然遇到人的荒诞与美好，人的卑微和希望。

是的，真正的阅读从来就是为了给你的内心寻找缝补的机会，让四分五裂的内心重新变得完整和自由，让它经历一次次颤抖、欢跳甚至窒息般的缺氧，然后绝地苏醒重获新生。

一句话，阅读是要抵达生命根部的，或者反之，用一种大吸力将我们封闭荒芜的世界连根拔起。这是属于心灵的纯粹的滋润、提升和修行。

我曾经写过这样的话："书中没有颜如玉、没有黄金屋，书是我们情感的驿站、心灵的港湾，是摆渡人到精神彼岸去的桥梁。读书是莫须有的旅行，终点可能是炼狱也可能是希望。读一本好书，仿佛把你带到一个陌生的星系，当你离开时你会感叹、回味和惊奇。"

是的，《红楼梦》是这陌生的星系，《小王子》是这陌生的星系，博尔赫斯的小说里的迷宫，卡夫卡笔下的流放地和城堡，同样也是这陌生的星系。

就说《小王子》吧，翻译成汉语就一百多页的书，可我啃了许多年，还是没有啃完。不是没有时间，或者精力不够用，是我舍不得把它读完。

"所有的大人起先都是孩子"，可是他们中间不大有人记得这一点。我也差不多忘了。还好，有一天我幸运地跟随圣·埃克苏佩里开启了回归童心的旅程。跟别的星球有关的故事，仿佛把我们每个人都带往一个陌生而神奇的世界，在那里，没有功利，没有计算，没有阴谋，没有恶毒的伤害……

我知道纯净地活着，在地球上几乎像一桩奇迹。像佛经上说的，如莲花在水，那是一个剔透晶莹而沉入幻想的梦境。

然而，文学本身不就是这样一个充满了谜语、趣味和各种各样的可能性的梦境吗？

只因为有梦的存在，人的心海里才会有不灭的星光。

就如同《小王子》作者会心的察觉，"让沙漠显得可爱的，是它在什么地方藏着一口水井"。

水井，是向往，也是盼头。

如果哲学一点地看，水井就是人类心灵赖以获得慰藉和幸福的源泉。

可以说几乎每一个人在他们生命的过程里都会碰到自己的沙漠，当然也会碰到自己的水井。

我不禁想起从前在书里看到的一则故事，它真实地发生在梅纽因和擦鞋童之间。那是许多年以前的事了。小提琴演奏大师梅纽因去日本演出，一次听说现场最后一排来了一位特殊的观众——年龄不大的擦鞋童，用了多少日子的辛苦工作才换来最低价位的门票。梅纽因很感动。等到演出结束后，他径直绕过前几排的达官贵人而来到那个擦鞋童跟前，问他有什么要求，他都能给予满足。没想到擦鞋童只是很热切诚恳地说："我只想听听您的琴声！"

这句话让大师充满了深深的敬意，索性当场把自己手里价值昂贵的小提琴送给了他的小知音。又过去若干年，梅纽因再次来到那座城市，又在演出终场后碰到了当年的擦鞋童，如今已经是成年的清扫工了。他特意带来梅纽因送给他的那把琴，并且深情地说起，曾经有许许多多有钱人愿意出高价收藏那把琴，他都没有出让。当小提琴家再次问道，他还有什么愿望，他依旧是那句朴实而温情的话："我只想听听你的琴声！"于是，大师拿起从前的老伙计再次为"擦鞋童"也为现场观众演绎出精彩的音乐，而当年曾经历过此情此景的老观众无不潸然落泪。

你看，阅读，原来就是这么不经意地走进了我们的内心深处而获得了精神上的洗礼和生命如春风化雨般的启迪。

也许，每一次美妙的阅读，都是为了让我们亲近一下那口水井，吸纳它的清凉和滋润，获取它的凉意和无尽的秘密的涌流。

"为生命而读"的仪式感

当然，说到阅读，有时候肯定是一种生活的态度，职业的态度，在此就要关乎功利，分析一下，有人读书，是为了讲课、炒股、治病或者评职称，也有人是为了让阅读激活写作，再换取稿酬和名利。功利阅读和职业阅读，也是不可或缺的存在方式，没有必要诋毁和轻蔑它们。与此同时，当人的阅读在某一时刻，一旦超越了外在的羁绊和目的性要求，那么纯粹的阅读就注定会像一位不速之客那样不失时机地降临。

我固执地以为，超越性的阅读像是某种仪式、某种邀请，会很快地让你臣服其中。书是君王，你是臣民。就是这样。

是的，当有一天我翻开布鲁诺·舒尔茨的《肉桂色铺子》，就如同向日葵奔往热烈的阳光一样，拥有了根深蒂固的朝圣感。

这是"为生命而读"的见证式阅读。

也许在布鲁诺的小说里，埋藏着人类的激情，困惑、盲目、执拗、毁灭，然后又给我们带来第二次的新生。他用小男孩的视角重复而顽固地讲述父亲的故事，是为了挽留生命的存在和记忆。他的父亲似乎是一个活够了的形象，不安于现实的安排，憧憬着像鸟类或者灰尘一样从人类集体的宿命里隐遁消失。直到某一次他奇怪地变成了一只蟑螂。

让人回到原始的伊甸园，在 20 世纪的经典小说里，这是不可忽略和僭越的精神确证。于是，卡夫卡让他的主人公一夜之间变成甲虫，舒尔茨让他的主人公不断蜕变为蟑螂，似乎都像是梦魇，又如同破茧成蝶的解脱和逃逸的仪式和愿力。既然人活着，无法用人的价值来给自己找寻出路，那么就索性在动物王国里建构想象的安身立命之所，这是 20 世纪文学的无奈，也是祈愿。

我读布鲁诺·舒尔茨，发现无论人的生命遭遇到怎样的打击、挤压和重创，只要还有一缕呼吸和记忆存活在心心相印的阅读和写作的空隙与间隔中，人就拥有复活的希望。写作者复活了笔下人物的心灵自由的线条，阅读者复活了重建精神虚构和想象的存在乐园。

舒尔茨作品中的父亲形象，用他自己的话来说，是"一个被击败的男人，一位失去了王位和王国的流离失所的国王"。这个父亲是形而上的精神胜者，却是以肉身的溃败为前提，他无法进入鸟类王国，即使他在意念里将自己蜕变成了蟑螂，而事实上他还残存着人的宿命的秘密。人毕竟不是神。人无论在想象里将自己的精神勾勒得如何完美辉煌，其实还是微不足道的泥巴。但是，这泥巴实在是带着自由的心性去憧憬的，去驰骋梦想的，因而是汗珠和泪水的最终确证。舒尔茨作品中的父亲就这样让我看到了人类之梦的远大、浑厚和沉实。

其实，海明威经典《老人与海》里的圣地亚哥，那个高傲地与大海和大马林鱼搏斗的老人，和自家客厅里翻腾着身躯想入非非的舒尔茨笔下的父亲，应该说都是存在主义式的英雄，尽管背景不同，身世命运迥异，但是，骨子里不服输，天性里自由挥洒的性情，好奇、执拗、耍酷，向往着生的神奇和死的不同凡响。如果说有什么差别，海明威更崇尚实在和大自然，舒尔茨则以玄幻般的魔力朝拜和趋附虚无深处的光。

经典阅读的天性需求

每个人的阅读，如果权衡评估一下，都有各自的趣味和倾向，神往抑或逃避，强求不得。上大学那会儿，我无比崇尚陀思妥耶夫斯基，而对托尔斯泰就不怎么在意。自己从大学图书馆借阅了《白痴》《被侮辱和被损害的人》还有《罪与罚》《死屋手记》等作品，被陀氏笔下人物的晦暗而撕扯的内心分裂与搏斗，弄得神魂颠倒，欲罢不能。而托翁厚厚几大卷《战争与和平》从书店买回来，就一直放在那里，只字未读，就如同蒙受了岁月的尘埃的洗礼，于是很惭愧，对不起托翁。还好，去年为了弥补对这位大师的歉疚，我翻阅了他的另一部长篇巨制《安娜·卡列尼娜》，享受了俄罗斯文学经典时代的经典。

按照卡尔维诺的说法，"经典是每次重读都像初读那样带来发现的书"，"经典是即使我们初读也好像是重温的书"。

《安娜·卡列尼娜》大概属于后者，初读就如同重温，吉提、列文、奥布朗斯基、渥伦斯基，个个写得生动无比，精彩传神，至于安娜，确乎是文学史上不可多得的经典人物，托翁走进了她的内心世界，让我们看到她灵魂深处每一缕纹路的颤抖、起伏与不安。然而，即便如此，对我而言，这部经典读完一次也就够了，不打算重看。

换而言之，专业阅读和爱好阅读根本不是一回事。研究经典和喜欢经典也不可同日而语。前者是必需，或者带有强制性，等于还债。后者则是天性上的需求，是自得其乐，是沉醉和迷失间充盈的人生难得之妙。

而硬着头皮读经典，无论出于何种目的，其实也是一种变相的折磨和体罚。

精华主义的私人阅读史

阅读当然是个体的生命的激活，心灵的洗礼和情感的安顿。阅读延伸开来，就构成了一个人的私人的阅读史。如果从 1987 年上大学读书算起到现在，也 30 多年了。倘若盘点自己的个人阅读历程，这 30 多年的阅读，会像是一次盛景如云的壮游，不敢说那是美学的散步，但至少是艺术上的享有和灵魂上的历险与漫游。

在一次读书交流会上，我曾经带着感情的色彩说过，自己读书是在"书中结识和拜访各个层次和境界上的朋友"。读书是"自我的再深造再启蒙"，是对信仰的顶礼膜拜，是对身心的脱胎换骨，是历练激发生命的多姿多彩的内涵而得以觉醒、萃取和升华。

这应了女作家三毛的一句话："读书，这使得我们多活几度生命。"

也就是说，读不同的书，会发现不同的自我，会让你的生命变得更加充实、丰富、包容和美妙。

人之有限的生涯，阅读等于拉长了人生的容量，在宽度、广度和厚度上跨越了时间和空间的拘束与阻隔，让内在的心性获得无与伦比的激情、洞察和体悟。

正是在这种越界的交往过程中，阅读才最终完成了个体对他者的拜访、亲近、濡染和神交。

对于我而言，这 30 多年的阅读，是内心的冲浪、思索、争辩、寻觅、触碰和击打。我跟书几乎形影不离，像患难的兄弟，也如默契的知己。

叶赛宁说："人在大地上只活一生一世。"我觉得此生此世，遇到书，人也不虚度了，有了寄托，有了盼望，也有了回味与发现。

当然，这书可不是随随便便就能找到的。记得韩少功曾经把书区分为可备之书、可扔之书、可读之书几种。可备之书，一般来说就是通常说的工具书，如字典、教材之类。可扔的，则属精神垃圾一类。最后剩下可读的，好比星辰、日月、空气和水，为我们每一天的心灵生活提供照耀、清洁和滋养。

现在请让我带着感激之情说说我的必读书。它们发光，发热，点亮了我的内心一角，有时候却也会给自己浮躁的内在送去难得的优雅和清凉。它们是可读之书里的战利品，是胜者和功臣。是的，要发现好书，你就得去战斗，去跟劣质的书搏斗。然后，淘汰掉垃圾，剩下真正的精品和精华。

我的必读书应该说是长长的一个大系列，如果缩小范围，就在文史哲里面选，依旧是浩瀚的星河。然而即便蹲在故乡的泥土路边，用渴望的眼睛寻找夜空里闪烁的繁星，就如同我小时候那样，去发现每一颗星的明亮和璀璨，这辈子好像也看不完这些必读书了。

那么什么是我的必读书呢？帮助我成长的，是。提升了我眼界和胸襟的，是。让我发现了生命的神奇和奥妙的，是。让我分享了秘密的喜悦、博大的悲悯和深沉的凝思的，也是……

记得有一年，跟张中行先生通信，讨教必读书问题。张先生回信说："开卷有益，还是多读为上。"

这是把阅读当成了人生修为的一种提示和延伸。

无论开卷有益，还是多读为上，都警示我，作为读书人，书就是你的万里长城，就是你的江河湖泊，就是你的一草一木，你得珍惜，你得敬畏，你得礼遇。

是的，没有开卷有益的不断积累、壮大和丰富，我们又何以沙里淘金，从糟粕和一般中，发现精华和卓越！

书，就像一滴水里的海，既浩瀚无边，却依旧可以触摸、凝视和捧起。

写到这里，我承认在逐渐的积累打磨与整合的过程里，我开始以"精华主义"的态度来阅读，来提升和审视内在的自己。

1996 年，在我 38 岁那年，我有幸购得《理想藏书》，在此，发现了怎样最快地将一本本好书收入囊中。"从这里出发，一个丰富的世界，就在眼前。"我相信这本读书指南的魅力，它让我懂得如何在书籍的汪洋大海中遨游觅食。

法国人的眼光很别致，甄别很精准，选择很挑剔，鉴赏很有说服力……只要随便翻开哪一页，你的心就会像打开一道亮闪闪的门，随时被接引到一种美妙的书缘和书趣之中。

正是在这本书的某一页，我很意外地捕捉到了布鲁诺·舒尔茨的"绝密"讯息，那会儿，大概他还没有引起中国作家和翻译家的注意。"人们常常把布鲁诺·舒尔茨与卡夫卡相比，正是前者把后者的《审判》翻译成波兰文。《殡葬工疗养院》和《月桂商店》中的短篇所展示的是别具特点的世界。布鲁诺·舒尔茨'将现实神话化'，他善于在日常生活中捕捉神奇，在平凡琐事中把我们带入'梦幻共和国'。"

就是这么精彩的指南和索引，会把爱书者带往一处可以称为心灵后花园的地方，让他们与那些即将消失的旷野同在，和舒爽的微风共舞，跟星空、泥土、花朵还有源泉亲近。

而我把靠近它们触碰它们，称为精华主义的阅读。换言之，这是抵达生命根部的阅读。

人与心境的默契敞开

人与书的联系，说到底，是人和岁月、人和自己的成长建立了纽带，是人和心境的默契交流、关注及敞开。

张潮在《幽梦影》中写道："少年读书，如隙中窥月；中年读书，如庭中望月；老年读书，如台上玩月。"由此可见，读书的收获，与个人的经历、年龄和心绪密切相关。

"少年听雨阁楼上，红烛昏罗帐。壮年听雨客舟中，江阔云低，断雁叫西风。而今听雨僧庐下，鬓已星星也。悲欢离合总无情，一任阶前，点滴到天明。"这是蒋捷的反省和感悟，也是一个词人经历了雨雪风霜和世道沧桑后的喟叹与迷茫。

我总觉得人和书的感情牵系，与此中的意味不谋而合、款款相接。少年时看书一路兴冲冲，攻城拔寨，携手新欢，不亦乐乎。中年时看书，有了挑选，有了甄别，也有了离弃和遗落，不堪和无奈。起码要在功利性阅读和爱好性阅读之间盘旋取舍，再说，世间书之精华汗牛充栋，每每会有望洋兴叹之慨。老来，可能是曲终人散，是散落的时光。我曾憧憬自己的晚年，把所有的藏书都处理掉，让小屋空落落的，家徒四壁，只剩得朝阳夕晖，清风朗月，以及三五小虫，唧唧唱鸣，足矣。

哦，只是内心深处毕竟还埋藏挽留系念着一段属于书的时日，属于书的流年。

（刘恩波撰写）

第六章　阅读经典：培育和建造文化生命

说起读书与知识，这里最关键的是"读书"，它是求得知识的最重要方式。有的人几乎把整个生命都投入到读书中去了，所以都知道自己的知识从何而来。如果不读书就没有所掌握的知识，就不是现在这个样子。所以必须认真读书求真知。

一、先从宋金时代的两首诗说起

两首诗，一首是南宋学者朱熹的，另一首是宋金时期诗人元好问的，我们就从这两首诗说起。

鹅湖寺和陆子寿　朱熹

德义风流夙所钦，别离三载更关心。偶扶藜杖出寒谷，又枉篮舆度远岑。
旧学商量加邃密，新知培养转深沉。却愁说到无言处，不信人间有古今。

论诗三首（之三）　元好问

晕碧裁红点缀匀，一回拈出一回新。鸳鸯绣了从教看，莫把金针度与人。

朱、元都是非常有名的学者、诗人。朱熹认为知识与学问没有截然的古今之分。在今天学科分得非常细密的情况下，把本来是一体的知识都分成了一块块。辽宁大学宋则行教授是德高望重的一位先生，他曾经说到经济学科，有不少门类最早就是一个教研室，现在分成了多个院系，专而又专，却割裂了经济学。今天我们看到，在其他的学科中大体也是如此，分得非常细，学生学得专了，但容度狭窄了，不仅缺乏大通识，也缺乏小通识。这样虽能适应职业的分工，但从人的学问修养来说，就成了马尔库塞所说的那种"单面人"，即一个片面发展的人，这是现代社会中"人的异化"的一种表现。就知识本身来说，它们都联系得非常紧密。以文学来说，它是一个有机辐射性的整体，比如说1840年之前是古代文学，1917年开始是现代文学，1949年之后是当代文学。而现在研究古代文学的人，又分段，只研究先秦或者明清这一段，甚至于清代只研究满族文学，从专业的角度可能非常专了。专门研究清代的满族文学，对清代满族作家之外的作家若一概不知，那将来从事工作的话，只能教满族文学，因为他没有其他属于中国文学史全面专业的基础知识，这很难有大的造就。很多大学者的知识视野却不是落脚在一个非常狭小的角落中。比如说研究明清文学阶段，若只研究戏曲，这很显然是非常不够的，会与整个历史文化脱节。若研究现代戏剧，不了解古代戏曲，就不知道有些现代戏剧的来龙去脉。这时读朱熹这首诗就非常有意义。这里提出一个"旧学"，一个"新知"。"旧学"就是已经存在的，早已经定型并被人所了解的，历史上有定评的。朱熹指的是南宋之前的中国历史文化。但是对于旧学也不能照单全收，要进到历史文化中，把自己融入进去，把它展现出来，让自己对历史文化进行探讨和研究。朱熹用的词是"商量"。商量以后，做出新的转化；"加邃密"，做出新的补充、生发、展现。我们现在要发扬传统文化，但是并不是照单全收，而是要有我们今天的眼光，有今天人的理解，这样才能把古代的东西变成今天的，并且有助于民族的文化发展。"新知"指在当前出现的文化状态，一般都不太成熟，不太完备，因为它历史比较短，没有深厚的经验积淀，我们要对它有所期待，培养它，助长它，让它有所发展，这个发展的程度就是"转深沉"，有底蕴，有内涵。所以旧学和新知对一个人来说，不管进行哪一个领域的研究，都必须有积极的进取推动的态度。胡适非常赞赏"旧学"和"新知"这两个概念，他主张把它们结合起来。胡适初到美国的时候学的是农学，后来转学哲学，然后由哲学进入中国古代文学和"五四"文学，结果他成了创造和研究现代文学的领先人物，也是对古代文学多有新见的名家，对于胡适你很难单纯界定他到底是哪一方面的学者，他非常全面，在中国现代文化史上，像胡适这样旧学与新知兼具而且成就非常高的人很少。旧学和新知结合起来以后，很难说什么东西是古代的，什么东西是现代的，因为古代进入现代，由现代人进行拾取，由现代人进行研究，就变成了"现代人的古代"，或者"古代人的今天"。新历史主义就是回答这个问题的。新历史主义认为，所有的历史都是今天的历史，纯粹的古代历史是不存在的，这虽然有点极端，却有合乎规律的一面。一本书，一个人，随着时代的变化，随着期待视野的变化，人们搜取来的历史则变成了期待视野中的历史，是历史的现实。所以朱熹说"不信人间有古今"。当然从时间的概念上来说，有古和今的不同，但由于是今天的人对于古之对象的拾取，这时的对象成果，很难说哪个是古哪个是今，如问毛泽东从《列子》中取来了"愚公移山"，这愚公事例就能使人"不信人间有古今"。

再说元好问的诗。元好问《论诗三首》之三的后两句，是我们理解的重点。无论我们看作品还是看文学艺术哪种样式的节目，我们看到曲子写得好，诗写得好，电影编导得好，可以比作善于刺绣的人，绣了一对栩栩如生的鸳鸯，把绣好的鸳鸯给别人看，大家赞不绝口，但是他却不想把怎么绣好鸳鸯的方法告诉别人，"针巧"是不愿传给别人的，因为传授之后，就会出现"教会徒弟，饿死师傅"，不把"金针"告诉别人怎么使用，这样别人就绣不出和他一样好或者比他更好的鸳鸯了。这就是"鸳鸯绣了从教看，莫把金针度与人"。我个人绣了 50 多年鸳鸯，也一直教人绣鸳鸯，虽然自己绣得不算太好，也未练成巧授金针之法，但毕竟是读书不少，亦略有揣摩，说给大家或许可为借鉴，姑且化用元好问的诗立说，就是"愿把金针度与人"。

二、从我是作者的"角色效应"去用心读书

先说看书。从小学开始读书到现在的硕士、博士，还有几位教授，大家读的书已经很多了。在这里说看书的问题，实际上是确切意义上的"人之初"。但是大家无论有多少学问，看了多少书，我们都还要继续看书。我们在看书经验中总有这样的感慨：我看了很多书，从小学到研究生，我看的那些书记住了多少？参悟有多少？收获有多少？是用什么态度去看的？比如一张报纸或者一本杂志，其内容有很多东西，我们看完之后又留下了多少？我们能用的有多少？恐怕越往前追溯越不是自觉，越往后可能就越自觉。一般的读者看书，和

有相当学养的人带着一种自觉的愿望去读书，这里大有区别。如果看书止于消遣地看，不论看多少都不过是一个读者，难能真正有助于一个人的知识与学问的积累，与作者有难以逾越的间隔。因而在我们这个学历的读书起点上，必有一种"角色效应"的自觉，即我是与你一样的作者，我是再创造你的作品的作者，你的作品也是我的存在的对象，主体与主体融通，主体与对象融通。有这个起点，无论是看书还是看电影看戏，看这些文化知识方面的东西，都要从我是作者的眼光出发去看，不仅知道他写了什么，还有我自觉地以一种审视眼光，看出为什么要这样写，有什么好处与缺欠。如果没有这个态度，就仅仅能积累点知识，但是随着时间的流逝，很多都会忘却，而且不能变成知识积累和能力培养，更不能有助于研究能力的提高。我在这个方面的自觉意识，即从写作者的角度去看，已经是很晚的事了。如果是从刚接触专业的时候就有这样的眼光，我肯定比现在更有出息。举个例子，我们中文专业中有古代文学，有唐诗宋词，而且很吸引人，在可读性上来说又很有吸引力。我从学童时代就能熟背不少唐宋名诗。但直到从中文系毕业，我还不会写出完全合乎格律的近体诗。这说明读与写、知与能之间有很大的距离。大学里有很多研究唐诗的人，研究了很多像杜甫、李白等人的诗，但是自己却一首合格律的诗都写不来，这很普遍。一所著名的大学有一位文学教授，写了首标为七律的诗，但是这首七律完全不符合平仄粘连韵律，有人指出之后，还对其大放粗口。我想这位教授肯定读过并会背诵许多唐诗，但是不会写出合乎格律的诗却是其不愿承认的事实。读唐诗背唐诗却不会写近体诗，现在却是无论哪个学校中文专业的大多数师生的现状。所以如此，与中文系教学中只讲读而不教写格律诗有直接关系，而与学生自己读而未识其体的构成形式更有直接关系。这是就读唐诗与写近体诗而说读与写的关系，也是读者未以诗作者写诗的思维制作的方式去读，即未实现"角色效应"的结果。所以不论是读诗，还是读书，到了一定层次之后，就不能以一般看书的角度去读，而应以作者角度去读。读理论文章和学术著作，如果以其作者的角度，或者以超越作者之上的眼光去读，思考文章是怎么阐述观点的，学到"针法"，甚至又可以见出其观点的伪论断是在什么地方，这就是更高明的读者了。如果我们读书都能这样地刨根问底，我们收到的效果肯定会更大。

在读书的过程中，无论所遇的这个文本是怎样的，或者说是影视类的作品、音乐和戏剧等不同的文本样式，接触到这些对象，其中必有作者、编导者要通过作品来表述的看法。对此无论称之为宗旨也好，题旨也好，必然要有。怎样能够真正抓住它，这是非常重要的。作品的制作者不是无所为而为，一定会有一个宗旨，就是我们常说的"文以载道"。当我们把握这个"道"之后，还要参悟这个"道"，看它如何以文载之。从方法上去看作为文本的作品如何展开逻辑结构，思考它是如何把这个"道"演绎出来，这是作为专业人士的读书和一般人的读书的不同之处。我们在这个方面如果非常自觉，能力就会很快获得提高。从我自己的感受来说，我非常赞赏俄国 19 世纪三位非常有名的批评家和文学理论家，即别林斯基、车尔尼雪夫斯基和杜勃罗留波夫，他们都是当时反对沙皇专制的革命民主主义者，思想锋芒非常锐利，他们的文章洋洋洒洒，我们今天想写出大块文章，使文章非常有内容有气势有逻辑，一定要选这些人的文章来读，从他们是怎么写的角度来读。别林斯基研究 1844 年俄国文学的多篇论文，采用的不是写流水账的方式，而是探索其中关键的问题，使文学批评变成了理论建树。杜勃罗留波夫以《黑暗的王国》为文题，广泛分析和深刻揭露俄国社会的种种弊端，很能开人心智。我们现在解读作品，写作文章，学习这样的批评论著，定会对自己的研究能力有很大的促进和提高。

三、有目的有选择地努力多读一些书

书山重叠，书海无涯，而人的精力与时间有限，不可能也不必要什么书都读，所以必须有目的有选择地多读一些书。

从文学专业角度来说，首先是读经典。我们所学习的专业，以文学这个大学科来说，每个方面都有很多经典。古今中外的名家经典无数，比其他诸学科的经典总和还要多。经典意味着什么呢？它们都是那个时代在那个领域所留下的最为精华、最有创造价值、最有代表意义的文化结晶，它们都是社会历史和人类自身进步发展的确证。我们要在这个文化专业领域安身立命，读文学艺术与美学经典都是我们的入门证与居留卡，甚至是不是这个出身也主要以此为标

志，根本不在于有没有这个专业的毕业文凭。写《俄国文学史》的高尔基，写《中国小说史略》的鲁迅，都没读过文学专业，但他们读的文学书却比很多读文学专业的人读得还多。这个是必须承认的。

经典都是时代的文化精髓，不论内容与表现形式都各有深蕴，因此读起来也不像吃快餐那么容易。古人读《周易》有事先焚香、沐浴、心斋者，是读之前去除浮躁心理，表明虔诚敬重之心的态度准备。我们今天读经典虽无须如此，但在读书态度上建立虔敬之心、老老实实地读，却是不能不有的。应该说，读这些书，能不能读进去，能不能读得懂，能不能读出收获，是决定着我们在这个领域能不能立足，能不能有发展的一个初级检验。广西师范大学出版社曾经以网上问卷方式对于读经典进行过调查，发出去的 3000 张问卷，收回来加以统计，在"死活读不下去"的书中，《红楼梦》高居榜首，另三大长篇小说也尽在其中。在另外有关经典阅读的报道中，说到了在外国"被拉下神坛的经典"，其中有《堂吉诃德》《悲惨世界》《哈姆雷特》。对这些经典死也读不进去，甚至要将其拉下神坛的人，或许是些没有多少文化修养的人，他们的口味只适合于对低俗浅薄的流行文化的接受，属于"老鼠爱大米"那一流的粉丝，"众好之，必察焉；众恶之，必察焉"，这些人的期待视野是足堪忧虑的，在中国已经是在文化领域重呼"救救孩子"的时候了。国家的读书立法的考虑，与此世态大有关系。

教育部在 20 世纪 90 年代曾经发布一个有关初中生和高中生要读的文学作品目录。各阶段有二三十本，当时火热了一阵子，现在也凉却了。因此，这些书还是没有真正被中学生读起来。其实那些书如果真正读了，无论是从文化还是素质上、思想情操上，以至于审美能力上都会获得很大的提高。不论将来学什么专业，去做什么工作，它都成为一种文化素养，积淀在他们的头脑里面，在以后都会从读过的那些书里面找到智慧与经验借鉴，即人要怎么做，路要怎么走。但由于应试教育的挤压，越来越被忽略，今日已似无其事了。这些经典读起来可能不会像一般拿过来就能够从前看到后，一点阻挡也没有的书，不用动脑筋就能够读下去，就能够读完，不会这么容易。正因为这样，它才成为经典。我们现在看到的电视台有一种节目，教你怎么做菜。凡是要教你做的菜，都有几道工序，如加什么作料，怎么切，怎么去煮、炸、烹等。没有一个电视台是教怎么做黄瓜菜，如先把黄瓜切成片，然后再切成丝，之后再加上作料，你看哪个电视台教这个？因为这个用不着教，黄瓜就是不切，拿过来直接咬也行，它太简单了。所以经典里面包含的内容非常多，不是一下就能看懂。我在大学二年级上学期的时候，外国文学课要讲西班牙小说家塞万提斯的《堂吉诃德》。当时《堂吉诃德》下册还没有翻译出来，我们外国文学老师是朱光潜的儿子朱陈，他是学英语的，他把《堂吉诃德》的下卷主要章节都翻译出来了，油印给我们看。我们当时看这个小说的时候只觉得好笑，不了解它的深意。就觉得这个小说怎么这么荒唐呢，把撞见的风车当作巨人，然后和它搏斗，之后被风车卷得连人带马摔个半死，落地以后还认为那是巨人。我们很不理解。后来世界和平理事会纪念世界文化名人，每年有四位，接着就是纪念塞万提斯，当时报刊发表出一些文章，我们看了之后才知道这部文学经典教人以不能用昨天的观念办今天之事，不能做今天的堂吉诃德。此后我又几次阅读，所以留下的印象也日益深切。到我指导博士论文的时候，我指导我的学生吴冬艳，要她写游走文学的选题，比较《西游记》与《堂吉诃德》，论文获得成功，并有持续开发的广阔天地。古今中外，与"哥特式"小说相对的"游走式"小说非常多，并且多为经典。

那么我们读书是不是除了经典就不读呢？我们都有专业研究方向，各自研究某一个领域的文学艺术现象，除了经典还要读那些不上档次的作品。好书或被认为是不好的书都要读。读经典是有特殊所指，就是我们在阅读过程中要集中眼光，选取那些非常有价值的书来读，要掌握和重点传授这些最精华的文化。尤其是社会读者，他们不是研究文学的，就是一般读者，例如是公务员，是军人，是工人，如果让他们什么都读，那是不可能的！时间有限，而且书的来源也有限。要买几本书，那要买什么？就只有买那些最有代表性的，放在家里面可以用来传家的东西。据报道，过去在俄罗斯家庭，基本上每家都有一个存放经典的书架，就是让他家的子女可以继续读的书。中国上档次的家庭基本上也该如此。如果家里有一个书架，上面没有中国的那四部小说，没有孔孟之书，没有唐诗，没有宋词，等等，能说得过去吗？但如果要研究文学艺术、研

大学生文学经典导读

134

究文化现象，有些不怎么样的书也得读。假如要研究电影、电视剧，中外经典影视作品非看不可，这些作品不看就不知什么是好影视作品。但现在却有较多要思想没思想、要艺术没艺术的影视作品，包括写清宫的、写抗日的、写地下工作者的，很老套，重复得厉害，很多就是换个片名与人名，但就是这些也必须得看。所以看这些作品，能看出它是老套的，这就是最大收获。这就说明从专业角度来说，我们和一般的社会读者是不一样的。那些不怎么样的东西我们必须得看。就像我们是专门学习和研究文学的，我们的重点是那些支撑文学大厦的中外文学经典。但时下总有一些浅薄平庸的"畅销书"，一印就是多少册，说明它有很多读者。对于这类东西也不能不作为文化现象加以关注，也要抓来考究。这时我们才能真正理解德国19世纪的哲学家、美学家叔本华就畅销书说的这番话："善于读书的人，决不滥读。这是极为重要的。不论何时何地，凡为大多数所欢迎的书，切勿贸然地拿来读。例如那些正在走红，一年之内一版再版的政治的、宗教的小册子、小说、诗集等。你要知道，凡是为傻瓜而写作的人，总会有一大群读者。请不要浪费时间去读这些东西；应该把你的时间花在阅读那些一切国家、所有时代具有伟大心灵作者的作品上。这些作者超越其余人，他们的声音值得你去倾听。"叔本华是非常崇拜天才的，他说得毫不保留情面。认为畅销书都是为傻瓜而写的，所以不要追逐读畅销书的潮流。但我们从研究来说，对这些畅销现象也必须研究。

从研究意义上来说，必须厚积知识，必须多读书。但读书必须有重点地读名家的全集。我们从知识积累的意义上一下子读很多全集是做不到的。一般都是先读代表作。比如一个长篇小说家有十部八部作品，短篇小说家有几百篇短篇小说。我们自然要读有代表性的。中国现代小说家巴金，他的小说很多，但最有代表性的是《家》《春》《秋》，尤其是《家》。对巴金小说如若读一本，一定要先读《家》。但读完《家》之后，想对《家》发表见解，或者对他做出某些研究，很显然只读《家》是不行的，需要读他的大部分作品甚至要读他的全部作品。

假如要确立选题，没有对这个作家整体的了解和把握，以至于对他外围的把握，你无法来进行研究。一旦这个人你对他读全了，你肯定能从里面提炼出来选题，而且常常是和别人不重复的题目。除了读代表作，你还得读别人写的文章，这样可能受到启发，但也可能受到局限，以致不管你怎么想也超越不了被人写过的那些东西。我在大学三年级开始读巴尔扎克、莎士比亚、《史记》，读李白、杜甫、白居易、鲁迅的全集。后来又陆续读"十三经""前四史"，读《文选》《全唐诗》《宋诗钞》，读《马克思恩格斯全集》这类大书。这样读了几十个人的全集之后，头脑里面的材料积累得非常多，形成了写不完的题目。在我从教以后，教外国文学和马列文论，我读的欧美作家的全集不下几十种，这使我的艺术眼界更为宽阔起来，进入研究领域路路通，特别是在艺术审美规律的探寻上，握有古今中外的丰富材料，总有研究不尽的选题。在这一点上是很受同行专家所称许的。

我们注重读专业书，但还必须读专业之外的书，不要完全受到我是学什么专业、研究什么内容的限制。举几个例子。鲁迅、郭沫若都是学医学出身，后来转到文学创作中。鲁迅写小说、写杂文，也写诗。但这些创作都没有影响鲁迅进行学术研究，他写《汉文学史纲要》《摩罗诗力说》。郭沫若写诗、写剧本，也写小说，他还进行考古，研究中国历史，在很多问题上都有自己的独家之见。他们都跨出了专业限制，都得益于专业与专业之外的知识引导与推动，没有自己限制自己，认为自己就是短篇小说家或者诗人。又如研究现代文学史专业的王瑶先生，他是中国古代文学的研究生，后来却教了现代文学，因此他写出了《中国新文学史稿》《中古文学史》，此外又写了《李白传》，编注《陶渊明集》。他因为有中国古代文学的积累，因此在谈中国现代文学的时候，能和中国的传统文化联系起来，这是别人做不到的。孔子说："君子不器。""器"，指盆、碗、杯子甚至刀子，指可以用的器具。凡是器具，都有一个非常突出的特征：有专一的用途。兵器也是器，十八般兵器都有其自身的功能，如刀、剑、斧等，如果用斧子去刺人，用枪去砍，都不会起很大作用。器都有专用，专用好不好呢？孔子说"工欲善其事，必先利其器"，是因器专有事用，但是其用比较单一。孔子认为人非器物，人应该有多方面的才能，所以孔子教学生学习"礼、乐、射、御、书、数"六科，教学生文化典籍，也教学生弹琴唱歌，教学生射箭，教学生驾车，教学生计算。如果只有简单的一种才能、一种能力，那只能成为匠人。所以对于学习者来说，特别是想深求学问，广求学问，基础的知识面一定要打得宽。我们看到无论是中国古代到现代，还是西方的古代到现代，凡是大家，学问都是非常丰富的，都不是"片面人"，都不是"器"。我们如果超专业读书，进入我们专业的外缘，虽不一定见书就读，但一定要多读一些。读书一定要展开一个辐射面，但不是面面俱到，在面中找一个地方深入一下。如读一个人的代表作之后，一定要想办法读他的全书。我们学文学专业，和文学联系紧密的哲学、美学、心理学、历史，以及文学之外的艺术文化方面，是一定要了解的；有了这些方面的知识底蕴后，在研究自己主业的时候就会产生不一样的效果，眼界会变得开阔，深入起来能够有知识的辅助。

四、从专业和专题研究需要出发的读书

不论谁要进行专题研究，在事先没有相当的知识储备，或者说不在平常能掌握有关的材料，突然灵机一动就提出一个研究题目，这是不可能的，谁也不会有这么一个无端的选题想法，总要有些引端。这个引端就是相当的知识条件。这个引端常常像一个路标。你走在一个广场或是十字路口、几个岔道口，究竟往哪走？这时有的地方有路标，常常要根据这个路标找到你要去的目的地。问题是我们研究问题并没有一个像我们在十字路口所能遇到的指路的路标，不是这样。而常常是你头脑里边有某些积存。有这些积存以后，这些积存有可能是非常片段的，甚至可能是非常狭小的，材料也并不特别丰富，但是它会作为你思考的一个起点。如果头脑里面这种东西积存得多，那这个时候就有许多路径可走，即使对这条道路并不是特别熟悉，但是想走这条道路我就必须想办法熟悉。比如说，1894 年是甲午年，清朝的北洋水师和日本海军在东海进行了一场大战，清朝战败，李鸿章到日本马关与日本签订了割地赔款的《马关条约》，钓鱼岛就是那个时候失去的。在中日甲午战争后，文学艺术里面有许多反映，这就是一个选题。晚清时代的黄遵宪就写有《东沟行》《哀旅顺》《哭威海》《台湾行》等诗，被誉为"中日战纪"。这是很值得我们谨记和研究的爱国诗篇。我在日前也阅读材料，写成了题为《甲午五章》的五首七律诗。我盼

望能写出研究有关甲午主题的论文。这是就一个事例来说的。假如头脑里有很多材料，掌握了丰富的信息，有丰富的阅历和见识，这个时候外在存在的那些条件，就有可能成为你的存在条件。头脑里啥也没有，外界发生了什么，都不是你研究的对象。所以，当主体具有丰富的知识，那么这些外在的东西才会成为你研究的对象。马克思在《1844年经济学哲学手稿》中提出了人的本质力量丰富性，用以占有外在世界的丰富存在，创造自己的审美对象化世界。

知识是贯通的，联结它们的是规律。不论研究什么问题，缺乏贯通的知识，就抓不住问题的本质，找不到规律。我们为实现研究而读书，就是要使知识和学养能够达到时空程度上的贯通。知识学养能够十分贯通，能够像陆机《文赋》里面所说的："观古今于须臾，抚四海于一瞬。"古今是时间，四海是空间。能够在时间上将古今联系起来，空间上将四海联系起来。从无限的意义上来说，人在时间和空间上广泛地贯通是非常难的。更大范围上的贯通，几乎是不可能的，但也必须"动心忍性，曾益其所不能"。古今中外有那么多记载知识的书，我们怎么读得过来呢？庄子在《养生主》中发出过慨叹："吾生也有涯，而知也无涯。以有涯随无涯，殆已！"就是人的生命的生存有一个大限，谁也不免，所以生也有涯；但是人所面对的知识却无尽无休，真是令人望洋兴叹。人在学海里行舟，永远找不到作为尽头之涯。从这个意义上说，就构成了人的生命生存需要与实际上不可能实现之间的矛盾冲突，这实际上是人类无法摆脱的天然宿命。杜甫诗里写诸葛亮"出师未捷身先死，长使英雄泪满襟"。那是讲一国、一人的悲剧，而比这更大的是庄子发现属于整个人类的悲剧。马克思在《1844年经济学哲学手稿》中对于人的"生也有涯"，进行了更为辩证的解析："死似乎是类对特定个体的冷酷无情的胜利。"这是因为人可以一代一代地薪火相传，不断地推动知识的发展。既然是如此，人就须在每一历史阶段上发扬人的创造性的生命自觉，就是在生命的过程当中，一定要想办法多做一些事情，或者说对世界要多了解一些，多把握一些，为人类的知识宝库多贡献一些。人类社会就是这样发展的，不断地有所创新，有所突破。所以这个时候最需要的就是孟子所说的"动心忍性"。轮到德国的叔本华则强调生命意志，后来的尼采更强调权力意志。这些并不是一点意义也没有的，关键在于把意志投向哪个历史方向。我们看到中国古代那些仁人志士，在年轻求学阶段都是特别勤苦努力的。《三字经》为鼓励学童勤学苦读，把一些人都列入了排行榜上。"头悬梁，锥刺股""如囊萤，如映雪""如负薪，如挂角"，这些都是古代非常有名的人的向学事迹。这些人的行为有的虽然非常极端，但就"动心忍性"来说，是不能不如此的。对于真正做大学问的人来说，是非如此不可的。为什么我们在广泛的视野里看到，同是搞学问的，却有那么大的差别，甚至可以说差别非常非常大？努力不努力，得法不得法，实为关键。在学问上没有一夜成名利"暴发户"，谁都得用长时间的努力去换取。

在这里我想说一下我自己所写的两篇论文的读书积累。

一篇文章是《论戏剧里的"亚恋母情结"》。弗洛伊德从心理分析学的角度，提出了"俄狄浦斯情结"，直接说法就是"恋母情结"和"恋子情结"，他说的这恋母情结和恋子情结都是生身的母亲和儿子之间的一种心理关系。我讨论的这种情结是中外几部剧作所写的儿子和后母之间的恋情，所以我标之为"亚"。在古希腊的神话和悲剧当中，就有这个方面的情结。在欧里庇得斯的剧作《希波吕托斯》中，其事是雅典国王忒修斯的儿子希波吕托斯和这个国王后娶来的王后费德尔（又译为淮德拉）之间的感情纠葛：她苦恋前王后所生的儿子，儿子拒绝其爱，又遭到"主母反告"，终成悲剧。在此剧之后，17世纪法国古典主义悲剧作家拉辛以这个情节为题材，写了一部悲剧就叫《费德尔》，展开儿子和后母之间的伦理和心理纠葛。这种"亚恋母情结"，在后来的中外戏剧中多有出现，矛盾构成各具历史与现实的不同，都是非常有名的戏剧。18世纪德国的席勒，有个剧本叫《唐卡洛斯》，也是写的后母和儿子之间的恋情。20世纪初，美国的剧作家奥尼尔有一个非常有名的剧本，叫《榆树下的恋情》，也是儿子与后母之间的恋情。曹禺的《雷雨》也是写的后母和儿子之间的恋情。这几个剧本，我当年作为知识的扩展都读过。读这些剧本的时候，并没有想就这个问题写文章。后来我指导研究生，出选题，想到这可以写一篇很有新意的论文，我让自己的一个硕士生写，剧本和路子都和他说了，但是写出来之后根本上不了道，写了3000多字就没话说了，实际证明其人不具备驾驭这样材料陌生、问题复杂、结构宏阔的论文的能力。但这个问题我从材料到观点和结构都有思考过程，如果舍弃就太可惜了。于是我就自己写了。我用四个层次结构这篇论文。但是用什么情节来展开如下问题确非易事。诸如畸形之恋的特有因由，畸形之恋与仇情的连环结构，畸形之恋演变的悲剧结局，畸形之恋与"主母反告"情节等。在文章中我以"畸形之恋"为关键点，逐层揭示畸形之恋与其特有因由，即为什么会发生这种不是正常的恋情。就我们看到这三个剧本里面的主人公，在他接触范围之内，要找一个正常的对象去恋爱，谁都能找到。唐卡罗斯是西班牙的王子，这王子要找一个公主还找不到吗？所以这不是正常恋爱，是畸形之恋。那么畸形之恋为什么又称为恋爱呢？各有因由。唐卡罗斯作为王子，他的未婚妻法国公主伊丽莎白却被他父皇菲利普二世给强夺去了。他的父亲作为国王，运用权力，把他的儿子的未婚妻强娶为王后。王后不愿意，儿子也不甘心。原来的一对恋人在一个宫廷里，二人的旧情没法割断。《榆树下的恋情》是写一个叫凯勃特的农场主，非常吝啬，非常嫉妒他的儿子伊本，而且不想把财产给他儿子，想再娶一个年轻的女人，然后再和她生个儿子，让这个儿子来继承家产，这样就造成了父子之间的严重冲突，所以他的儿子想把后母抢过来，实际争夺的是财产继承权。至于《雷雨》，蘩漪嫁给周朴园也不是心甘情愿的，是她在没有办法的情况下嫁过去的。而且嫁过去之后是严酷的家长统治，是周萍使她有了心灵的依托。三宗畸形之恋都特有因由。第二是畸形之恋与仇情的连环结构，从上述介绍可见恋情与仇情同时存在。第三，畸形之恋演变的结局必然是悲剧，因为这在社会上和在家庭中总的来说是行不通的，不为道德和舆论所赞成。最后，畸形之恋的"主母反告"，是把古希腊的悲剧和拉辛的《费德尔》又重新拿出来，说到古老的神话传说作为历史积淀的启示。所以没有相当的知识积累，是难以形成这样的论题并写成文章的。

另一篇是《论扇子的文化审美意义》。扇子是我们在夏天所用的日常物件，以它作为文化审美问题的论题前所鲜见。但如果广泛掌握它作为器物的起源，与人的生活和心理的联系，以及它在文学艺术中的种种表现与作用，就会成为大有可论的选题。我在这方面有集腋成裘的很多文化积累。这些积累多是随意记忆的结果。我从小就喜欢扇子，因为那上面有诗有画，每遇有人拿扇子，常好拿过来看看。我背诵的乾隆帝写镇江金山寺的七律就是读自别人的一把砂金扇上。之后多年中我读了很多诗词、小说、戏剧作品，其中写扇子的不少，都随意地记下来了；初记的当时并未想到要以之为材料写文章，却是"积学以储宝"，记得多了，就想要写文章了。于是我就从扇子的发生学上进行旁收远绍，从"舜作五明扇"，到汉武帝时制"障扇"，出行时八人各持柄长五尺的大扇，既为仪仗的礼器，也可用为护卫皇驾的武器。对此一一列数，然后进入文学艺术作品之中，广泛运用已掌握的资料。首先进入唐诗，再从唐诗往前追溯。像陶渊明，他的诗文里面有很多是写扇子的，如一篇写得十分奇妙的《闲情赋》，其中作为爱情心理剖白的十个愿而不得，其中的第九愿的愿而终悲，是做他所朝思暮想的她手中的一把竹扇："愿在竹而为扇，含凄飚于柔握；悲白露之晨零，顾襟袖以缅邈。"其他的九愿也都是初虽如愿而终致悲结。像这样扇子之类的原典我掌握了很多，探索了它在诗词中的意象意义，即过了热季即甩掉的物件，仅有一时的用场，"当时初入君怀袖，岂念寒炉有死灰"。所以"白露晨零"时节的"秋扇"，就成了过季即终用的物件。这在写失宠的后妃的诗词中，就成了常用的象征体。

在小说和戏剧中，扇子在表现人物性格和联结情节时也特有作用。我以《红楼梦》中晴雯撕扇子，《桃花扇》中李香君血溅桃花扇，意大利喜剧作家哥尔多尼的《扇子》，19世纪末英国剧作家王尔德的剧作《少奶奶的扇子》，还有我国在20世纪40年代的上海用《少奶奶的扇子》的情节改为中国人的名字拍成的电影等材料，形成一篇论述扇子审美文化意义的文章，颇为引人注意。

以上两篇论文之写作都不是先有题目然后再找材料的，而是阅读多了，知识成为对于主题的呼唤，这时的论者所做的就是思考、赋言与结构的工作了。所以没有相当的知识积累，是难以形成这样的论题并写成文章的。以上说的两篇文章，分别由上海《社会科学》和吉林大学《华夏文化论坛》发表出来。

五、让读过的书多能记住并成为知识能力

读书的效用取决于记住和应用。读过之后什么都记不住，与没有读过差不了多少。当然记住了也不等于应用。但首要的是读而能记。人有"忘性"，所

以必须与遗忘来作斗争。孔子说："学而时习之。"这个"习"字有不同的解释，一种说法是复习，一种说法是见习。在孔子那时候恐怕就是要反复地学习，实践见习是后来的一个发展，是一个延伸的概念。这个方面可以说我的体会是最深的。在几十年中我们学了很多东西，看了很多东西，甚至也背过很多东西。我小时候念过好几年私塾。启蒙读物《三字经》之类不用说了，那是一口气能背到底的；《大学》《中庸》《论语》《孟子》，也能够背下来，而且背完了之后还背朱熹注《大学》和《中庸》的注解。背完之后并不都是永远牢记的，隔一段时间过去，有的东西要遗忘，不是全忘，而是忘一些，还可能要忘很多。"忘"，是人的一个习惯，有的东西也是忘了为好，而且也必要。庄子的概念里边有一个很重要的范畴就是"忘"。我们想象一下，过去经历过的事情都不忘，一点都不忘，什么也没忘，名利声色的诱惑，恩仇爱怨的纠结，如若日夜萦心，全都不忘，人还能活吗？所以忘是时间对人的一种精神卸载，只有我们绝对不应忘记的东西，我们才不让时间夺走。而只有读过的书，掌握的知识，历史的教训，以及其他有意义的东西，才可以用上"千万不要忘记"那句话。

我还要说一说读过的书忘了怎么办，很重要的办法就是复习。我背的唐宋诗词，没有严格的统计，至少也有三四百首，都能背下来，而且可能比这个数量还要多。但是有的时候，突然想起来哪首诗，在头脑里面一过滤，有的句子就卡住了。有的是晚上睡觉的时候思考时卡住了。这个时候我就起来，把书找出来，把忘了的接上，因为不这样就是无尽地索忆。王勃的《滕王阁序》最后有八句诗，那都是几十年前就非常非常熟的了。前十几天，在头脑里默念这八句诗，后边的六句还都记着，就是开头两句想不起来了。本来开头的"滕王高阁……"首句是入题之句，是不应该忘的："滕王高阁临江渚，佩玉鸣鸾罢歌舞。画栋朝飞南浦云，珠帘暮卷西山雨。"开头想不起来，只好又把王勃的《滕王阁序》拿出来，把这两句补在记忆里。几乎每个月类似情况都有，就是过去熟悉的东西，不能完全接上，这时候再去补习。为什么要补习？为什么读过的东西、记过的东西要把它记住？这个非常非常重要。即使今天有电脑，可以把许多材料都下载，或引的谁的话，引的什么材料，都可以一段一段把它打好，寄存在文件包里，到时候点出即用。即使这样，如果在你头脑里不记住东西，你在思维的时候还是连不成片。所以今天我们看有些文章，都不是经过思维写出来的文字，而都是从有关材料上下载的文字，或者改头换面，换一些词，变一下顺序，就变成自己的了。这个不行。记住的东西越多，这时候在你头脑里，在思维的时候，你才能把它水乳交融地组合在一起。所以在中国古代的教育当中讲背诵，这对于写诗、作文都非常非常重要。尤其是写旧体诗，比如你写词、绝句、律诗等，你要不背一二百首以上的唐诗，你想写诗的话，不免用的都是俗常或公众话语，没有一点陌生化，写出来之后没有韵味，因为你用的词可能都是现代生活当中那些词。比如，七个字的词组"小型水稻插秧机"，完全合乎律诗的平仄。但是你把这样的句子放在诗里边，它能是诗吗？它肯定不是。所以编《唐诗三百首》的孙洙，他在书的序言里说："熟读唐诗三百首，不会吟诗也会吟。"这就是因为头脑里有诗的词汇、诗的韵律、诗的意境，这时候见到生活当中的一些场景，就能和诗里给人提供的意韵合二为一，到时候吟出来的就是诗。人以语言文字表现内心，反映现实，便"腹有诗书气自华"；手中有电脑也得靠人脑录入才能拿出属于自己的东西。所以对于不论是诗、文、经典的著作段落，能够在头脑里记忆很多，才能进行研究工作。写小说的茅盾，当着你的面他可以把《红楼梦》从前到后的文字差不了多少地给你说出来。他不是说评书的，他是小说家。他看《红楼梦》，看的次数多了，能够说出来这部小说的叙述、描写和对话。各类不同的作家和学问家，对他的专业领域的重要文献材料的掌握程度，大体上都是如此的。

就记忆来说有几种方式。有随意记忆，就是不经意地记忆的东西。这个我们所有人都会有这个经验，没想记什么东西，但是看过了、听过了，还能记住一些，这不是自觉的注意记忆。我们从研究学问的角度来说，读书应该常用的记忆是注意记忆。你要讲一个东西，例如读一个剧本、一部小说、一首诗词、一篇散文，没有注意记忆的功夫，你要讲它，怎么能把它记住了？随意记忆你愿意记忆就留下，不愿意记忆就留不下，最后随时就忘光了，那是不行的。还有种是机械记忆，就是非记住不可的，有些东西就得下这个功夫。比如外国的人名，一串文字没有必然联系，要记得住必须得下死功夫。记电话号码或者英语不规则的拼音，有些有文字不发音，你没有机械记忆怎么记住得了？而专业记忆对我们来说是更为重要的。前面几种怎么能变成我们的专业记忆，这是应该自觉讲究的。谁在这方面能力越多，可能效果就越好。但人和人的记忆力有的差别就比较大。周总理当年住宾馆，他问过一个服务员的名字，几年后到那个宾馆，还能叫出来这个人的名字。这是一般人比不了的。我们了解了记忆层次，进入到我们专业记忆，自觉地加以运用，就能够产生很大的效果。

除上几点之外我想说说长期读书和多写之间的关系。就记忆来说，如果能在写作中加以运用，这在记忆效果上是不一样的。记忆的材料你在写作中用过，你曾经把它以不同的方式引入你的写作文字当中来，这个东西你肯定比一般的材料要记得牢靠。我经常把记忆的东西写到我写作的文字当中来。这要比注意记忆或者机械记忆效果强得多。

最后我来回答同学们提出的几个问题。

有的同学问：读书是侧重读文学作品还是文学理论方面的书？我的意见是首先读作品，要多读作品，读得熟一点深一点。然后对于有关的材料，如解读那些作品的材料也要读，作品读多了，有了对象存在，这时就用上理论了，它是射的之矢，能从作品中取来你的东西。读作品和那些参考材料的目的是启发你自己的思路，你的思路受到启发，但一定要形成自己的看法，这样才能够显示出你读那些作品的意义。你读作品的发现比你读的那个文章或者著作对作品的发现更有意义，因为那是你存在的表现。我读故我在，"我思故我在"，我写故我在。不读有关参考材料也不应该，但是也不要受那些参考材料的局限。

还有同学问：读作品读多读少效果差不多，而读文艺理论对认识和分析作品是不是启发更大？理论是武器。要是不读理论方面的书，单读作品读得再多也就那样。对于上述提问，我的意见是：文艺理论是认识和把握文艺作品的科学，决定你能不能从作品中取来什么，创造出什么。马克思主义文艺理论和科学的文艺理论是我们必须优先掌握的。中国古代的文艺理论和西方的古典和现代文艺理论也须予以掌握。但是从 20 世纪 80 年代以来，有那么一种风气，就是拿西方的现代文艺理论名词往中国的作品身上套，十几年中这是比较普遍的现象。中国社科院外文所所长吴元迈先生称这种人是西方现代主义的"二道贩子"，却也恰当，因为这些人用的都是真正了解西方现代主义的中国专家翻译过来的材料，而用其套中国作品的人，大多不过是一知半解。进入新世纪这种做法已经过时了。现在再用西方的一个什么方法，硬套到中国的一个作品上，去解释这个作家的作品，基本上没有什么人这样做了。历史证明，以前的那种做法也没有留下多少有价值的成果。

还有同学问：我们现在读书是为以后找工作，如何静心地读书，才会有利于以后的工作？我的看法是：现在大家是硕士生和博士生。一个现实问题是，大家本科念完了，本科就业非常难；念完研究生找工作可能机会多一点。如果你念博士，博士念完以后肯定能找到个地方。这个是很现实很功利的，不能不考虑。但问题是：如果我们念书只有这么一种考虑，念书而不考虑读书，念书的过程完全变成了一个搭梯子的过程，这样的话，读书意义就狭窄得多，只有功利之思，而无能力之求，可能只有硕士、博士之名，而无其实之在，在学问方面肯定是成不了大器的。在外人看来不论是什么士，都不过尔尔。所以从我们读学历来说，应该经过一个历程就有一个历程的真才实学，这样既可以作为我们以后工作条件的水平基础，同时也可以成为更高飞跃的学问平台。我希望同学们要在我们读学历的过程中，真正能达到我们学历层阶的应有的程度。从寻求实际工作角度上说，这不影响你将来考公务员或做其他工作。你考上公务员以后，公务员怎么当，素养不一样，未来的境遇和前程也是不一样的。如果我们有广博的思想文化素养，肯定能在工作岗位上被更早发现。比如你到一个局里面，当一个科员，你对这个局域有了解，然后你深入进去，动用你原来的知识基础，研究一个问题，写一个调查报告，或者给领导写一个讲话稿，这一下子就被看得很清楚。所以在读学位这段时间里，一定要把自己的专业攻得很好，自然有助于你以后在这方面的发展。况且有人还想继续接着往下学，读博士、博士后，这需要在我们走过的这个路程当中在每一个阶段里都得到足够的发展。所以孔子有一句话："不患无位，患所以立。"我认为现在不要忧患你有没有位子，要忧患的是有了那个位子靠什么立。唐代的元稹官位一度升为宰相，但在任仅三个月就出为刺史，"登庸成忝，移笑于多士"，辛文房在《唐才子传》中指他而说："古人不耻能治而无位，耻有位而不能治也。"韩愈曾对他授业的学生说："诸生业患不能精，无患有司之不明；行患不能成，无患有司之不公。"我此刻也作如是语。

我已经苦读了几十年，用韩愈的话说就是"焚膏油以继晷，恒兀兀以穷年"，对此，同学们不禁会问：你是怎样超越读书之苦，长期坚持不懈，保持一种经久而愈强的激情？我的感觉是：当读书成为理性的要求时，成为实现自由自觉的必然之为的时候，它就会变成经苦而成的乐事。一个人欲求作为而却因实际能力不足以为，这才是苦的。这种苦不是辛苦，不是劳苦，不是痛苦，而是苦恼。在读书问题上我有苦恼的激发，苦于自己的知识有限，苦于欲为而学力不能。为除却和减少心中的苦恼，便更有苦读的自觉。我在 20 世纪 50 年代初，读上海的文学刊物《文艺月报》上发表的吴强写的一个中篇小说，发表的时候叫《他高高举起雪亮的小马枪》，写一个牧童参军，后来拍成电影，叫《牧童投军》。我当时看了这个小说很感动，那时候我已有一些一般性的文字写作能力，就想写一篇评论，开头写了几次，最后还是写不成，不知道怎么评论。用今天的话说，想要评论一篇小说，不知道从哪儿下手，终于没有写成。这件事，是促使我后来想要念中文系第一个动机。两年后我考了大学，进入二年级的时候，开始会写评论，评《狂人日记》，评《苔丝》，当然写得不是特别深，但是能写出来了。在那之后，因为有系统的专业学习，我又如饥似渴地读了许多经典，加上在之前我有过读"四书"、读《古文观止》等书的基础，这时候把原来的这种古典文化基础重新泛发起来，能一直进入到以读书为乐的境地。50 多年都是如此，就差头悬梁、锥刺股了。总觉得真是"吾生也有涯，而知也无涯"，属于自己的时间太有限了，只有"日进有功"，才不负平生！时至今日，我虽读了很多书，也藏了不少书，写了 500 多篇文章，自撰与主编的书也有 60 多部，但仍觉读书还少，有不少想读而未能读的书在等待和呼唤自己。我很幸福地不断听到这种呼唤的声音！我想，你们与我一样，也会有的！

（王向峰撰写）

第七章　中国现当代文学经典的文本解读

中国现当代文学（1917——　），经历 100 多年的发展，创造了属于这个时代的经典。新的知识系统、价值系统、审美系统催生作家现代性哲思与主体意识觉醒，在"浪漫·现实·现代"的合奏中向文本的意义空间不断探寻，中国现代文学经典由此得以诞生。在现代文学三十年（1917—1949）中，经典以民族化与现代化、大众化与精英化、革命化与审美化①等对待关系呈现不同路向。当代文学（1949——　）经典经历共名时代的同声相应与异声回响，传统与现代、民间与先锋再次相遇，文学世界不断敞开，中国文学成为在世界中的文学。

一、经典的诞生：现代性哲思与主体的觉醒

新的知识系统刷新了人的价值观与审美观。现代文学发现了"人"——主体的自觉，以多样化的艺术表现人的个性、人的丰富性与复杂性，并进行文化批判与内在深省。《呐喊》《彷徨》是鲁迅现代性视域下的忧愤哲思，《野草》熔铸着鲁迅反抗绝望之后思想的沉淀与升华，郁达夫的《沉沦》标示着审美主人公个体意识的觉醒，戴望舒《雨巷》中缠绵的忧伤与孤独的歌唱在读者心中久久回荡，这些作品成为现代文学三十年第一个十年（1917—1927）的经典。

（一）《呐喊》《彷徨》："现代性"视域下的忧愤哲思

毛泽东在《新民主主义论》中曾对鲁迅先生给予这样的评价："鲁迅是中国文化革命的主将，他不但是伟大的文学家，而且是伟大的思想家和伟大的革命家。……鲁迅的方向，就是中华民族新文化的方向。"我们以《呐喊》《彷徨》

---

① 黄曼君：《中国现代文学经典的诞生与延传》，《中国社会科学》，2004 年第 3 期。

为例，讲述鲁迅文学作品的思想与艺术魅力。

1.《呐喊》《彷徨》的创作背景

《呐喊》是鲁迅创作的第一部短篇小说集，收入他 1918—1922 年创作的短篇小说 15 篇。鲁迅最初的理想是"医学救国"，因为其父亲是因中医救治不及时而死，所以鲁迅认为当时的中医都是庸医，故他到日本仙台去学习西医，意欲救治国民身体上的疾苦。但在仙台学医期间，有一次，他发现几个中国留学生聚在一起看幻灯片，其内容是日俄战争期间，中国人给俄国人当汉奸，被日本人抓住砍头的画面。鲁迅为此深感悲哀，他意识到，国民即使拥有强壮的身体，精神上是麻木的、不觉醒的，他们也永远是"戏剧的看客"，这个国家和民族也是没有任何希望的。因此，鲁迅认为，对于当时的中国而言，最重要的是拯救人的精神世界，于是鲁迅决定弃医从文，并在日本联合几位同仁办了《新生》。

然而，有意味的是，当五四新文化运动开展的时候，之前一度想以文学救国的鲁迅却没有任何动静，而是在 S 会馆埋头抄起了古碑。直到钱玄同找到他，邀请他写文章声援五四新文化运动，鲁迅才勉强作起了"听将令"文学。后来，鲁迅在《〈呐喊〉自序》中谈起他没有从一开始就响应五四新文化运动的原因。鲁迅把中国比喻为一间没有窗户而又万难破毁的铁屋子，铁屋子里面的人们都在沉睡，如果就这样昏睡至死，他们并没有什么痛苦，但如果以文学的方式唤醒了几个人，又没有给予他们希望与出路，还不如昏睡至死的好，因为这样他们不会感到痛苦。但钱玄同的话，让鲁迅感到了某些希望，于是决定以创作呐喊几声，来使那些奔驰的猛士不惮于前驱。因此，才有了小说集《呐喊》的诞生。

小说集《彷徨》由鲁迅于 1924—1925 年创作的 11 篇小说组成。把小说集命名为"彷徨"，实际上是鲁迅创作时彷徨心态的真实流露。当时五四新文化运动落潮，鲁迅感到孤单与落寞，他在《题〈彷徨〉》一诗中写道："寂寞新文苑，平安旧战场，两间余一卒，荷戟独彷徨。"这首诗鲜明表达出作为一名新文学斗士的鲁迅，在五四新文化运动落潮后的彷徨心态。但彷徨并没有完全使鲁迅走向消沉与绝望，他在《彷徨》的扉页上写道："路漫漫其修远兮，吾将上下而求索。"表现出鲁迅在彷徨中求索和渴望突围的韧性战斗精神。

2.《呐喊》《彷徨》的经典意义

第一，"表现的深切"。

独特的题材——农民与知识分子。传统小说更多地描写与表现帝王将相、才子佳人，而几乎不表现处于社会底层的农民和知识分子。鲁迅对农民和知识分子题材的深入开掘是具有特殊的意义的。

独特的思想——表现病态社会里人的精神病苦。鲁迅的小说更加关注人的精神世界，揭示人的"灵魂的深"。他的创作多抱有反思国民性和启蒙主义的目的，所以取材"多采自病态社会的不幸的人们，意思是在揭出病苦，引起疗救的注意"。因此，鲁迅的笔下出现了许多病态的人物形象，而这些病态人物形象尤以农民和知识分子最为典型。

独特的典型。在农民方面，鲁迅塑造出了闰土、祥林嫂、阿Q等一系列典型人物形象。在知识分子方面，鲁迅也塑造了许多具有精神痼疾的典型形象，大体可以把他们划分为5类：

第一类是封建权势者形象。鲁四老爷（《祝福》）、赵太爷（《阿Q正传》）、丁举人（《孔乙己》）等，他们固守封建观念，直接造成了底层人民的不幸。

第二类是封建卫道士。《肥皂》中的四铭，《高老夫子》中的高老夫子，他们共同的性格特征是虚伪性，表面上道貌岸然，内心却是男盗女娼。

第三类是科举制度和封建等级观念的牺牲品。孔乙己就是受科举制度毒害至深的人，他什么都不会做，迂腐到只会满口的"之乎者也"。

第四类是辛亥革命后陷入迷茫的一代知识分子。《在酒楼上》的吕纬甫，先前是一个勇敢的革命者，但辛亥革命失败后，意志消沉，只是做些为小兄弟收骸骨，给顺姑送剪绒花的小事，来打发自己的时光。《孤独者》中的魏连殳，先前也是一个革命者，革命失败后，为了生计不得不奉行他先前所反对的，在军阀杜师长的门下做了顾问。

第五类是五四新文化运动感召下的一批新青年。最典型的代表是《伤逝》中的涓生与子君。他们感应到了五四文化思潮，渴望摆脱封建礼教的束缚，走出旧家庭，去追求婚姻的自由与解放。子君甚至决绝地喊出："我是我自己，他们谁也没有干涉我的权利。"于是，子君与涓生不顾家庭的反对，在吉兆胡同租了一个房子，过起了两个人的生活。为了增加生活的情趣，子君还买了四只小油鸡和一条狗，给狗取名叫阿随。两人同居后，在子君看来，她做一个家庭主妇就行了，其他的可以交给涓生，但两个人在一起时间长了，涓生就对子君产生了厌倦之情，尤其是后来涓生又失掉了自己的工作，两个人的生计就出现了问题。没有了经济来源，两个人无法再生活下去，于是，两个人被迫吃掉了四只油鸡，赶走了阿随，子君也不得不回到旧家庭中，在父辈的冷眼中，凄凉地死去。鲁迅之所以写出《伤逝》这篇小说，是针对当时文坛现状有感而发。"五四"时代，一些文人深受挪威作家易卜生《玩偶之家》的影响，鼓吹青年们应该像娜拉那样，勇敢地走出旧家庭，去追寻个性的自由和解放。这种观点引起了鲁迅的反思，他不仅写作小说《伤逝》，而且写作了一篇杂文《娜拉走后怎样》。鲁迅在《娜拉走后怎样》一文中指出，易卜生只是提出了娜拉出走的问题，却并没有回答娜拉走后怎样的问题。在鲁迅看来，娜拉走后只有两条路：一条是堕落，另一条是回来。为什么会这样？因为娜拉没有经济权，没有经济权一切都终将逝去，包括生活，也包括爱情。《伤逝》中的子君和涓生便是如此，正因为他们没有经济权，所以造成子君只能又回到旧家庭中，导致了子君的死亡。所以，在鲁迅看来，不要急着让青年出走，而是要告诉他们出走的前提，是要有经济权。

第二，"格式之特别"。

借鉴西方小说形式。鲁迅在借鉴西方小说技法的基础上，打破传统小说章回体的格局，有的小说是以人物的心理流动来组织结构的，如《狂人日记》，完全是以狂人的心理流动变化来展开情节的；有的小说则采取了横断面式的结构，如《药》，紧紧围绕人血馒头这一事件展开，让小说内容充满张力，从而深刻表现主题。

采用第一人称的限知叙事视角。打破了传统小说第三人称的全知全能叙事视角。在传统小说中，作者充当说书人的角色，说书人常说，欲知后事如何，且听下回分解，也就是说，接下来发生什么，说书人是全部知道的。而在鲁迅的小说中，作为作者的鲁迅不再是全知全能的叙事者，而是作品中的人物在叙事。小说《孔乙己》，完全是通过咸亨酒店的小伙计来讲述孔乙己发生的事件。

强烈的主观抒情性和自叙传色彩。《在酒楼上》中就有作者强烈的主观情感投入，作品中的"我"回到 S 城，在酒楼上有一段感怀："北方固不是我的旧乡，但南来又只能算一个客子。无论那边的干雪怎样纷飞，这里的柔雪又怎样依恋，于我，都没有什么关系了。"这种没有归属的感受，恰是鲁迅真实的内心感受。而吕纬甫在辛亥革命后的消沉，也恰是鲁迅自己在革命后消沉情绪的真实写照。

表达的含蓄、节制，以及简约、凝练的语言风格。鲁迅曾说，"我力避行文的唠叨，只要能够将个人意思传给别人了，就宁肯什么陪衬也没有"。同时还说，"要极省俭的画出一个人的特点，最好是画他的眼睛"。《祝福》中，当祥林嫂被赶出鲁四老爷家，沦为乞丐以后，作品中的"我"见到祥林嫂时，这样描写祥林嫂的眼睛，"只有那眼珠间或一轮，还可以表示她是一个活物"，鲜明表达出了祥林嫂已经完全麻木的精神状态。

（侯敏撰写）

（二）《野草》：鲁迅的迷茫绝望与思想的沉淀升华

《野草》是鲁迅创作的一部散文诗集，收入 1924 年至 1926 年间所作散文诗 23 篇，书前有《题辞》1 篇，1927 年 7 月由北京北新书局出版，列为作者所编的"乌合丛书"之一，现编入《鲁迅全集》第一卷。

《野草》是时代苦闷与个人生活苦闷两重苦闷的结晶。鲁迅写作《野草》时，恰逢五四新文化运动落潮，《新青年》群体解散，思想上异常消沉。而这一时期，鲁迅与二弟周作人失和，也给他的精神造成了极大的痛苦。鲁迅认为《野草》中的色调太过阴暗，不建议青年人读。但有意味的是，鲁迅却几乎将他关于人生的思考都写进了《野草》。可以说，《野草》"是在心灵的炼狱中熔铸出来的诗，是在'孤独的个体'的存在体验中升华出来的鲁迅哲学"。具体体现在如下几个方面。

1. 韧性战斗精神

《秋夜》开篇就写道："在我的后园，可以看见墙外有两株树，一株是枣树，还有一株也是枣树。"有人会说，直接说我家后园墙外有两株枣树不就行了嘛，何必这样啰嗦？实际上，鲁迅的话语是有深意的，他之所以这样说，是为了凸显枣树独立的韧性战斗精神。后来文中写到，这两棵枣树虽然几乎落尽了叶子，剩下的只是枝干，但是它们顽强地直刺着闪着鬼眼的天空。这里，枣树实际上象征着与黑暗势力顽强战斗着的战士。再如《这样的战士》中冲进无物之阵的战士，尽管眼前都是虚无，但面对虚无还是举起了投枪，准备和虚无作战到底。这正是鲁迅韧性战斗精神的充分彰显。

2. 反抗绝望的哲学

《野草》中的《过客》，以戏剧体写成。文中讲述了一个过客，他并不记得从什么时候开始走，也不记得自己走了多久，总之他一直在走，以至于饥渴劳累，甚至双脚受了很多伤，流了许多血。有一天他来到一个处所，遇到一个老翁和一个小女孩，他就向老翁和小女孩讨一口水喝。小女孩很好心，用一片布给他包裹受伤的脚踝。之后，他就问前方是什么所在，老翁回答他，前方是坟，劝他不要再走下去了。按正常的思路来说，如果前方是坟，就没有再走下去的必要了，因为坟乃是绝望之所在。但是过客却拒绝了老翁和小女孩的好意和劝阻，执意要继续走。即使前方是坟，是绝望之所在，也要执着地走下去。这正是鲁迅反抗绝望哲学的鲜明体现。鲁迅之所以会提倡反抗绝望的人生哲学，是因为在鲁迅看来，"绝望之为虚妄，正与希望相同"，也就是说，绝望是一种虚妄，正如同希望一样。所以不要被绝望的外表所迷惑，要勇敢地去反抗，去实践，这样你就能获得真理。正是因为鲁迅认识到当下"走"的重要性，所以他从来不预期人们有一个未来的"黄金世界"，而是一直执着于当下。这也正体现了鲁迅"走"的人生哲学。

3. 讽刺的哲学

《聪明人和傻子和奴才》一篇中，奴才先是对聪明人诉苦，他流着眼泪对聪明人说，主人对我简直太苛刻了，给我吃的是高粱皮，连猪狗都不吃的，而且一天还要从早到晚辛苦地劳作，主人不高兴还要用皮鞭打我。聪明人听了，对奴才给予了同情，并告诉他，"你总会好起来的"。接着，奴才又碰到了一个傻子，他又流着泪向傻子倾诉，主人并不把我当人，对我还不如对他的叭儿狗，我住的地方比猪窝还破，又小又潮湿，四面连个窗户都没有。傻子听了，勃然大怒："混账，你不会让你的主人开个窗吗？"于是，傻子就到了主人家，要动手砸那泥墙，想给奴才开一个窗户。但这时奴才却害怕了，大喊："强盗来毁咱们的屋子了。"于是许多奴才出来把傻子赶走了，这时主人慢悠悠地走出来了，奴才赶紧报告，强盗来毁咱们的房子，我首先喊起来，大家一同把他赶走了。主人对奴才说："你不错。"后来聪明人也来了，奴才对聪明人说，主人夸奖我了，您先说我会好起来的，您真有先见之明。鲁迅借这篇文章，鲜明地表达出了对奴才的卑躬屈膝和聪明人谎骗哲学的讽刺。

4. 关于"立论"之艰难的思考

《立论》中，鲁迅讲述了梦见自己向老师请教立论的方法。老师对"我"说，立论非常难，他给"我"举了一个例子，说有一家人生了一个男孩，满月的时候抱出来给人看，一个人说，这孩子将来是能发财的，于是收到主人的感谢；一个人说，这孩子将来是要做官的，说话人又得到了几句恭维。第三个人说，这孩子将来是要死的，于是得到了大家的一顿痛打。显然，前两个人的话未必会成为现实，但第三个人的话一定会变为现实。有可能说谎的人受到感谢与恭维，而说实话的人却遭到痛打，可见当时真实立论之艰难。

另外，《野草》中还有对"戏剧看客"的嘲弄，有对先前信奉的进化论思想的思考，也有对自己精神世界的深刻解剖……总之，《野草》几乎是鲁迅人生哲学的全部展现，代表着鲁迅哲学的最高成就。

（侯敏撰写）

（三）《沉沦》：主体意识的沉沦与觉醒

郁达夫，中国现代文学史上著名的小说家，文学社团"创造社"的代表人物之一。创造社以艺术唯美的创作倾向闻名于文坛，作为创始人之一的郁达夫也深受这种倾向的影响，他的小说充满着浪漫感伤的情调，强调抒发个人情怀，特别善于对自我的内心世界进行大胆直白的表露和展现。

在创作中郁达夫习惯运用第一人称叙事的手法，作品中的主人公常常以"我"自称，且与作者本人在经历身世、性格思想等诸多方面有着相似之处，故而文坛上把郁达夫的这种创作称为"自叙传"小说。1921年郁达夫的首部小说集《沉沦》问世，其中收录了《沉沦》《南迁》《银灰色的死》三篇短篇小说，这是中国现代文学史上的首部短篇白话小说集，一经问世便震惊文坛，引起海内外学界的极大反响。我们品读小说《沉沦》，去探究作家郁达夫的小说世界。

郁达夫，1896 年出生于浙江富阳，原名郁文，出身于书香世家的他在父亲去世后，家境开始中落，加之从小身体不好，他幼小的心灵开始有了难以治愈的创伤，同时也形成了内向、忧郁、多愁善感的性格。他曾经在自传里这样描述自己："自小就习于孤独，困于家境的结果，怕羞的心，畏缩的性，更使我的胆量，变得异常的小。"郁达夫自幼在私塾读书学习，接受了中国传统文化的影响，有着良好的古典文学基础。1913 年随长兄赴日留学，开启了留日的求学生涯。在日本的学习过程中，他接受了日本文化的影响，特别是对日本的"私小说"颇有兴趣。因此，无论是在郁达夫个人思想层面还是文本创作层面，随处可见"私小说"对他的影响。留学期间，虽然学习用功、成绩优异，但弱国子民的悲哀始终让他深感自卑，因为他目睹了日本对中国留学生的歧视，这使他内心十分痛苦，《沉沦》就在这样的背景下被创作出来。郁达夫在《沉沦》自序中说，小说"描写着一个病的青年的心理，也可以说是对青年忧郁症 Hypochondria 的解剖，里面也带叙着现代人的苦闷，——便是性的要求与灵肉的冲突——但我的描写是失败了"。

《沉沦》讲述了一个自卑敏感的留日学生，终日生活在孤独忧郁之中，他不爱与人交往，却又压抑不住内心的性冲动，于是，他偷看房东女儿洗澡，偷看恋人密会，甚至到妓女那儿过夜，最后只能在苦闷中走向沉沦，他喊着"祖国啊，祖国啊，我的死是你害我的"，最终投海自杀的故事。主人公"他"出生在一个典型的中国传统家庭，但他早年的求学经历中接受的却是较为开放的进步思想，在中西文化的碰撞中，主人公身上既有中国传统文人的气质，同时精神深处又渴望着自由与叛逆。但在中国传统文化仍占统治地位的社会环境下，他的自由思想始终被压抑着。当他离开 W 学校"打算不再进别的学校去"，他选择了蛰居在小小的书斋里。他的内心也因此而更加压抑，产生了"忧郁症的根苗"。此后的留学生涯里，他的忧郁症日益加重，在异国他乡，饱受"性的苦闷"与"外族冷漠歧视"的他渴望真挚的爱情，并愿为此抛弃一切。然而这种渴望在现实中难以实现，他的内心逐渐失去理智的控制，他开始自渎，窥视浴女，甚至到妓院寻欢，只为了寻求自己感官上的一时愉悦与满足，最终深陷在邪恶的沼泽里不能自拔。饮鸩止渴的行为显然让他更加苦闷，愉悦过后是更大的空虚，欲望越来越大，他开始寻求更大的刺激，却又为此而穷困潦倒，最终形成了一个恶性循环。小说结尾，"他"只有投海自尽才能结束他屈辱的人生。

1923 年，郁达夫在《海上通信》一文中谈及自己最崇拜的是佐藤春夫，但是无法模仿，感叹"画虎不成"。正是缘此言论学界普遍认为郁达夫在创作上是深受佐藤春夫影响的，而《沉沦》是受《田园的忧郁》一文影响的，两文都同样以身边事为题材，主人公也同样患有忧郁症因而从都市逃向田园，作品中都弥漫着忧郁的、浪漫的气氛。但《沉沦》的独特之处在于，小说中的主人公在控诉一己之病的同时，将视野扩大到了自己的民族和国家，表达了那一时代知识分子对国家强大的深切渴望，此时的郁达夫将主人公从个人忧郁中抽离出来，投入广阔的社会现实中去。而《田园的忧郁》表现的则是为追求艺术而苦恼的艺术青年的心理变化，主人公的个人忧郁更多地混杂了颓废、病态的情感色彩，是一种个人主体意识的表现，与社会现实无关。

小说《沉沦》一经出版就引起了文坛的广泛关注，无论是从文体、结构、语言、构思还是主题上看，《沉沦》都令人耳目一新。无论是它的自叙传色彩还是感伤情调，都使郁达夫和他的《沉沦》迅速成为文坛上家喻户晓的作家作品。当然，与此同时各种非难也接踵而至，批评的声音主要集中在对主人公的变态性心理的描写和揭示上，甚至将其视为洪水猛兽。

但经典总能经得起时间的考验，经过百年的时间洗礼，郁达夫和他的《沉沦》并未销声匿迹，相反在中国现代文学史上逐渐得到正名，郁达夫本人也因其大胆表现自我的真实勇气而被时代、被读者所铭记，在中国现代文学史上留下浓墨重彩的一笔。

（谢中山撰写）

二、意义的探寻：浪漫·现实·现代的合奏

现代作家以"浪漫·现实·现代"等艺术的合奏不断探寻文本的意义世界。戴望舒在《雨巷》里缠绵忧伤、孤独歌唱，徐志摩于《再别康桥》中印入灵魂深处的诗意重逢与浪漫告别，茅盾借《子夜》表达自己的思想倾向，意蕴丰富而引发争议，沈从文沉浸在自己编织的湘西《边城》的人性美之中，曹禺在《雷雨》之夜引爆无处逃遁的命运悲剧，老舍创作《骆驼祥子》揭示荒诞与现实交织的生存悲歌，这是现代文学第二个十年（1928—1937）的经典。

（一）《雨巷》：缠绵的忧伤，孤独的歌唱

在中国现代文学的第一个十年中，现代诗歌完成了从文言到白话的历史转换，开创了全新的诗歌传统，并在艺术形式上进行了多方面的探讨与实践。历经十余年探索期，20世纪30年代的中国现代诗歌进入了一个以多元取向为特征的开拓期。这一时期，无论是诗人群体还是个人，都在理论反思和创作实践的基础上实现了诗歌流派的自由选择，不同流派之间相互差异而又吸取互补，相互竞争而又同生共存，从而使30年代的中国新诗发展从整体上呈现出一种"多元共生"的艺术创造局面。以戴望舒、卞之琳等人为代表的现代派诗人群，便是其中影响较大的一个流派。

戴望舒，原名戴梦鸥，浙江杭州人，1923年入上海大学中文系学习，师从田汉，1925年秋转入震旦大学学习法语，此间开始从事文学创作。1929年出版了第一本诗集《我底记忆》。抗战爆发后，戴望舒转至香港主编《大公报》文艺副刊。戴望舒被誉为现代诗派的"诗坛首领"，其最负盛名的代表作当数《雨巷》，他本人也由此名噪一时，被誉为"雨巷诗人"。

《雨巷》创作于1927年（1928年8月发表于《小说月报》第19卷第8号），当时白色恐怖的阴霾笼罩着中华大地，曾经参加过进步活动的戴望舒不得不避居在友人家中，与当时多数知识分子一样，戴望舒在彷徨中饱尝大革命失败的痛楚，内心无比迷茫而孤寂。与此同时，诗人追求爱情而不得的挫败感更加剧了这种苦闷，《雨巷》就是在这样的心境之下创作出来的。

全诗共分七节，第一节开篇明义，描写了梅雨季节中江南雨巷的情景。在纷纷梅雨之中，"我""撑着油纸伞，独自彷徨在悠长，悠长又寂寥的雨巷"，并且希望在这寂寥的雨巷中逢到"一个丁香一样的，结着愁怨的姑娘"。社会现实与个人情感造成了诗人内心的迷茫，而在迷茫中，诗人迫切地找寻着"希望"，这"希望"在诗人眼中，就是那"丁香一样的姑娘"。

诗歌第二节开始具体描写"丁香姑娘"。在诗人的想象中，"她是有丁香一样的颜色，丁香一样的芬芳，丁香一样的忧愁"，这个美貌与愁怨并存的姑娘"在雨中哀怨，哀怨又彷徨"。

第三节进一步描写"丁香姑娘"的"哀怨"与"彷徨"，"她彷徨在这寂寥的雨巷，撑着油纸伞，像我一样，像我一样地，默默彳亍着，冷漠，凄清，又惆怅"。这说明在诗人心中，"丁香姑娘"跟"我"有着某种精神同构和情感共鸣，一样的愁绪、一样的理想、一样的追求，一下子拉近了"我"与"丁香姑娘"的心理距离。

第四节中，"丁香姑娘"向"我"走近，在走近的过程中她"又投出太息一般的眼光"，并最终在"我"身旁"飘过"，"像梦一般的凄婉迷茫"。"走近"而又"飘过"，诗人将这种可望而不可即的情感抒写得朦胧而含蓄。

诗歌的第五节，"丁香姑娘"渐渐走远，最终"到了颓圮的篱墙，走尽这雨巷"。"颓圮的篱墙"暗示着前路坎坷，这里既表达了"我"的意中人在走远，同样也是"我"的理想在走远。

第六节中，伴随着"雨的哀曲"，"丁香姑娘"最终还是"消了她的颜色，散了她的芬芳"，她"太息般的目光"和"丁香般的惆怅"也随之消散了。她渐行渐远直至彻底消失在"我"的视线中，带着一切美好和希望。

诗歌最后一节与首节呼应，雨巷依然悠长又寂寥，而此时的"我"重归寂寞，依然独自彷徨，依然渴望丁香一样的姑娘，只是这一次，"我"不再奢求"逢着"，只求她"飘过"，哪怕与"我"并无交集，一词之差，使诗歌更增添了一分哀婉与朦胧之感。

《雨巷》的情感基调是忧郁，这也暗合了戴望舒早期诗歌作品孤独、消沉的整体风格倾向。作为最能代表戴望舒早期风格的作品，《雨巷》既汲取了中国古典诗歌中婉约清丽的情感格调，又深受法国象征主义的影响，成为现代派诗歌中最为典型的作品之一。

现代派诗歌的总体特征是"象征派的形式与古典派的内容"相统一，作品中狭窄阴沉的雨巷，独自徘徊的独行者，以及那个丁香一样结着愁怨的姑娘，都是象征性的意象，同时也可以看作诗人情感的对应物。这些意象共同构成了全诗象征性的意境，含蓄地表达了作者既迷惘感伤又满怀期待的复杂情绪，传达出一种朦胧而幽深的美感。

戴望舒认为，诗人的创作动机"在于表现自己与隐藏自己之间"，在他看来，诗是诗人隐秘灵魂的泄露。因此，在《雨巷》中，他用象征和隐喻等手法尽量将自我情绪和情感隐匿起来并进行客观化处理，而主题的含混性和朦胧性也使诗歌本身承载了更多维度的内涵意蕴，以此打破传统现实主义诗歌的叙事方式。

沿着李金发等早期象征派诗人的足迹，"雨巷诗人"戴望舒进一步践行了象征主义创作手法，并努力为中国现代派诗歌寻找更为合适的发展道路。在诗歌语言上，戴望舒摒弃了早期象征派诗歌晦涩难懂的语言弊端，并最大限度地摆脱音乐的束缚，以生活化的口语入诗，追求诗歌的"散文美"，从而形成一种兼具清丽与朦胧的独具特色的语言风格，这种尝试推动了中国现代派诗歌进一步走向成熟，在这一过程中，他的《雨巷》也作为现代派诗歌创作的开拓性实践成果，被世人传诵至今。

（孙佳撰写）

（二）《再别康桥》：印入灵魂深处的诗意重逢与浪漫告别

在 20 世纪的中国文坛上，徐志摩始终是一位带有传奇色彩同时又颇具争议的诗人，他与林徽因的浪漫邂逅至今仍是文坛的一段佳话，尽管他也因抛妻弃子而备受世人诟病，但作为 20 世纪成就最高的现代诗人之一，徐志摩的诗歌以独特的艺术魅力感染着一代又一代中国读者，成为跨越世纪的永恒经典。

徐志摩出生于一个封建的富商家庭，自幼在家塾读书，打下了良好的古文基础。1918 年赴美留学，攻读银行学。1920 年到英国剑桥大学学习，兴趣转向文学，在此期间受英美诗歌影响开始进行诗歌创作。1921 年回国，先后在北京、上海等地的高校任教。

　　作为自由主义知识分子，徐志摩向往英美式的民主自由，他的理想是个人性灵得到最大程度的自由，他崇拜哈代、托尔斯泰、罗曼·罗兰、泰戈尔、罗素、卢梭、尼采等人，他一生的四本诗集《志摩的诗》（1925）、《翡冷翠的一夜》（1931）、《猛虎集》（1931）和《云游》（1932），记载了他一生独特的生命体验和复杂的思想情感历程。

　　徐志摩是新月社的骨干成员。1923年，新月社成立于北京，主要成员除徐志摩外，还有闻一多、梁实秋、胡适等人，他们多为留学英美的自由知识分子。新月派在新诗理论建构方面功不可没，他们不满于"五四"以来的白话新诗忽视艺术性的整体倾向，提出新格律诗的诗论主张，强调"理性节制情感"的美学原则与诗的形式格律化，特别是新月派代表诗人闻一多提出的诗歌"三美"，即音乐美、绘画美、建筑美的理论主张，在一定程度上纠正了早期新诗创作过于散文化的弊端。可以说，新月派对新格律诗的提倡对中国现代新诗的发展起到了极大的推动作用，并使其进入了自主创作的发展时期。

　　提起徐志摩的诗歌作品，相信《再别康桥》是世人最为熟知的了，"康桥情结"几乎贯穿于徐志摩一生的创作中。《再别康桥》最初刊登在1928年12月《新月》月刊第1卷第10号上，后收入《猛虎集》。这首脍炙人口的名篇，以离别康桥时诗人的感情起伏为线索，抒发了诗人对康桥的依依惜别之情。康桥，就是英国剑桥大学所在地。徐志摩曾于1920年到1922年间在此游学，纵观徐志摩一生的情感经历和创作历程，不难发现，康桥时期是对他影响最大的时期，甚至可以说是他人生的转折点。在这里，他不仅开始接受了欧美浪漫主义和唯美派的影响，开启了通往诗歌殿堂的大门，更是遇到了他一生中的挚爱——林徽因，从而改变了他一生的情感命运，正如他自己所说："我的眼是康桥教我睁的，我的求知欲是康桥给我拨动的，我的自我意识是康桥给我胚胎的。"（《吸烟与文化》）1928年，徐志摩故地重游后感慨万千，《再别康桥》就是记录当时心境之作。诗中抒发的情感有三种：留恋之情、惜别之情和理想幻灭后的感伤之情。

　　作为新月诗派的代表诗人，徐志摩的诗歌创作自觉践行着闻一多提出的

"三美"原则，这种努力在《再别康桥》中体现得尤为明显。

其一，绘画美。《再别康桥》的每一节都是一幅迷人的图画，如第二节"那河畔的金柳，是夕阳下的新娘，波光里的艳影，在我心头荡漾"，康河边那被夕阳染成金色的婀娜多姿的垂柳，与波光中荡漾的艳影，构成了一幅迷人的康河晚照图；又如第五节"寻梦？撑一支长篙，向青草更青处漫溯，满载一船星辉，在星辉斑斓里放歌"，斑斓的星辉倒映着的水面，随着小舟激起的柔波荡漾开去，勾勒了一幅充满诗情画意的星夜泛舟图。

其二，音乐美。《再别康桥》每行均为两到三个节拍，二、四行押韵，且每节自然换韵，旋律轻柔、悠扬，伴随着情感的起伏跳跃，犹如一曲悦耳徐缓的散板，轻盈婉转，拨动着读者的心弦。

其三，建筑美。《再别康桥》全诗七节，每节四行，整齐匀称，但诗人为避免过于整齐而导致的呆板，别出心裁地将每节的二、四行退后一格，且将每行的字数稍作增减，使全诗整齐中富有变化，呈现出参差错落之美，极富现代自由感。

胡适曾将徐志摩一生的创作主题，归结为追求爱、自由、美所构成的"单纯信仰"，徐志摩诗歌主要表现的就是自己对爱情、自由和美的向往与赞美。在他的诗歌中，爱情与自由和美往往又是同义的，歌咏爱情就是歌颂自由、歌颂美，这一主题在《我有一个恋爱》《翡冷翠的一夜》《"起造一座墙"》《雪花的快乐》等作品中均有呈现。

新月派认为，真正的诗歌是来自灵魂的，诗歌就是用灵魂说话然后去感动灵魂。作为一位灵魂诗人，1931 年，年仅 34 岁的徐志摩正值风华正茂，却因飞机失事而永远地离开了这个世界，文坛从此失去了一位浪漫多情的诗人，一颗诗坛巨星陨落了。徐志摩的一生是浪漫的一生，也是逐爱的一生，为爱而生，为爱而死，他的诗承载着他毕生的精神信仰，正如蔡元培挽联中所说，"谈话是诗，举动是诗，毕生行径都是诗，诗的意味渗透了，随遇自有乐土"。

（孙佳撰写）

（三）《子夜》：文本的多重意蕴与争议下的意义探寻

1933 年，茅盾的长篇小说《子夜》由开明书店出版。这部小说的问世打破了当时自由主义文人讥讽左翼文坛"左而不作"的非难与舆论，也标志着中国左翼文坛在长篇小说创作方面取得了新的成就，攀上了一个新的高峰。因此，《子夜》一发表就获得了鲁迅、瞿秋白、冯雪峰等左翼人士诸多肯定性的评价。但与此同时也招致了当时一些文人的非议。其实，多年来关于《子夜》的争议从未停止。然而，尽管充满争议，《子夜》在现代文学史中的地位却无可撼动，即使在当下，《子夜》也仍然具有其重要价值与意义。那么，我们究竟该如何认识处于不断争议中的《子夜》？如何理解《子夜》在历史与当下现实中的经典意义？

1. 不断争议中的《子夜》

《子夜》在 20 世纪 30 年代就处于争议之中，其观点大致有二：一是重在肯定，间或有些微的批评，这主要来自左翼理论家；二是重在批评，也偶尔有所肯定，这主要来自自由主义文人。鲁迅是最早读到《子夜》的人之一，他先是极其关注茅盾写作《子夜》的进度，后是请茅盾签名留念，又在致好友曹靖华的信中对其有赞赏之语。他之所以如此重视《子夜》，很大程度上是《子夜》打破了左翼文坛没有自己标志性文学成果的僵局，给予了国民党和自由主义文人有力的回击。相对于鲁迅，瞿秋白主要从社会意义和艺术价值方面对《子夜》进行了评析。除此之外，吴组缃、朱自清等都在20世纪30年代对《子夜》作了肯定性评价。但在当时也不乏一些负面评价，如自由主义文人韩侍桁在谈论《子夜》时就曾指出，《子夜》在创作的企图，吴荪甫、屠维岳等人物形象塑造，作品的戏谑化效果和性欲场面的描写等方面都存在一定的缺陷。

从上述 30 年代诸位理论家对《子夜》的评说与论争来看，否定性的评价较少。这些评论多是强调其政治、社会、时代等方面的价值与意义，少有审美层面的品评。这种肯定性的评价方式在后来丁易的《革命文学巨匠——〈子夜〉》（1956），王积贤等的《茅盾的〈子夜〉》（1956），唐弢、严家炎的《论〈子夜〉》（1979）等文章中得以延续。但与之伴随的否定性的评价也从未停止，比如司马长风在《茅盾的〈子夜〉》一文中认为，作者"野心太大"，致使《子夜》成为完全失败之作。夏志清在《中国现代小说史》中也判定《子夜》"自然主义的漫画手法和夸张叙述"，使"我们很不容易看到茅盾作为一个热诚的艺术家的真面目"。另外还有学者指责《子夜》只能算作"一份高级形式的社会文件",更有甚者试图将茅盾从"一流大师"中排除。

《子夜》从其发表之初,就存在褒贬不一的争论,然而尽管众说纷纭、争议不断,但并未影响其发行量,"《子夜》出版后三个月内,重版四次;初版三千部,此后重版各为五千部;此在当时,实为少见"。从其出版数量来看,充分说明读者对此书的阅读兴趣。可以说,直到今天,《子夜》及其作者茅盾还一直处于不断争论和褒贬不一的评价当中,然而在现代文学史中,我们仍然无法忽视茅盾的重要地位,无法忽视《子夜》的经典意义。也许,越是充满争议、存在褒贬不一评价的作品往往更值得关注,因为这样的作品内容往往更加驳杂而丰富,也更具有经典价值与意义。

2. 文本的多重意蕴

如果一部文学作品所涉猎的内容很单调,那么这样的作品往往不能成为一部经典之作。一部优秀的文学作品,往往在文本内外涉猎到的内容非常驳杂,意蕴极为丰富。因此,这样的作品往往给读者留下许多的阅读"空白",等待读者去填充、去想象,并往往因此不断引发争论、不断生成新的意义,而《子夜》就属于这样的作品。《子夜》之所以被称为经典作品,一个重要的方面就是其文本内外所生发出的多重意蕴,这样的多重意蕴给学者们留下了充分的解读空间,从而直到今天,《子夜》仍然还具有许多悬而未决的话题。大体而言,《子夜》文本内外的意蕴包括如下几个方面:

第一,《子夜》与 20 世纪 30 年代中国的社会现实问题。茅盾写作《子夜》一个重要的目的就是要反映 1930 年春末夏初的中国,尤其是以上海为中心的政治、经济和社会问题,但当时为了躲避国民党的检查,很多地方都使用了曲笔,也正是这些曲笔、暗示和衬托,生成了《子夜》的丰富意蕴。第二,瞿秋白与《子夜》的关系问题。在《子夜》写作过程中,作为早期共产党领导人的瞿秋白曾起到重要的参与指导作用。在瞿秋白的影响下,茅盾对《子夜》中的部分内容进行了修改,修改后的《子夜》实际上是瞿秋白和茅盾合作的作品。但《子夜》出版后,瞿秋白却指出"还有许多缺点,甚至于错误"。瞿秋白话语的表里不一,给学术界留下了许多探讨的话题。第三,人物形象的丰富性与复杂性问题。比如吴荪甫这一形象，作者在 1939 年、1952 年、1977 年分别称之为"中国民族资本家""反动的工业资本家""民族资产阶级"，这是茅盾所处的政治环境使然，也与他的思想变化相关。同时也充分彰显出这一人物形象的丰富性和复杂性。

除了以上三个方面，《子夜》的结构艺术、心理描写等方面也都还存在未尽的话题，等待学界进一步的研究与探讨。可以说，正是这些说不尽的话题，奠定了《子夜》的经典地位，反之，也正是因为《子夜》是一部经典之作，所以才有如此繁多的评说。

3.《子夜》：当下的经典意义

《子夜》所书写的时代早已离我们远去，但《子夜》作为一部经典之作，在时下仍具有重要的价值与意义。

首先，对读者而言，《子夜》能够帮助我们回到历史语境，真实地体验1930 年代的上海乃至全国的社会动态和政治风云。它能够让我们清晰洞察到中国民族资本家的生不逢时和动摇、软弱、残暴、刚愎自用的本性；看到依靠欧美帝国主义和封建军阀的买办资产阶级的狡诈、荒淫无度、作福作威的恶行；看到封建地主阶级十足市侩、苟延残喘、垂死挣扎的生存图景；看到资产阶级官僚政客、知识分子的趋炎附势、无所作为的丑恶嘴脸；看到不同类型的女性在大都市中的命运沉浮、苦苦挣扎的悲惨现实……与此同时，《子夜》也能够让读者鲜明感知到 20 世纪 30 年代在国民党统治下黑暗的社会现实氛围；感知到中国工农群众风起云涌的革命斗争的热烈场面；感知到虽然当时的社会依然处于黑暗之中，但子夜已经到来，光明已不再遥远。所以，《子夜》具有重要的价值与意义，因为它可以让读者透过历史的晨烟暮霭，去眺望 30 年代中国的社会现实。

其次，对当下作家而言，无论从茅盾创作《子夜》的过程，还是从《子夜》文本自身来说，都具有重要的借鉴价值与意义：

第一，深入在场、切身体验。如今，很多作家都身居城市，享受着富裕的生活，对外界所知甚少，作品的生成更多源于"虚构的热情"。而茅盾不同，他非常注重切身体验，据茅盾回忆，他在创作《子夜》之前，利用半年多的时间，每天走亲访友，在他的朋友中间有"实际工作的革命党，也有自由主义者，同乡故旧中间有企业家，有公务员，有商人，有银行家"，因此才有了后来《子夜》中那些栩栩如生的人物形象。

第二，紧贴时代、关注民生。当下，在去中心、解构崇高、反理性、反人道主义和本质主义的后现代语境下，一些作家失去了社会责任感和担当意识，他们不再关注社会问题，不再关注民生疾苦，不再面向时代需求而创作。而一部好的作品，它应该成为时代的一面镜子，应该为了"反抗遗忘"而存在，应该敢于触及现实生活中最尖锐的问题，《子夜》给我们提供了很好的范例。《子夜》之所以在当时及后来产生较大反响，堪称经典作品，很大程度上，在于它解答了当时时代所面临的问题，告诉人们不要被资产阶级的谎言所蒙蔽。同时，它又通过作品中的工农革命斗争告诉人们，工农革命之火已经燎原，胜利已并不遥远。

第三，注重作品的艺术性。当下随着大众文学、网络文学的兴起，每年有数以千计的作品问世，但优秀作品凤毛麟角。除了缺乏思想内蕴外，另一重要问题是缺乏艺术性。多年来，批评家更为注重《子夜》在思想层面的价值，但《子夜》在艺术方面的成就也很突出。比如《子夜》对不同类型人物的塑造、所采取的蛛网式的密集结构、对人物内心世界的细腻描写等，都可见《子夜》的艺术魅力。

综上，《子夜》的不断被争议、多重意蕴和当下的价值与意义，是其经典意义和艺术魅力的表现，同时也说明这部作品尚有诸多未尽的话题，给予我们今天重新思考其经典意义的空间与理由。

（侯敏撰写）

（四）《边城》：湘西风光映照下的人性之美

沈从文是中国现代文学史上最著名的乡土作家之一，他以清新自然的文风著称文坛，其作品在经历了时间的考验和历史的积淀后，至今仍被亿万读者视为心头挚爱，特别是他的代表作《边城》，几乎与他本人合为一体，成为一个时代的文学标签。有学者评价《边城》是"古今中外最别致的一部小说，是小说中飘逸不群的仙女"（司马长风）。这部小说以浓郁的抒情气息和乡土色彩，抒发了对自然健康人性的赞美之情，在左翼革命思想为主流的 20 世纪 30 年代文坛，《边城》就像一泓清泉，缓缓流淌，使都市文明下浮躁污浊的灵魂得到净化。今天，我们就一起走进沈从文的《边城》和他的湘西世界，去探知沈从文为我们描绘的那个精神桃花源。

沈从文自幼家境贫寒，青年时期曾经参军，后因喜爱文学而弃武从文，1922 年，20 岁的沈从文只身来到北大以旁听生的身份自学写作。只有小学文化的沈从文在没有任何经济来源的艰苦条件下却从未放弃文学理想，他的执着与勤奋最终使他成为中国现代文学史上独树一帜的优秀作家。沈从文的小说大多以故乡湘西为背景，描绘优美清新的乡土风情，歌颂原始人性的自然淳朴，其作品充溢着浓郁的乡土气息和返璞归真的牧歌情调。在他一生近 500 万字的作品中，以湘西世界为题材的作品占了大多数，其笔下湘西世界的自然纯净是在与都市文明的对立互参中得以呈现的。

《边城》完成于 1934 年，是沈从文奠定文坛地位、确立个人创作风格的作品。关于这部小说的创作动机，沈从文曾说："我要表现的本是一种'人生的形式'，一种优美、健康而又不悖乎人性的人生形式。"小说以主人公翠翠的爱情故事为线索，描绘了湘西世界中清新自然的风景美、淳朴和乐的风俗美以及原始真挚的人性美。

《边城》的故事发生在 20 世纪 20 年代川湘交界的一个边远小城，那里风光秀丽，人情质朴，是个还未被现代文明浸染的桃花源。主人公翠翠是个 15 岁的少女，她是大自然的孩子，善良淳朴、天真单纯，她和外公相依为命，以摆渡为生。两年前端午节翠翠去看赛龙舟与外公走散了，却意外邂逅了当地船总顺顺家的二少爷傩送，两个鲜活自然的灵魂只在一场初见后便彼此产生了少男少女朦胧美好的情感。然而傩送的哥哥天保也喜欢上了美丽清纯的翠翠，于是托媒人求亲。与此同时，当地团总也看上了傩送，情愿以新碾坊作陪嫁把女儿嫁给傩送，但傩送却甘愿为了翠翠做个清贫的摆渡人。

当兄弟俩得知爱上了同一个女孩，最终决定以唱情歌的方式让翠翠自己选择。老大天保知道翠翠喜欢傩送，为了成全弟弟，他退出竞争，外出闯滩，不料遇意外而死，而老二傩送也由于自责出走他乡。老船夫去找船总顺顺商量翠翠的婚事，但并未得到肯定的答复，老船夫郁闷地回到家，却没有对翠翠讲出实情。当天夜里下了大雨，夹杂着吓人的雷声。第二天，翠翠起床时发现渡船已被大水冲走，屋后的白塔也坍塌了，外公也在雷声将息时死去了……在小说结尾，年轻时候曾经追求过翠翠母亲的老军人杨马兵主动提出照顾翠翠，翠翠仍以渡船为生，日复一日等待着傩送的归来，小说结尾写道："这个人也许永远不回来了，也许'明天'回来。"

《边城》所代表的湘西世界是转型时期古老中国的缩影，故乡的山水赋予沈从文无尽的灵感，而都市文明对自然人性的侵蚀让沈从文更加怀念故乡淳朴自然的风土人情。于是，在《边城》中沈从文构建了一个充满诗意的理想世界，在这个理想世界里，每个人都是自然人性的化身，这些理想人物的身上始终闪耀着人性的光芒。

对自然人性的追求是沈从文个人文学观念决定的。沈从文始终坚信，自然的人性是建构一切文学的基础，他说："这世界上或有在沙基或水面上建造崇楼杰阁的人，那可不是我。我只想造希腊小庙。选山地做基础，用坚硬石头堆砌它，精致，结实，对称。体型虽小而不纤巧，是我理想的建筑——这庙供奉的是'人性'。"可以说，沈从文小说的内在底蕴是人性的返璞归真，他是一个与都市文明格格不入的寻梦者，《边城》是他在自己理想的精神之地构筑的一个远离现实的梦。

值得一提的是，小说中的每个人物都具有淳朴、善良、美好的天性，但整个故事却充满了悲剧意味，按照沈从文自己的解释，悲剧的形成源于人事无法左右的天意和命运，如他自己所说："一切充满了善，充满了希望，然而正因为不凑巧，朴素的善良和单纯的希望难免产生悲剧。"即使生存于世外桃源，生命个体依然无法摆脱命运无常所带来的困厄和悲伤，这才是生命与自然世界的本质。小说结尾对白塔倒塌的描写就体现出这种悲剧意味，白塔象征着古老的湘西世界，是原始的湘西文明的精神标志，白塔的倒塌暗示着在现代文明的冲击和侵蚀下，湘西世界的衰落和原始文明的终结将是一种历史的必然，诗意神话的破灭带给读者强烈的悲凉感，失去了唯一亲人的翠翠就在这悲凉中孤独地等待着她的意中人归来，这样的情节设置也使《边城》从整体上呈现出一种无奈的宿命感。

沈从文和他的《边城》在文学史上经历过大起大落。在《边城》问世之初，由于它与时代主潮的格格不入，沈从文的小说曾被左翼批评家斥为"反动文艺"，他本人也被当时的主流批评家称为"专写颓废色情""软化人们斗争情绪"的"反动文人"，但沈从文和他的《边城》，以其抒情诗化的风格和对理想人性的追求，超越了时代和历史的局限，作为20世纪乡土文学中能与鲁迅比肩的又一重镇，沈从文在文学史上的价值和意义是无法遮蔽的，他的《边城》也在中国现代文学史上留下了浓墨重彩的一笔。

（孙佳撰写）

（五）《雷雨》：封建裹挟下无处遁逃的命运悲剧

曹禺，原名万家宝，1910年生于天津一个没落的官僚家庭，三岁时母亲去世，他由继母抚养，曹禺自小随继母辗转各个戏院听戏，自幼就对戏曲艺术和当时新兴的文明新戏有着浓厚的兴趣。中学时期，他参加了学校的新剧团，参与表演了多出戏剧演出。升入大学之后，他开始熟悉西方戏剧，并对西方有关戏剧的文献著作加以阅读，了解了戏剧的表现形式与表现方法，并在大学毕业之际完成了他的处女作《雷雨》（1934）。

在谈到写作意图时，曹禺说，《雷雨》是在"没有太阳的日子里的产物"。"那个时候，我是想反抗的。因陷于旧社会的昏暗、腐恶，我不甘模棱地活下去，所以我才拿起笔。《雷雨》是我的第一声呻吟，或许是一声呼喊。"（《曹禺选集·后记》）《雷雨》奠定了曹禺在中国现代戏剧史上的地位，甚至被誉为"东方的莎士比亚"，除《雷雨》外，他的《日出》《原野》《北京人》等作品也都达到了相当高的艺术水准。

《雷雨》讲述了两个家庭30年来的一段爱恨纠葛。30年前，当周朴园还是一个涉世未深的青年时，他爱上了女佣梅妈的女儿侍萍，并与她有了两个儿子。但后来为了给他娶一位门当户对的小姐，周家逼得侍萍抱着刚出生不久的儿子大海投河自尽。侍萍母子侥幸被人救起后，侍萍带着二儿子流落他乡，靠做用人为生，而大儿子周萍被周家留下。侍萍后又嫁给鲁贵并生个女儿四凤。周朴园所娶的那位小姐没有为周家生儿育女便去世了，于是周朴园又娶了蘩漪，并与之育有一子周冲。在周朴园封建家长的专制意志下，蘩漪过着孤寂苦闷的生活。情感上的空虚使她失去了理智，与周朴园的大儿子周萍私通。周萍既慑于父亲的威严，又耻于这种乱伦关系，对蘩漪逐渐疏远，并移情于自家的婢女四凤。与此同时，周冲也向四凤求爱。蘩漪得知周萍变心后，想尽办法说服周萍，但周萍为了摆脱蘩漪，打算离家到父亲的矿上去。蘩漪只能找来四凤之母侍萍，要求她将女儿带走。侍萍来到周家，急于把四凤领走，以免重蹈自己当年之覆辙，但又与周朴园不期而遇。此时大海正在周家矿上做工。在作为罢工代表来与周朴园交涉的过程中，与周萍发生争执，结果遭周萍率众殴打。

鲁家一家人回到家中，四凤还在思念周萍。夜晚，周萍跳窗进鲁家与四凤幽会，蘩漪则跟踪而至，将窗户关死。大海发现后把周萍赶出家门，四凤也随即出走。在那个雷电交加之夜，两家人又聚集于周家客厅。周朴园以沉痛的口吻宣布了真相，并令周萍去认母认弟。此时周萍意识到了四凤是自己的妹妹，大海是自己的弟弟。四凤无法接受现实，又羞愧难当，逃出客厅，却不小心触电而亡，周冲出来寻找四凤也触电身亡，最终，周萍开枪自杀，大海出走，侍萍和蘩漪经受不住打击而疯，只有周朴园一人在悲痛中深深忏悔。

《雷雨》这部四幕话剧，通过血缘伦常纠葛与性爱冲突，试图呈现人性的复杂性与世事无常的悲哀，因此可以看作是一部杰出的现实主义的家庭悲剧。

周朴园是剧中的核心人物，作为封建家族的掌舵人，他在剧中的贯穿性行为就是维护家庭的固有秩序。但在作品最后，周朴园让周萍去认生母，并向侍萍忏悔，这一情节的设置使周朴园的形象更加立体化、复杂化。剧中最具特色的女性形象就是蘩漪，这一形象也受到了读者的普遍好评，一方面，她是"五四"思潮影响之下成熟起来的一代反抗封建压迫、追求自我价值的新女性的典范。但另一方面，蘩漪在婚姻和家庭生活中遭受着周朴园的精神压抑与折磨，周萍背弃爱情的行为，又使得她再次陷入绝望与疯狂之中，最终蜕变成了一个具有阴鸷性格的女性。剥夺蘩漪幸福的本来是周朴园，但曹禺却没有直接描写两人的对抗，而是将蘩漪与周萍的冲突作为主线，着力表现蘩漪不顾一切地追求周萍，爱而不得就施以报复，最终因爱生恨，在"最残酷的爱和最不忍的恨"的情感交织中，近乎变态，最终走向癫狂。

曹禺不愧为现代戏剧大师，他在《雷雨》中充分借鉴了西方戏剧创作手法，使作品既具传奇色彩，又让读者觉得真实可信，具有鲜明的艺术特色。他将《雷雨》中的戏剧冲突集中性地设置在两个场景中爆发：周家客厅和鲁家住房，而且又把周鲁两家30年的爱恨纠缠都浓缩在24小时之内加以呈现，周、鲁两家复杂的人物关系，真实生动地反映了两个不同阶级之间不可调和的矛盾。曹禺希望以此揭露旧中国、旧家庭的种种黑暗现象以及地主资产阶级的专横、冷酷与伪善，在此基础上反映出中国20世纪二三十年代正在酝酿着一场大变动的社会现实，极具现实意义和社会价值。除此之外，曹禺戏剧的语言也极具特色，《雷雨》中几乎没有特别拗口的台词，做到了通俗易懂、精练深刻。而且，台词里充满了精妙的停顿和省略，很容易将观众带入到剧情之中。

时至今日，《雷雨》仍是中国话剧舞台上的经典剧目之一，作为"中国话剧现实主义的基石"，《雷雨》是标志中国现代话剧走向成熟的里程碑。可以说，曹禺和他的《雷雨》一起，为中国戏剧发展做出了卓越的、不可磨灭的贡献。

（谢中山撰写）

（六）《骆驼祥子》：荒诞与现实交织的生存悲歌

《骆驼祥子》是老舍创作于1936年的长篇小说，也是老舍重要的代表作。它讲述了20世纪20年代军阀混战时期，一个充满活力的农村青年祥子进入北平城后遭遇了"三起三落"和种种不幸，最后走向堕落的故事。

1. 祥子生命中的"三起三落"

文章开篇，老舍写道：祥子是一个乡村少年，失去了父母和几亩薄田，这时的祥子只有18岁，身体结实，确乎有点像一棵树，健壮，沉默，而又有生气。他从乡下来到北平城，是想通过自己的辛苦劳作，用自己亲手挣来的钱，买到属于自己的一辆人力车。于是，他带着乡间小伙子的健壮与诚实，辛苦劳作了整整三年，凡是以卖力气就能吃饭的事他几乎全做过了，终于凑足了100块钱，买上了一辆属于自己的崭新的人力车。

但是，好景不长，一次在拉车的过程中，人力车被大兵抢走了，祥子自己也被抓了壮丁。后来他趁大兵不注意，冒险逃出了军营，混乱中获得了三匹骆驼，卖了35元钱。这时，失去人力车的祥子有些沮丧，但是他有了卖骆驼的钱。他渴望尽快回到城里，继续通过拉车，再拥有属于自己的第二辆人力车。

然而，当祥子满怀希望，就差几十块钱就要实现买车梦想的时候，钱却被特务孙侦探抢走了。祥子非常气恼，而在此时他又没有经受住又老又丑还颇有心计的虎妞的诱惑。后来，虎妞以怀孕相威胁，逼迫祥子与她成婚。婚后，虎妞拿出一部分钱给祥子买了一辆二手的人力车。祥子很不喜欢这辆人力车，因为这是二强子卖了自己的女儿买的车，后来死了老婆又不得不卖给祥子。大家都非常关注这辆车，还有人管这辆车叫"小寡妇"。祥子听着心里不痛快，感觉到晦气，甚至感到有些害怕，每天拉着这辆车他都觉得像拉着一口棺材，仿佛时时能看到一些鬼影似的。于是他总是有不祥的预感，他觉得这辆车说不好也会给他带来二强子那样的不幸。果然，不出祥子所料，虎妞怀孕后，天天吃好的，却不爱运动，造成她难产而死。没有办法，祥子不得不卖掉这辆二手的人力车，给虎妞送葬。

经过了"三起三落"的祥子，已经不再那么健壮，他的身体已经被虎妞抽空，拉车的劳累也让他感觉到异常疲惫。从不生病的祥子，连续生了两次重病，这使他认识到，自己并不是铁打的，认识到个人力量的微弱。而此时的祥子，不仅仅是身体的疲惫，精神上也变得日益消沉，好在他的身边还有小福子陪伴，这使他感觉到些许的温暖与慰藉。但是，小福子为了养活两个弟弟，最后沦为了暗娼。祥子喜欢小福子，但是他却没有实力使小福子摆脱不幸的命运，没有钱给小福子安稳的生活。正像作者在文中所言："爱与不爱，穷人得在金钱上决定，'情种'只生在大富之家。"后来，小福子不堪忍受暗娼的生活，上吊而死。当祥子得知这一消息后，他的精神彻底崩溃，他在生命中再也没有什么值得他留恋，他再也没有任何的生活目标，他开始酗酒、打人，喝醉了就到小福子吊死的树林里去落泪，而后到暗娼所在的白房子住下，把钱花光了再离开。祥子彻彻底底变成了一个个人主义的末路鬼。

2. 思想与艺术成就

在社会批判与文化批判方面，从整部作品来看，祥子最后沦为个人主义的末路鬼，并不是祥子的错，而是当时那个不公道的社会所造成的，是充满病态的城市文化所导致的，正像老舍在文中所说："祥子还在那文化之城，可是变成了走兽。一点也不是他自己的过错。"所以老舍将矛头直接指向了对社会与文化的批判。

其实，从老舍一生的创作来看，社会批判与文化批判是解读老舍小说的两个重要关键词，而在两者之间，老舍重在进行文化批判，尤其是市民文化批判。比如《离婚》中的张大哥，是老派市民的典型，张大哥的人生哲学是：给人做媒和反对离婚。他是北京市民中有人缘的"大哥"形象。文章的开头这样写道："张大哥是一切人的大哥，你总以为他的父亲也得管他叫大哥；他的'大哥'味儿就是这么足。"作者以诙谐的笔调，辛辣地讽刺了以张大哥为代表的国民的敷衍、妥协的生存哲学。再如《四世同堂》中的祁老者，他是宗法制家庭的维护者，他封建、保守、中庸，总是按经验办事，面对日本人的侵略，他认为只要备足三个月的粮食和咸菜，用破缸装满石头顶住大门，就可使四世同堂的小家无忧了。老舍的小说之所以在社会批判与文化批判方面取得了很高的成就，与他从小就生活在北京城，切身感受到社会的黑暗、文化的病态和底层人民的不幸有直接关系。

在心理描写方面，老舍说他写这部小说最重要的一点便是"由车夫的内心状态观察地狱是什么样子"。所以在行文的过程中出现了有关祥子的大量的心理描写，这些描写让读者清晰看到了一个健壮而诚实的乡村青年，如何在进入城市后，变为了一个颓废、自私的个人主义末路鬼的心路历程，加深了读者对祥子的同情，对黑暗社会的痛恨。

在语言方面，《骆驼祥子》中出现了很多北京方言，如"白房子"指下等妓院，"炸了酱"指扣下、吞没，"不论秧子"指不平均，"横打了鼻梁"指保证，等等。这些方言的运用，极大地增加了北京的文化气息。

可以说，正是上述这些跌宕起伏的故事情节、精湛的思想与艺术成就，才使《骆驼祥子》成为经典之作。

三、革命与审美：具象·抽象·意象的阐释

民族化与现代化，大众化与精英化，革命化与审美化，这三对关系彰示着现代经典的不同路向，这在现代文学的第三个十年（1937—1949）中表现得尤为突出。作家以"乡"（或村）与"城"为观照空间，赵树理以革命话语重审婚恋伦理、称颂农村新人的自由恋歌，而萧红遥望故乡小城书写《呼兰河传》的寂寞，张爱玲目睹并拆解《倾城之恋》和《金锁记》的苍凉，钱锺书以《围城》讽喻知识分子与人生万象的犀利，更注重审美话语的表达。革命与审美，从具象的描摹、抽象的概括到意象的创造，标示第三个十年的经典呈现。

（一）《呼兰河传》：遥望故乡的生命绝唱与国民性批判

《呼兰河传》是萧红于 1940 年完稿的一部带有自叙传性质的长篇小说。小说以她童年的见闻为题材，描写了寂寞的呼兰河小城和发生在那里的故事。《呼兰河传》是中国现代文学史上的一部经典之作，具有很高的思想和艺术魅力。

1. "寂寞"——小说的基调与底色

茅盾曾以"寂寞"为关键词评价萧红的《呼兰河传》。"寂寞"确实是《呼兰河传》的基调与底色。不难发现，"寂寞"几乎是整个呼兰河小城人的真实感受。作品中，小团圆媳妇遭受婆家的打骂，满肚子的委屈，却没有倾诉的对象，只能无声地进行反抗；有二伯性格古怪，不喜欢和人聊天，却喜欢和天空的雀子说话，喜欢和大黄狗聊天；冯歪嘴子和王姑娘的爱情，只因冯歪嘴子是个磨倌，地位低下，就得不到别人的祝福，他内心的苦衷也无法对别人说起。作品中的这几个主人公，都是寂寞的，而这样的寂寞恰恰是萧红自己内心真实情感的外在显现。

萧红从小就感受到了生活的寂寞，父亲对她很冷淡，母亲讨厌她，祖母用针刺她，好在有祖父陪着她。后来，萧红步入成年人的行列，有三段感情经历，但丝毫没有缓解萧红内心的寂寞。第一段感情，是萧红逃婚离家出走，经济拮据，被迫与汪恩甲在一家旅馆同居，但当萧红身怀六甲时，汪恩甲却不见踪影。在萧红最为艰难的时刻，萧军给她带来了些许温暖，但萧军的粗暴，又

不得不让她和萧军离婚。后来，萧红与端木蕻良在武汉结婚，但端木蕻良并不怎么关心萧红，两个人始终是若即若离的关系，即使萧红在香港病重，端木蕻良也几乎没有尽到一点照顾的责任。所以萧红的一生都是非常寂寞的。1942年，萧红在临终之际，写道："半生尽遭白眼、冷遇，身先死，不甘、不甘。"写尽了萧红悲苦而又寂寞的一生。而当萧红写作《呼兰河传》时，正是她在香港无比寂寞之时，她曾给自己的好朋友白朗写信，描述她在香港时的生活，她说："如今我却只感到寂寞！在这里我没有交往，因为没有推心置腹的朋友。"另外，茅盾在后来回忆萧红时说："我不知道她之所以想离开香港，是为了摆脱那可怕的寂寞，并且我也想不到她那时的心境会这样寂寞。"但战争频仍的环境，使萧红最终也没有离开香港，所以她把她的寂寞，写进了《呼兰河传》和她生命的绝笔《小城三月》。

2. "荒凉"——呼兰河小城的基本面貌

在文中，萧红反复渲染，"我家是荒凉的，我家的院子是荒凉的"，使呼兰河小城破败的外在现实跃然纸上。而在这荒凉的现实中，生活着的是像动物一样"忙着生、忙着死"的底层人民，萧红小说的贡献就在于将当时"北方人民对于生的坚强，对于死的挣扎"的真实生存状态，"力透纸背"地表现了出来，既让人同情，也让人为之感到战栗。

3. 愚昧与麻木——呼兰河小城人民的精神面貌

呼兰河小城的人们只知道"忙着生、忙着死"，浑然麻木而不自知。比如，小说开篇写到呼兰河小城街道上有一个大泥坑，这个泥坑淹死过猪，淹死过鸡和鸭，但是从来没有人主动把这个泥坑填平。这充分体现出小城的沉滞落后和人民麻木的精神状态。小城人民不仅麻木，而且愚昧，比如胡家的小团圆媳妇，她只有 12 岁，还只是一个单纯活泼的孩子，但婆家就因为小团圆媳妇见人一点也不害羞，坐在那儿坐得笔直，走路风快，头一天来到婆家，就吃了三碗饭，婆婆就要给小团圆媳妇一个"下马威"，把小团圆媳妇吊起来打，用烙铁烙小团圆媳妇的脚心。这样还不够，认为小团圆媳妇是中了邪，找来大神为小团圆媳妇祛除魔怔，把小团圆媳妇放在滚烫的热水里烫，最终把一个活泼而健康的小团圆媳妇活活折磨致死。这个事件是令人无比胆寒和战栗的，充分揭露出了小城人民人性的冷漠与残酷。然而更发人深省的是，小城人民并没有意识到这是一种残酷行为，而是以为这是出于对小团圆媳妇的善意，是为了祛除小团圆媳妇身上的魔怔。可见，萧红是充分获得了鲁迅反思国民性话题的精髓的。

4. 民俗风情的描绘

《呼兰河传》中，有许多东北地区典型的民俗风情，如放河灯、跳大神、野台子戏、逛庙会、跳秧歌等。文中这样描写放河灯，说七月十五这一天是鬼节，死了的冤魂怨鬼都不得超生，他们在地狱里都非常痛苦，又找不到超生之路，假如鬼节这一天能够得到一盏灯，他们就能够得以超生。所以小城人民有在七月十五这一天放河灯的习俗。除了这些民俗风情以外，萧红在其作品中，还运用了大量的东北地区特有的方言，如"河沟子""你多暂来的""乌三八四"等。这些都极大地丰富了《呼兰河传》这部小说的艺术魅力。

茅盾说，《呼兰河传》是"一篇叙事诗，一幅多彩的风土画，一串凄婉的歌谣"。今天，这位20世纪30年代的"文学洛神"已离我们远去了，但是她的《呼兰河传》却依然让我们对这位一生寂寞而凄苦的作家，充满留恋与缅怀。

（侯敏撰写）

（二）《小二黑结婚》：农村新人的自由恋歌

在中国现当代文学史中，赵树理是一位非常特殊的作家。他生于山西沁水，晋东南独有的地域文化塑造了他的文学品格；他成长于敌后抗日根据地和解放区，是一位土生土长的乡土作家。赵树理身上有着地道的农民气质，这也让他始终能够以创作出农民喜闻乐见的文学作品为个人目标，"注重改造'学生腔'和'欧化句法'，努力运用农民群众的语言进行写作"，自觉从事通俗乡土小说及相关题材文学作品的创作。因此，当他的《小二黑结婚》《李有才板话》《李家庄的变迁》等小说蜚声文坛，而他本人也被戴上文坛新星的光环时，赵树理便郑重其事地宣布："我不想上文坛，不想做文坛文学家。我只想上'文摊'，写些小本子夹在卖小唱本的摊子里去赶庙会，三两个铜板可以买一本，这样一步一步地去夺取那封建小唱本的阵地。做这样一个文摊文学家，就是我的志愿。"这样的志愿，显然略显胸无大志。然而，正是这样一个朴素的志愿，才使赵树理时刻保持清醒的头脑，免遭捧杀，他也因此赢得了广大读者的衷心喜爱，以人格魅力树起了彪炳时代的文学丰碑。

在赵树理的创作生涯中，最具影响力的作品当数《小二黑结婚》。这是他的代表作，也是他的成名之作，该小说创作于 1943 年 5 月，并于同年 9 月出版，半年间便发行了 4 万册，创下了新文学作品在农村畅销的新纪录。时任八路军副总指挥的彭德怀在阅读完该小说后对其作出高度评价，他认为"像这种从群众调查研究中写出来的通俗故事还不多见"。此外，早在赵树理尚未被确立为文学标杆的时候，周扬便敏锐地指出："赵树理，他是一个新人，但是一个在创作、思想、生活各方面都有准备的作者，一位在成名之前已经相当成熟了的作家，一位具有新颖独创的大众风格的人民艺术家。"

《小二黑结婚》讲述了解放区一对农村新人如何冲破旧制度枷锁和藩篱、争取自由恋爱和婚姻自主的故事，揭示了现实农村生活中进步新生力量和落后迷信思想之间的尖锐斗争，并最终以新人取得胜利的结局显示了解放区民主政权的进步性和新思想的改造力量。

赵树理在小说中塑造了一批鲜活真实的人物形象，这也成为《小二黑结婚》最为突出的艺术成就之一。在小说中，小二黑和小芹是解放区农村新人的代表，金旺、兴旺两兄弟则是农村旧有落后势力的代言人，而二诸葛和三仙姑两个落后形象则将迷信思想和封建家长作风体现得淋漓尽致。

但值得注意的是，赵树理对农民形象的塑造是以平视的视角切入的，这与鲁迅对农民的知识分子俯视视角截然不同。赵树理是带着感情写农民的，即使是对那些落后农民形象的塑造，赵树理也始终采取一种相对温和的态度，他对这类农民绝没有辛辣的讽刺和无情的批判，当然这与赵树理自身的阶级立场紧密相关。例如，在小说中，金旺和兴旺为破坏小二黑和小芹之间真挚美好的爱情，曾以暴力手段将二人控制，生性软弱而又迷信的二诸葛居然向金旺、兴旺两兄弟屈膝求饶，并且还在回家后算命占卦，认定小二黑和小芹二人八字不合、"命相不对"，坚决反对二人的婚事。尽管是反面形象，但赵树理对这一人物的处理并非采取二元对立的思维，而是在批评其封建愚昧思想的同时，也表现出他爱子情深的一面，使这一形象更加丰满复杂，在新旧势力交杂的农村社会现实中，此类人物的复杂性格十分具有典型意义。这充分说明，赵树理始终都是从农民的立场出发来表现农村生活的，他笔下的农民形象都脱胎于自己身边实实在在生活着的人，而不是凭空虚构出来的。作为现代文学史上继鲁迅之后最擅长描写农民的作家，赵树理以其生动的笔触在中国现代文学史上留下了一个又一个真实可感的农民形象。

赵树理小说的艺术特色十分鲜明，其中，对传统艺术形式和创作手法的汲取是赵树理小说风格特色形成的重要原因。例如，他对评书、快板等传统艺术形式的借鉴，并未全盘照搬照抄，而是对其进行了形式上的改造和扬弃，并注入具有时代意义的新的内容。又如在小说结构的安排上，赵树理并未完全沿用传统小说的章回体模式，而是在保证叙事情节连续完整的前提下，留"扣子"、设悬念，以引起读者后续阅读的兴趣，颇有"欲知后事如何，且听下回分解"的意味。可以说，赵树理始终强调，文学创作要回归民间，回归传统，坚持民族文化特色。

赵树理的作品曾一度被称为"问题小说"，原因在于，他在创作中所涉及的都是社会变革过程中的热点问题、焦点问题、难点问题和盲点问题，他的每一次落笔总想着如何能对社会有益处，对群众有好处。所以，他从不为了写作而写作，更无需为了创作而去刻意地找题材、袭套路，而是一切都由实而出，因事而始，娓娓道来，意趣横生。

需要说明的是，赵树理对于现代小说西化倾向的过度反感在某种程度上也限制了他创作能力的进一步提升，这未免有些遗憾。尽管如此，这依然不会影响赵树理成为中国现当代文学史中不可替代的"文摊"大师。作为一个时代的文学符号，赵树理的精神是永恒的。

（谢中山撰写）

（三）《倾城之恋》：废墟之下爱情乌托邦的解构

她被称为"民国第一才女"，她出身显赫却自幼缺少亲情温暖，她曾对爱情义无反顾，却又在作品中一再消解爱情的崇高。她的小说曾在 20 世纪 40 年代的中国文坛风靡一时，成为万千读者追捧的对象，却又因为"汉奸太太"的政治标签而在文学史上沉寂数十年，她就是中国现代文学史上最受欢迎又最有争议的女作家——张爱玲。

张爱玲的祖父是清末名臣，祖母是李鸿章的女儿，然而显赫的家世并未让她感受到家庭的温暖。相反，家族的衰败和父母的离异让张爱玲自幼就尝尽人间冷暖，她的第一任丈夫胡兰成大张爱玲14岁，是有名的大汉奸，然而张爱玲却不顾一切地爱上了当时还是有妇之夫的胡兰成，甚至不要名分。然而胡兰成风流成性，薄情寡义，最终还是负了张爱玲的一生。童年时期的成长经历和青年时期的情感经历深刻地影响了张爱玲的世界观、爱情观和婚姻观。

而"汉奸太太"的不光彩的身份，也使张爱玲在生前并未得到文学史公正的评价，直到20世纪90年代，张爱玲在海外孤独离世，她和她的作品才重回学术视野，特别是伴随着她的《倾城之恋》《红玫瑰与白玫瑰》《半生缘》《色，戒》等小说开始被改编成影视作品，张爱玲日益成为一种商业文化符号，她的作品也被视为消费社会中精英文化和大众文化结合的典范，对张爱玲的研究也开始成为现代文学研究领域的"显学"。

张爱玲把她最有代表性的小说集命名为《传奇》，目的是要"在普通人的生活里寻找传奇，在传奇中寻找普通的人生"。她的小说大多表现的是都市社会中小人物的生存状态，张爱玲以冷眼旁观的态度书写市井百态和平凡人生，不动声色地讲述着那些遥远而动人的传奇。

《倾城之恋》是张爱玲最有代表性、至今最受读者欢迎的一个文本。

故事发生在20世纪30年代，女主人公白流苏住在上海，是个28岁、已经离婚七八年的女人，离婚后白流苏在娘家过着寄人篱下的日子，备受冷嘲热讽，也看尽了世态炎凉，用她自己的话说："我这一辈子早完了。"

此时恰逢徐太太安排白流苏的妹妹相亲，对象正是小说的男主人公范柳原。范柳原住在香港，是个玩世不恭、风流成性的花花公子，但因他潇洒多金，遂成为众人争嫁的"钻石王老五"。白流苏阴差阳错地被妹妹拉去陪同相亲，又阴差阳错地抢了风头，不想范柳原也对白流苏颇有好感，而此时的白流苏正处在人生的绝境中，她明白只有跟范柳原结婚，才能改变自己的命运，所以白流苏决定绝地反击，孤注一掷，拿自己当赌注，去改变自己后半生的命运。而作为情场高手的范柳原虽然也为白流苏的东方美所着迷，却从未想过与之携手终老，于是两人小心翼翼，各怀目的，相互试探揣测，展开了一场情感的博弈。

但这场博弈的双方并非势均力敌，白流苏绝不是范柳原的对手，经过反复的拉锯战，白流苏最终还是成了范柳原的情人，尽管获得了经济上的保障，但这个结果却让她沮丧之极，范柳原最终还是要去英国，而且不肯带白流苏一起走。然而恰逢此时，战争爆发了，日军开始轰炸香港，在生死攸关的时刻，范柳原又中途折回，两人在患难中终于愿意敞开心扉，真诚相待。

最终，战争的爆发改变了爱情的结局，或者说，一座城的倾覆成全了两个人。正如小说中所写："香港的陷落成全了她。但是在这不可理喻的世界里，谁知道什么是因，什么是果？谁知道呢，也许就因为要成全她，一个大都市倾覆了……"

最终，白流苏与范柳原还是结婚了，但这种看似大团圆的结局，却处处渗透着悲凉的意味。

在这部小说中，张爱玲描写了常态化和非常态化两种爱情：

一方面，小说中常态化的爱情是不纯粹的、不真诚的，是一对同样聪明、同样自私、同样工于心计的所谓"恋人"之间的斗法和交锋。白流苏挖空心思要争取的不是范柳原的爱，而是范太太的身份，因为在没落的旧式家庭中，女性是缺乏独立生存能力的，她们必须以自身为资本来依附于男性，才能获得生存的保障与尊严，而范柳原清楚地知道白流苏爱的是自己的钱和社会地位，所以只想让她当情人，可以说，从一开始，两个人的爱情就是一场各取所需的交易。这种常态化的爱情，如果没有外力影响，注定将是一场爱情悲剧或闹剧。

另一方面，在张爱玲笔下，真心相待的爱情却成了非常态化的爱情，甚至要以一座城的倾覆为代价才能暂时性地获得。战争作为外力，改变了白流苏的爱情观，正如小说中所说："在这动荡的世界里，钱财，地产，天长地久的一切，全不可靠了。靠得住的只有她腔子里的这口气，还有睡在她身边的这个人。"战争改变了她之前爱情博弈的想法，仿佛一下看透了人世的情感，最终放下个人得失，愿意去真诚地爱范柳原。

但需要注意的是，即使两个人在特殊环境下真心相待了，这种真心也很难永久，如张爱玲所说，这种患难中的真情也只够他们"在一起和谐地活个十年八年"。所以，非常态化的爱情依然无法永恒。这是张爱玲对爱情幻想的不屑嘲弄，也是她个人爱情观的一种表达。

《倾城之恋》让我们看到，与同时代作家相比，张爱玲有着完全相反的爱情立场和表达方式。在其他作家还在热情地讴歌天长地久的爱情的时候，张爱玲笔下的爱情却是现实而苍凉的。在她看来，两性之间没有经济地位的平等，爱情就是虚空的神话，婚姻也只能是一种女性对男性在经济上的依附关系。正如小说结尾所说："到处都是传奇，可不见得有这么圆满的收场。"而那些"说不尽的苍凉故事——不问也罢"。

张爱玲的小说很少正面涉及革命、战争、社会变革等 20 世纪中国文学史中常见的宏大主题。在她笔下，描写最多的是家庭主题，以及由现代家庭内部衍生出来的亲情、爱情、友情的"异化形式"，她要表现的是"生于乱世"的无奈感与世纪末的荒凉感，而战争往往作为影响普通人现实人生走向的重要背景，隐入故事的底色中。

（孙佳撰写）

（四）《金锁记》：封建枷锁下女性反叛与扭曲的苍凉

张爱玲很少写轰轰烈烈、海誓山盟的爱情，却能把小人物的爱恨情仇写成一段段传奇，这首先源于张爱玲对爱情与婚姻的独特反思，她从不刻意美化爱情，也从不刻意回避在爱情中女性对金钱和物质的基本诉求，她笔下最有特色的女性形象是那些"女结婚员"的形象，就像《倾城之恋》里的白流苏，在"谋生"和"谋爱"之间，她们往往选择"谋生"，甚至不惜用"谋爱"作为"谋生"的手段，对于白流苏们来说，婚姻只是生计的保障，而爱情则是一场各取所需的交易。可以说，张爱玲是在用爱情与生存之间的矛盾解构爱情乌托邦，解构爱情神话，而这种对爱情崇高性的消解当然也是张爱玲个人爱情观的一种表达。

张爱玲笔下解构的不只爱情，还有亲情。如果说同时代的其他作家对亲情的描写是以歌颂与赞美为情感基调的话，那么张爱玲对亲情的描写则是一种冷眼旁观式的审视与批判，她的《金锁记》就是一个典型的消解亲情母爱的反主流文本。

《金锁记》是作家张爱玲创作的中篇小说，发表于1944年上海《天地》上，后收入小说集《传奇》中。《金锁记》讲述了一个女性悲剧的一生：

人称"麻油西施"的曹七巧出身于普通家庭，在父母双亡后跟着哥嫂一起生活，哥嫂为了钱将曹七巧嫁到大户人家姜家，而七巧的丈夫——姜家二少爷却是个先天性瘫痪的残疾人，尽管身为二少奶奶，但卑微的出身让曹七巧在姜家处处遭人白眼，受尽精神屈辱和折磨，但为了生存，为了钱，曹七巧还是将她的全部青春都埋葬在这暗无天日的姜公馆里。

然而年轻的曹七巧也渴望拥有爱情，情欲的禁锢比人们的鄙夷更让她痛苦，于是她将自己对爱情的幻想和无处安放的情欲全部寄托在她的小叔子——姜家三少爷姜季泽身上，却遭到了无情的拒绝，爱情理想的幻灭使曹七巧彻底绝望了，那个曾经直率泼辣而又不失风情的曹七巧开始变得尖酸刻薄、工于心计甚至人格扭曲。

后来，曹七巧终于熬到了丈夫和婆婆去世，姜家分家，小说中写道："今天是她嫁到姜家来之后一切幻想的集中点。这些年了，她戴着黄金的枷锁，可是连金子的边都啃不到，这以后就不同了。""黄金的枷锁"束缚了曹七巧的一生，却又是她生命的全部意义。

曹七巧终于分到了她用一生幸福换来的家产，分家后她带着儿女另立门户，而此时的曹七巧已经变成了一个心理极度扭曲变态的恶母亲、恶婆婆，她经常让儿子陪她抽大烟，其间不断打探儿子儿媳的夫妻隐私，满足窥视欲后还在外面到处宣扬，最终，两任儿媳都被她折磨致死。她30岁还没出嫁的女儿好不容易找到了心仪的男友，曹七巧不但没有祝福女儿，反而百般刁难，横加阻挠，甚至偷偷把女儿的男朋友找到家里，告诉他女儿有抽大烟的恶习，最终亲手葬送了自己女儿的幸福。

到这里，小说传神地刻画了一个反传统的恶母亲形象，但如果仅以"善"或"恶"来评判曹七巧这个形象却是片面化的，我们来看小说结尾的一段描写：

"七巧似睡非睡横在烟铺上。三十年来她戴着黄金的枷。她用那沉重的枷角劈杀了几个人，没死的也送了半条命。她知道她儿子女儿恨毒了她，她婆家的人恨她，她娘家的人恨她。她摸索着腕上的翠玉镯子，徐徐将那镯子顺着骨瘦如柴的手臂往上推，一直推到腋下。她自己也不能相信她年轻的时候有过滚圆的胳膊……七巧挪了挪头底下的荷叶边小洋枕，凑上脸去揉擦了一下，那一面的一滴眼泪她就懒怠去揩拭，由它挂在腮上，渐渐自己干了。"

这样一段描写瞬间使曹七巧的形象变得立体化、复杂化，"翠玉镯子"和她"骨瘦如柴的手臂"、"荷叶边小洋枕"和她的泪水形成了鲜明的对比，暗示着黄金枷锁之下的曹七巧其实也是个可怜的受害者，而受害者在戕害下成了害人者，被吃者成了吃人者——这已经超越了曹七巧个人的生命悲剧，从而成为整个社会、整个时代的大悲剧。

实际上，这类形象在张爱玲的作品中并非个案，如《沉香屑·第一炉香》里葛薇龙的母亲，《花凋》里郑川嫦的母亲，《红玫瑰与白玫瑰》中佟振保的母亲，她们要么是看重钱财超过看重儿女，要么是为了维护家族利益而牺牲子女幸福。这些女性年轻的时候往往也是封建制度的牺牲品，却在年老后将这种不幸转嫁到下一代身上，甚至最终由男权世界的受害者、反抗者变成了男权制度的维护者，这无疑也是女性集体无意识的一种体现。

通过《金锁记》，我们不难发现，尽管身处战时，但张爱玲的小说始终与时代和政治保持着一定的距离，她的作品很少直接触及启蒙与革命、民族与国家等宏大主题，多是乱世中普通男女的小恩小怨和旧式家庭的纠葛纷争，她始终把目光投向世俗生活，探究普通人精神和感情世界中的种种隐秘，将人性中最丑陋、最扭曲的部分掘出来给人看，表现现实人生的种种不幸和悲哀。

张爱玲的小说既有传统的趣味，又有现代的意蕴，在艺术上呈现出雅俗共赏、中西融合的总体倾向。一方面，她的作品充分借鉴了《红楼梦》等传统市民文学和通俗小说的创作手法，这使她的小说具有明显的市井传奇的意味，风格上复古典雅。另一方面，张爱玲的小说又受到西方现代思想的影响，注重表现现代人对命运的无力感，展示人性的脆弱与悲哀，呈现出一种不可言说的末世情怀。

总之，在中国现代文学史上，张爱玲是一个独特的存在，正像作家柯灵所说："偌大的文坛，哪一个阶段都安放不下一个张爱玲。"的确，在战争的时代语境下，张爱玲坚持采用非启蒙、通俗化的私人性话语书写市井传奇和平凡人生，在繁华浮躁的大都市里洞悉人世间最悲凉的爱与孤独，她的悲剧意识镌刻在她小说的苍凉底色上，成为中国现代文学史上一道别样的风景。

（孙佳撰写）

（五）《围城》：现代讽刺小说与知识分子的人生际遇和精神困境

钱锺书 1910 年出生于一个书香世家，父亲钱基博是国学大师，家学渊源让他自幼就对文字有超出常人的敏感度，他深厚的古文功底也源自他的家学传承。1929 年，钱锺书被破格录取到清华大学外文系，1935 年入英国牛津大学学习，后与妻子杨绛一同赴法国巴黎大学研究法国文学，1938 年回国，被清华大学聘为教授。国外游学的经历为钱锺书的文学创作提供了丰富的素材。

钱锺书在文学、历史、哲学和翻译等诸多领域均有较高的成就，在国内外学术界都享有很高的声誉。作为学者兼作家，实际上钱锺书在学术领域的成就和贡献要高于创作领域，他最有代表性的学术专著《管锥编》被公认为是对中西传统文学研究的集大成之作，全书约 130 万字，全部用文言文以读书笔记的形式写成，书中引述 4000 余位著作家的上万种著作中的数万条书证，所论除文学之外，还兼及几乎全部社会科学和人文学科。

《围城》是钱锺书唯一的一部长篇小说，著名学者夏志清在《中国现代小说史》中评价它是写得最有趣、最细腻的小说，或许是最伟大的小说。1942 年，被困上海的钱锺书开始创作《围城》，前后历时两年完成，用钱锺书自己的话说，这部知识分子题材的小说是他"锱铢积累"而写成的，小说以男主人公方鸿渐为中心，塑造了一系列鲜活生动的知识分子形象。

主人公方鸿渐偶然间有机会留学海外，但是留学四年却一无所获，最终只得花钱买一张假文凭回国交差。《围城》的故事从方鸿渐留学回国的船上起笔，讲述了方鸿渐留学回国后的种种际遇。小说其中一条线索是围绕方鸿渐与鲍小姐、苏文纨、唐晓芙和孙柔嘉四位女性的情感纠葛展开的，另外一条线索则是围绕方鸿渐回国后的求职经历以及在内地三闾大学任教时的种种遭遇而展开的，作为知识分子阶层的普通一员，在战争的社会背景下，方鸿渐因找不到自己的位置而空虚彷徨，甚至成了多余的人，这种身份焦虑与精神困境正是当时整个知识分子阶层精神境遇的真实写照。

1990年，《围城》被改编为同名电视剧，随着电视剧的热播，钱锺书和他的《围城》开始重归文化和学术视野，甚至曾一度出现"钱锺书热"，但钱锺书、杨绛夫妇对来自社会各界的关注却是避之不及。二人是文坛令人羡慕的神仙眷侣，一生醉心读书，甘于平淡，特别是钱锺书，他始终反感对作家进行过度研究，而是希望研究者将注意力集中在作品本身。很多国外读者不远万里专程来中国，就是想见一见钱锺书，而钱锺书通常都会婉言谢绝，避而不见。他曾对一位专程来中国拜访他的英国读者说："如果你吃了一个鸡蛋，觉得不错，又何必非要认识那个下蛋的母鸡呢！"言语间体现出智者的幽默，更是钱锺书学术品格的彰显。

关于《围城》的主题，主要是揭示了战时知识分子阶层在爱情、家庭、事业和社会中的普遍境遇和精神困惑，具体体现在三个层面：其一，在现实反思层面，钱锺书描写了抗战时期的城乡样貌；其二，在文化反思层面，钱锺书塑造出一个新式的儒林景观，对中国传统文化尤其是知识分子传统进行了深刻反省；其三，在哲学反思层面，钱锺书通过对各色知识分子命运的书写表达了他对人生、对现代人命运的哲学思考。

关于"围城"的含义，小说中曾借人物之口多次点明，一处说"结婚仿佛金漆的鸟笼，笼子外面的鸟想住进去，笼内的鸟想飞出来。所以结而离、离而结，没有了局"，另一处说"结婚犹如'被围困的城堡'，城外的人想冲进去，城里的人想逃出来"。但结合整部作品来看，"围城"所承载的内涵指向绝不仅仅停留在婚姻层面上，实际上，它指涉的是人在精神层面的一种永恒的困惑，人生的每个阶段都是出"围城"而又入"围城"的循环，或者我们可以称它为人生的"围城困境"，这种"围城困境"涉及的是现代文明带给人类的精神危机和现代人生存中的普遍困境。正如杨绛先生所说："《围城》的主要内涵是围在城里的人想逃出来，城外的人想冲进去。对婚姻也罢，职业也罢，人生的愿望大都如此。"

《围城》被学界誉为"新儒林外史"，小说中刻画了战争时期知识分子的众生相。钱锺书曾说："在这本书里，我想写现代中国某一部分社会，某一类人物。写这类人，我没忘记他们是人类，只是人类，具有无毛两足动物的基本根性。"显然，钱锺书所说的"某一类人物"是指向知识分子阶层的，《围城》中的知识分子形象大致分为两类：一是以方鸿渐为代表的胸无大志、甘于平庸、逆来顺受的无用之人，另一类则如小说中李梅亭、顾尔谦等那些道貌岸然、虚伪自私，以蒙骗混迹社会的学术骗子。前者体现了身处知识分子阶层的钱锺书深刻的自我反思，而对于后者，钱锺书则进行了毫不留情的辛辣讽刺和批判，其讽刺的深度与批判的广度足以与《儒林外史》相媲美。

《围城》也被称为"学者小说"或"智者小说"。一方面是由于钱锺书在《围城》中大量引经据典，小说中所涉及的知识面之广已经远远超出普通作家的能力范畴；另一方面，《围城》的语言是极具幽默色彩的，而且《围城》的幽默是钱锺书式的智者的幽默，这种幽默中既有洞察世事的智慧，又有入木三分的讽刺，捧腹之余，令人深思。

作为 20 世纪 40 年代讽刺小说中的代表作，《围城》不仅奠定了钱锺书在文学史上的地位，同时也以其主题内涵的深刻性和艺术风格的独特性著称于世，成为传世经典。

（孙佳撰写）

四、共名时代的同声相应与异声回响

1949 年 7 月 2 日第一次文代会的召开标志着中国当代文学的开始，由此文学进入到共名时代（1949—1966），以颂歌、战歌为主，显现为同声相应。也有作家发出不一样的声音，或是同一主题中有不同的表达，或是在异声中有不同的回响，这些文本具有比较丰富的阐释空间。比如，王蒙的《组织部来了年轻人》采用年轻人视角，揭示官僚主义与内外部困局，老舍聚焦《茶馆》透露出时代葬歌与文化挽歌的交织碰撞，茹志鹃以《百合花》观照战争期间人与人之间的关系、表现"政治·人性·心理补偿"的多重内涵，杨沫的《青春之歌》以半自传的形式谱写革命知识分子的青春之歌、蕴含对女性命运的关注，成为当代文学的经典。此时，香港的金庸刻画"射雕英雄"构建侠义江湖，为我们提供了畅销书经典化的样本。

（一）《组织部来了个年轻人》：官僚主义的艺术批判

《组织部来了个年轻人》是王蒙创作的短篇小说，1956 年发表于《人民文学》9 月号，是"百花时期"（1956—1957）"干预生活"文学潮流中涌现出来的小说代表作。作品以处理麻袋厂党支部的官僚主义问题为中心情节，结构严谨，语言幽默，心理描写颇见功力。作者通过对知识分子林震和官僚主义者刘世吾形象的塑造，实现了对官僚主义的艺术批判。

第一个人物是林震，在很大程度上，他可以被视为具有现代启蒙批判精神的青年王蒙的艺术化身。众所周知，以鲁迅为代表的中国现代作家一直习惯于以"医生"和"教师"的精神身份自居，他们希望用文学来"疗救"中国国民的病态灵魂，使他们从精神蒙昧中觉醒过来。这潜在地折射出了他们内心深处的启蒙英雄梦。有意味的是，王蒙笔下的林震正是一名从师范学校毕业的"教师"。林震是带着一本苏联小说《拖拉机站站长和总农艺师》来到区委组织部报到的。这位小学教师的最大梦想就是"按娜斯嘉的方式生活"。用区委组织部副部长刘世吾的话来说，林震"一到新的工作岗位就想对缺点斗争一番，充当个娜斯嘉式的英雄"。由此看来，林震就是新中国的娜斯嘉。他幻想着以启蒙者（"教师"）的身份来教育和改造组织部里那些病态麻木的灵魂，结果被以刘世吾为首的组织部同仁（赵慧文除外）判定为一个"小资产阶级幼稚病"患者。在老革命刘世吾看来，"林震同志的工作热情不错，但是他刚来一个月就给组织部的干部讲党章，未免仓促了些"。在工农兵出身的革命权威眼里，知识分子林震还没有当工农兵的"学生"就奢望当"先生"，虽然"可贵"又"可爱"，但毕竟是一种"虚妄"。因此在党小组会上，林震受到了"应有的教育"。也就是说，一直以"教师"自居的林震最终却成了接受"教育"的"学生"，林震的遭遇是苦涩的，在反官僚主义的斗争中他受到了不应有的误解和批评，虽然他也曾一度对自己的行为产生怀疑："难道自己真的错了"，但他对自己的启蒙历史使命并没有太多的迷惘，更没有绝望，因为在小说的最后，我们看到的是他仍然不失坚毅的"英雄"身影。

第二个人物是组织部副部长刘世吾。与启蒙英雄林震相比，官僚主义者刘世吾的形象塑造得更加具有精神深度，也更加具有典型性，体现了作者对现实社会生活敏锐的洞察力和犀利的批判目光。解放以前的刘世吾简直与解放后的他判若两人。那时候的刘世吾和林震一样喜爱读书，而且"最喜欢屠格涅夫"，好的小说能使他"梦想一种单纯的、美妙的、透明的生活"。不仅如此，青年时期的刘世吾还在北大担任过自治会主席，参加过五二〇游行，甚至左腿曾经受过重伤，然而，解放后的刘世吾（"事务"的谐音）逐渐沦为了一个事务主义者，用他自己的话来说："我真忙啊！忙得什么都习惯了，疲倦了。解放以来从来没睡够过八小时觉。我处理这个人和那个人，却没有时间处理处理自己。"不难看出，刘世吾实际上是一个清醒的官僚主义者，他对自己的事务主义作风在理智上保持着足够的清醒，但在行动上又有意无意地放任自流、麻木不仁。这使得他与韩常新那种投机型的、市侩主义的官僚主义者区别开来。刘世吾既是一个革命意志严重衰退的干部，同时也是一个丧失了生活热情和人生理想的庸人。他对一切无动于衷，既不像韩常新那样热衷于功名利禄，也不像林震那样充满理想豪情。他看透了一切，以为一切就是那么回事，"就那么回事"成了他的一句口头禅。对于林震所揭露的麻袋厂厂长王清泉的官僚主义劣迹，刘世吾不是不知情，但他有自己的一套"处世"哲学作为回避现实问题的借口，什么"成绩是基本的，缺点是前进中的缺点"，什么"'是'一定能战胜'非'，但'是'又不是一下子战胜'非'"之类的官僚主义绕口令成了他"人浮于事"的挡箭牌，于是刘世吾在工作中"不再操心，不再爱也不再恨。他取笑缺陷，仅仅是取笑；欣赏成绩，仅仅是欣赏"。他深深地陷入了生活的泥沼不能自拔，并且以表面上的悠然自得逃避着内心深处的痛苦。应该说，在"干预生活"文学潮流中出现的官僚主义人物形象里，王蒙笔下的刘世吾是塑造得最为深刻的一个艺术典型。

（胡哲撰写）

（二）《射雕英雄传》：侠义江湖的构建与畅销书的经典化

《射雕英雄传》创作于 1957—1959 年，是金庸的中期代表作，也是中国当代最著名的武侠小说之一。该作品将故事设定于宋末元初，以少年郭靖携手少女黄蓉闯荡江湖、终成长为一代侠侣的故事为主线，构建了一个恢宏瑰丽又充满了中华文化诗情画意的武侠世界，具有深厚的民族感情和爱国思想。

1."赶鸭子上架"催生一位武侠小说大师

金庸本名查良镛，1924年3月10日生于浙江省海宁县，生肖为鼠，星座是双鱼座。金庸出身望族，大学时代主修英文和国际法，毕生从事新闻工作。一般认为，金庸有两支笔：一支是写武侠小说的"世界第一侠笔"，另一支是写社评的"香港第一健笔"。意思是说，金庸既是一位出色的作家，又是一位优秀的报刊评论家和社会活动家。他31岁完成自己的第一本武侠小说，35岁创办报纸，一支笔写武侠，开创江湖，纵横天下，一支笔纵论时局，享誉香江。

1955年2月初，香港《新晚报》为吸引读者、增加销量，在副刊连载武侠小说，向同为《新晚报》编辑的查良镛紧急约稿，从未写过武侠小说，甚至从未写过小说的查良镛"赶鸭子上架"，他将名字中的"镛"字拆成两半，开始撰稿，《书剑恩仇录》由此诞生，而"金庸"这个笔名，也第一次公之于世。

金庸后来说："如果我一开始写小说就算是文学创作，那么当时写作的目的只是为做一件工作。"《书剑恩仇录》连载后大受欢迎，这也促使金庸一路写下去，历经17年，构建起一个生动鲜活的武侠小说的文学世界。继《书剑恩仇录》成功之后，金庸又创作了武侠小说《碧血剑》。

1957年1月1日，新年伊始，《香港商报》副刊结束了连载整整一年的《碧血剑》，开始连载一部全新的武侠小说《射雕英雄传》，作者仍为金庸。《射雕英雄传》是金庸的第三部武侠小说，这一年金庸34岁。

2.《射雕英雄传》的问世与修订

"山外青山楼外楼，西湖歌舞几时休。"几句开场诗之后，牛家村郭啸天、杨铁心两家登场，丘处机道长也随后"踏雪而来"，开始了一场惊心动魄的故事。金庸在写下这些文字时并没有想到，《射雕英雄传》会成为中国最著名的武侠小说之一，在今后的一个甲子乃至更长时间内，被持续阅读、阐释乃至演绎。

《射雕英雄传》连载之时，每天报纸一出来，人们会首先翻到副刊去看连载，看过连载，又看坊间书店应时集结的每"回"一本的小册子，还要看最后结集出版的单行本。热潮波及东南亚，曼谷每一家中文报纸都转载金庸作品，当时各报靠每天的班机送来香港的报纸再转载，但到了故事的紧要关头，有的报馆为了抢先，不惜拍发电报，以至于后人感慨："用电报来拍发武侠小说，这在报业史上恐怕是破天荒的举动。"香港作家倪匡点评《射雕英雄传》，认为"这是一部结构完整得天衣无缝的小说，是金庸成熟的象征"，《射雕英雄传》"奠定了金庸武侠小说'巨匠'的地位，人们不再怀疑金庸能否写出大作品来"。

但需注意的是，绝大多数内地读者读到的《射雕英雄传》与当初报纸连载的版本是有很大差异的。作为商业化催生的报纸连载产品，每天一段，随写随刊，《射雕英雄传》的最初创作粗疏之处在所难免。因此，1972 年完成《鹿鼎记》后，金庸宣布封笔，并从 1970 年起，用十年时间对其全部作品进行了重新修订。

《射雕英雄传》修订版重新编次回目，将旧版的 80 回合并为 40 回，并大段增删、逐字推敲，删去了杨过生母秦南琴这个人物，与穆念慈合而为一，情节也有一些增删。如删去一些过于传奇荒诞的情节；又如增加开场时张十五说书的情节，金庸在后记中解释称："我国传统小说发源于说书，以说书作为引子，以示不忘本源之意。"修订版对人物个性也进行了更为自觉的塑造和强调，比如使杨康这个人物更为立体化；又比如旧版中对郭靖的性格、智力定位有前后矛盾之处，在修订版中则强化了他"老实迟钝"的特点。如果说，为了吸引读者，旧版更为直截了当、快速进入故事的话，修订版叙事则更加从容。

《射雕英雄传》以"钱塘江浩浩江水，日日夜夜无穷无休的从临安牛家村边绕过，东流入海。江畔一排数十株乌桕树，叶子似火烧般红，正是八月天时"开篇，苍劲古朴、意蕴浓厚，为修订时重新撰写。正是这个修订版，为《射雕英雄传》日后在内地吸引无数拥趸乃至走上"经典化"之路，奠定了坚实基础。

3. 一个"完整的武林世界"的建构

《射雕英雄传》以南宋抗金、蒙古兴起的历史为背景，描绘了一个气势恢弘的江湖世界，"历史"与"传奇"完美结合。拥有生动精彩的一对主角——

郭靖与黄蓉，他们的个性差异与互补始终是"金庸迷"念念不忘的话题。拥有丰富鲜明的江湖人物群像——"东邪、西毒、南帝、北丐、中神通"，成为武林高手的代名词和之后武侠小说竞相效仿的对象，甚至被加以再创造，发展出他们各自的历史和恩怨；甚至连历史上的真实人物铁木真等，也栩栩如生。金庸后来写的许多作品，技巧有过于它，但在"创造完整的武林世界"上，《射雕英雄传》应当是奠基者。

冯其庸是较早撰文称赞金庸小说的内地知名学者，他认为"金庸小说所包含的历史的、社会的内容的深度和广度，在当代的侠义小说作家中，是极为突出、极为罕见的"。他认为金庸武侠小说在四个方面取得了成功，即包罗万象的思想文化、有血有肉的人物形象、行文与境界的文学性、奇而不奇的故事情节。这几个方面虽是就金庸小说总体而言，但用于描述《射雕英雄传》也恰如其分。

4. 高超的文学技巧与深厚的人生情怀

金庸善于描写各色人物，以心理、性格、行动、人性等多个维度构建起琳琅满目的人物画廊；金庸善于编织"悬念"，以侦探小说般的布局使故事跌宕起伏；金庸的语言运用流畅贯通，达到了"语到极致是平常"的水准，既朴实流畅，又典雅端庄，既充满个性创造，读来又朗朗上口、含义丰富。

金庸的写作中饱蘸了"情至深""爱至上"的人生情怀。男女之情、结义之情、手足之情、师生之情、爱国之情……爱情、亲情、友情、家国之情、人间热情、世间豪情……写情的力度、深度、广度胜过以往任何一位武侠小说家，使得他的作品"有情有义"。

2018年10月30日，94岁的金庸在香港辞世，消息传来，社交媒体上开始了一场盛大的追悼。人们回忆金庸与自己的阅读史、成长史的交集，重温金庸作品，也重新检视自己的生活，《射雕英雄传》仍是人们绕不过的珍贵回忆。

（李东撰写）

（三）《茶馆》：旧时代葬歌与文化挽歌的交织碰撞

1957年，老舍创作三幕话剧《茶馆》，发表于《收获》创刊号。这部体量并不庞大的戏剧由最初面世至当下，不间断地被阐释、被研究、被再创作、被赋予意义，被称为"远东戏剧的奇迹"。一部三万余字的戏剧之所以仍然具有旺盛的艺术生命力，其一是其主题上浑然天成的多义性，给予读者和研究者丰富的解读维度；其二是其"小说式戏剧"的创作形式及其"人像展览式"的艺术特色，突破了常规性的戏剧写作范式；其三便是老舍在《茶馆》中坚持用民间化的视角来书写民族国家的历史进程，及其在作品中揆入的对国民性的审视、文化命运的关注等理性哲思。

1. 三个时代的变迁与小人物的命运

《茶馆》三幕戏所反映的时代，大致在1898—1948年这一历史阶段。以茶馆为固定空间，选取三个历史节点，把清末1898年初秋、军阀混战的民国初年、抗战结束内战爆发前夕，这些大的历史背景之后的"小人物"的命运真实复现在观众面前。老舍说："在这些变迁里，没法子躲开政治问题。可是我不熟悉政治舞台上的高官大人，没法子正面描写他们的促进和促退。我也不十分懂政治，我只认识一些小人物。"

文学史家洪子诚在《中国当代文学史》中写道："这些人物，涉及市民社会的三教九流：茶馆的掌柜和伙计，受宠的太监，说媒拉纤的社会渣滓，走实业救国道路的资本家，老式新式的特务打手，说书艺人，相面先生，逃兵，善良的劳动者……其中常四爷、王利发和秦仲义……他们的性格、生活道路各不相同，'旗人'常四爷耿直，一辈子不服软；秦仲义办工厂，开银行，雄心勃勃；掌柜王利发'见谁都请安、鞠躬、作揖'；但最终都走投无路，为自己祭奠送葬。'我可没做过缺德的事，伤天害理的事，为什么就不叫我活着呢？''我爱咱们的国呀，可是谁爱我呢？'——剧中的悲凉情绪，人物关于自身命运的困惑与绝望，透露了与现代历史有关的某些悖谬含意。"

2. 公共空间的聚焦与时代意义的生发

茶馆作为典型的民众公共空间，在更多时候承担着日常交往与社会交际、茶余饭后的娱乐消遣等职能。而作为三幕戏剧统一性的叙事空间，裕泰茶馆被具象为固定的场域，在叙述设置上凝集着社会与文化层面的意义。与此同时，茶馆中的人与事也浓缩于作家限定的时空之中，成为彼时社会现实的缩影。裕泰茶馆由兴盛到衰败的这几十年也是中国由封建社会进入新民主主义时期风雨飘摇的历史。帷幕闭合又拉开，转眼又是十年，这其中切换着在不同历史时期国家的命运、人民的喜悲、文化的兴衰，这些又共同勾勒出历史的发展脉络，以及在历史浪潮中浮沉着的逝去与新生、衰颓与进步、偶生与必然……

3. 政治信息的侧面透露与小人物的贯穿

《茶馆》中出场的 70 余人并没有一人是革命意义上积极战争的"英雄好汉"，涉及人物直接参加斗争的也只有常四爷参与义和团、康大力加入游击队等情节。然而每一个人物都有滋有味地守着自己的一方天地，自顾自地品茶论事，通过话语的交互网罗了"市民世界"的众生相。老舍说："这些人物是经常下茶馆的。那么，我要是把他们集合到一个茶馆里，用他们在生活上的变迁，反映社会的变迁，不就侧面地透露出一些政治信息吗？"康顺子被父亲卖给庞太监，太监死后带着养子被赶出家，最后准备去找参加革命的康大力，秦仲义实业救国梦想的破灭，王利发苦心经营裕泰茶馆最后被迫上吊自杀，这背后的政治信息不可谓不丰富。裕泰茶馆里"莫谈国事"的字条随处可见，贯穿始终，但每一个底层人物的所言所行无一不是"国事"。正是以"小人物"的事就是国家的大事为基本逻辑，老舍以"侧面透露法"将民众的社会生活上升到国家的政治生活层面，将小市民阶层的世态、人情、心理与文化投射在戏剧之中，将主观情愫或是批判的目光带入人物塑造之中，构筑着独特的艺术世界，书写着随着历史车轮滚滚向前的各色征象。

4. 民族命运的深刻忧思与文化的沧愁

以民间化的视角书写市民文化、注视着民族国家始终是老舍创作的底色。事实上，《茶馆》中这种平实的视角也纠葛着老舍对于北京城更为复杂的记忆与情感。众所周知，在老舍的前期创作中，一直锲而不舍地以旗人文化身份书写着自己心目中的北京城。在《骆驼祥子》《老张的哲学》等作品中，无不透露着"京味"内核的文化心理。加之其成长环境与生活经验的依傍，在作品中直观地可见老舍对于满族文化的依眷。然而在《茶馆》中，面对着不断更迭着的政权统治，在新的时代背景下，满族文化的式微似乎便成了某种必然，于是这种转变便悄然影响着作家的创作心理，见诸作品中便呈现出更为纠葛的情感面向。

《茶馆》截取维新运动失败、军阀混战、抗日战争胜利后等历史关节处，人物命运的起承转合与民族国家的历史走向同构。而选取市民角度为观测点，也是老舍创作的文化根底。可以说，老北京文化对于老舍的熏陶策应着民间化的写作视角，生活在老北京城中的大多数底层人民的生活情状在《茶馆》中曲折周转，历史转型时期的文化韧性与文化暗伤也纷然并呈。然而无论是理性审视，或是深情眷恋，我们在《茶馆》中看见的都是作家对民族命运的忧思、对国民性的整体关注以及对传统文化的敬虔与沧愁。

从1957年至今，《茶馆》被搬上舞台多次，1957年、1963年、1979年三次公演，终于确定《茶馆》的经典地位。在文学史中，《茶馆》被这样表述道："1980年秋，《茶馆》应邀去西欧演出，这是中国话剧有史以来的第一次西征。北京人艺的卓越表演艺术与老舍的戏剧文学成就使这次西征获得了空前的成功，被西欧戏剧界人士誉为'远东戏剧的奇迹'，西德曼海姆民族剧院甚至特为《茶馆》的演出升起了五星红旗，意谓《茶馆》在欧洲剧坛获得了奥林匹克式的优胜。1983年，美国纽约'泛亚剧团'用英语上演《茶馆》，这是老舍剧作第一次搬上美国舞台，被美国人誉为中国的《推销员之死》（美国剧作家阿瑟·密勒的作品）。《茶馆》的价值终于为世界所公认。"

（薛冰　吴玉杰撰写）

（四）《百合花》：政治·人性·心理补偿

《百合花》是茹志鹃创作的短篇小说，首发于《延河》1958年第3期。小说以解放战争为背景，描写的是1946年的中秋之夜，在部队发起总攻之前，小通讯员送文工团的女战士"我"到前沿包扎所，和他们到包扎所后向一个刚过门三天的新媳妇借被子的小故事，表现了战争年代崇高纯洁的人际关系，歌颂了人性美和人情美，赞美了小战士平凡而崇高的品格。

作者通过刻画三个原生态的人物形象——叙述人"我"、通讯员和新媳妇，表现他们之间存在的一种和谐、美好、温馨的人伦情感。长期以来，人们总是习惯于从政治视角出发，将这种理想化的人际关系"窄化"为"军民鱼水情"，进而将它确定为这篇小说的"主题"。然而根据作者在《我写〈百合花〉的经过》一文中的说法，她当时根本就"没有考虑过"什么"主题"和"副主题"，她只是想写一个人，即通讯员，由此而牵连出另外两个女性人物。

中心人物通讯员是一个"年轻，质朴，羞涩"的小战士。在通讯员和"我"之间，作者是"要让'我'对通讯员建立起一种比同志、比同乡更为亲切的感情。但它又不是一见钟情的男女间的爱情。'我'带着类似手足之情，带着一种女同志特有的母性，来看待他，牵挂他"。这实在是一种复杂微妙得无以言表的美好情感。至于维系在通讯员和新媳妇之间的关系纽带，它同样也是一种圣洁美好的情感。按照作者的"坦白交待"，她之所以"要新娘子，不要姑娘也不要大嫂子"，"原因是我要写一个正处于爱情的幸福之漩涡中的美神，来反衬这个年轻的、尚未涉足爱情的战士。当然，我还要那一条象征爱情与纯洁的新被子，这可不是姑娘家或大嫂子可以拿得出来的"。显然，作者是想渲染通讯员和新媳妇之间神圣高洁的情感关系。所以她才这样说："一位刚刚开始生活的青年，当他献出一切的时候，他也得到了一切：洁白无瑕的爱，晶莹的泪。"这意味着我们可以超越政治视角，并用人性的视角解读《百合花》，从而拓宽、深化乃至升华这部作品的主题意蕴。

不难看出，作者之所以要在这篇"没有爱情的爱情牧歌"中着力渲染一种圣洁美好的情感联系，其显在的心理动机在于，她想努力在文本中营造一个理想化的日常人伦情感空间。那么，作者写作这篇小说的潜在心理动机又是什么呢？我们不妨看看作者是怎么说的："我写《百合花》的时候，正是反右派斗争处于紧锣密鼓之际，社会上如此，我家庭也如此。啸平处于岌岌可危之时，我无法救他，只有每天晚上，待孩子睡后，不无悲凉地思念起战时的生活，和那时的同志关系。脑子里像放电影一样，出现了战争时接触到的种种人，战争使人不能有长谈的机会，但是战争却能使人深交。有时仅几十分钟，几分钟，甚至只是来得及瞥一眼，便一闪而过，然而人与人之间，就在这个一刹那里，便能够肝胆相照，生死与共。《百合花》便是这样，在忧虑之中，缅怀追念时得来的产物。然而产物和我的忧虑并没有直接关系。"显然，茹志鹃对自己当年的创作心态充满了矛盾和困惑。

一方面，作者承认在那个多事之秋里她的心中"不无悲凉"，甚至是"忧虑"，而《百合花》正是她宣泄自己内心深处的"悲凉"和"忧虑"的产物。

另一方面，作者又有意无意地否认着《百合花》和这种受到压抑的心情的内在关系。客观地看，这两者之间确实"没有直接关系"，然而它们之间却存在着一种间接而必然的关系。具体来说，由于作者对当时日渐紧张的社会人际关系充满了"悲凉"和"忧虑"，因此她不得不寻找适当的方式来宣泄自己内心的郁闷。但作者显然不可能，也不愿意采取直接的心理宣泄方式，她只能暗中选择一种曲折、迂回的心理释放方式。这就是通过有选择地对过去的往事展开温馨的回忆，让那些洋溢着"真善美"的人间至情，作为一种美好而又虚幻的心理代替品间接地补偿自己的内心缺失。这颇有点"望梅止渴"的味道。

（胡哲撰写）

（五）《青春之歌》：一代革命知识女性的精神自传

杨沫（1914—1995），她的一生与中国革命紧密相连。青年时期，献身于革命，中年以后又献身于文学。1992年至1994年北京十月文艺出版社出版了《杨沫文集》七卷。浩然在《杨沫之路》（1988）的序言中高度评价了杨沫在文学创作方面的"勤奋、严肃、执着"的探索精神，称赞她"胸怀坦荡，性格豁达"。杨沫秉持革命现实主义的创作方法，从个人经历出发，结合广阔的历史背景，表现出广大青年在历史中的成长与青年对历史的塑造。

1951年，杨沫受奥斯特洛夫斯基的《钢铁是怎样炼成的》影响，想要写一部反映她亲身经历的作品。当时她遭受病痛折磨，但还是坚持创作，1958年终于出版了《青春之歌》。《青春之歌》作为新中国成立后第一部描写青年知识分子参加革命并获得成长的小说，刚一出版便大获成功。1959年国庆节前，根据小说改编的电影便已完成。周恩来总理在家中观看《青春之歌》并接见了主创人员。《青春之歌》公开上演后，电影院爆满，主题曲《五月的鲜花》也随着电影一起流行全国。邓颖超曾写信给杨沫说："《青春之歌》电影我看过不止一次，小说也看到'忘食'。"

杨沫这样表述《青春之歌》的创作动机："我塑造林道静这个人物形象，目的和动机不是为了颂扬小资产阶级的革命性和她的罗曼蒂克式的情感，或是对小资产阶级的自我欣赏。而是想通过她——林道静这个人物，从一个个人主义者的知识分子变为无产阶级革命战士的过程，来表现党的伟大、党的深入人心、党对于中国革命的领导作用。"

1. 半自传体与时代的历史画像

《青春之歌》讲述了九一八事变到"一二·九运动"的背景下，林道静从逃离地主家庭的小资产阶级知识女性成长为无产阶级先锋战士的故事。小说是半自传体，像林道静、卢嘉川、余永泽、江华、白莉萍等都是有原型人物或是综合了很多人物的角色。书中描写了不同类型的知识分子的生活道路，青年人真挚的情感和曲折的经历吸引了许多读者。杨沫在书写林道静个人的爱情和革命的同时，不忘通过林道静的所见所闻表现时代的风雨。从北大校园、白莉萍的公寓到农村、牢狱等，全方位地展现了一个革命青年的成长轨迹。杨沫曾说："假如有一天，有一本渗透着自己的心灵，打着个人生活、斗争的烙印，也荡漾着青春的火焰的书出现在世上，我想，我就会变成一个非常幸福的人！"《青春之歌》既是杨沫革命的青春"自传"，又是时代的历史画像。茅盾认为，小说通过林道静这个人物，"指出了当时的小资产阶级知识分子只有在党的领导之下，把个人命运和人民大众的命运联结为一，这才是真正的出路；指出了小资产阶级知识分子必须经过思想改造才能真正为人民服务"。

2. 知识分子的精神成长

西方成长小说中主人公往往是在自我教育中成长，而以《青春之歌》为代表的中国"十七年"成长小说，其主人公一般是在精神导师的引领之下走向成长。

《青春之歌》最初吸引人的是林道静对纯真爱情的憧憬，但她毅然走出余永泽的小家走入革命者的大家庭。在卢嘉川、江华、林红三位精神导师的启迪下，她不断克服自身小资产阶级的软弱性。卢嘉川让她读书开阔眼界、了解革命真理，江华教她用实践和智慧团结群众的力量，林红以生命向她诠释不怕牺牲的党性。她通过切身的体会，实际地参与、理解了共产党革命的光明前途和伟大理想，认识到"小家"之外还有更广阔的世界。

林道静不是鲁迅笔下的"子君"。因为杨沫深知，离开整个社会的解放，个性解放和婚姻自主无法实现。杨沫开辟了鲁迅"娜拉出走后"新的道路。林道静人生的意义在于革命。

革命对林道静来说不是名与利，而是她生命的意义、活着的证明。革命给了杨沫第二次生命，也给了林道静另一种人生。我们看一下小说的开篇："这女学生穿着白洋布短旗袍、白线袜、白运动鞋，手里捏着一条素白的手绢，——浑身上下全是白色。她没有同伴，只一个人坐在车厢一角的硬木位子上，动也不动地凝望着车厢外边。她的脸略显苍白，两只大眼睛又黑又亮。这个朴素、孤单的美丽少女，立刻引起了车上旅客们的注意，尤其男子们开始了交头接耳的议论。可是女学生却像什么人也没看见，什么也不觉得，她长久地沉入在一种麻木状态的冥想中。"

再看成长后的林道静，小说最后一章的结尾写到林道静走在北大学生示威游行队伍的最前列："这时道静的心里感到了从未有过的欢快。她站在人群中，苍白消瘦的脸上浮现着幸福的红晕。党交给她去完成的任务，一件件都按照计划完成了。对一个党员来说，还有比这个更为幸福的事吗？"

正如杨沫在《回忆》（1946）中激动地写道："我常常想，像我这样一个小知识分子，如果不是参加了革命，不是党把我哺育成人，我不是堕落了，也会被病魔夺去了生命。"

3. 经典化与时代精神的回响

洪子诚在《中国当代文学史》中写道："《青春之歌》叙述中国共产党人在民族危亡的时刻，如何自觉地承担起决定民族命运的'历史责任'，组织民众、不避个人受难和牺牲进行英勇斗争。"林道静高扬的理想主义和英雄主义，她的人生从普通走向伟大，从平凡走向崇高，影响了一代又一代读者。2019年9月，《青春之歌》入选"新中国70年70部长篇小说典藏"，进一步完成了经典化。9月24日，"初心与手迹——中国现代文学馆馆藏红色经典手稿大展"展出了《青春之歌》等21部红色经典文学作品的作家手稿。纸张与文字的年代感让读者重回创作的历史现场，感受时代精神。厚厚的手稿背后是杨沫呕心沥血的付出，镌刻着作家对文学的真诚，对党的忠诚。

新中国文学经典塑造中国形象、传播中国精神、坚定文化自信。《青春之歌》出版发行量达500万册，被翻译为英、日、朝、法等十几国文字出版。经过半个多世纪的流传，《青春之歌》英译本馆藏范围已经遍布了全世界。

（吴玉杰撰写）

五、传统与现代、民间与先锋的相遇

在文学的春天里，传统与现代、民间与先锋相遇，催生了作家的创新动力与创新思维。张洁于 1979 年以《爱，是不能忘记的》诗意表达时代枷锁下的情感困境，让读者看到一个痛苦的理想主义者形象，开启女性叙事的先锋。1980 年汪曾祺的《受戒》抒写谐和的乡间牧歌启悟 20 世纪 80 年代中期的文化寻根，阿城通过《棋王》中的王一生追寻传统文化、重塑理想人格。与此同时，马原以纯粹的先锋精神把故事打碎之后重组《冈底斯的诱惑》，余华的《十八岁出门远行》注重虚构背后的主观真实与精神感悟，莫言则是把故乡安放在世界文学的版图上以传统与现代、民间与先锋杂糅创造自己的文学风格。但 1980 年代并不是所有的作家都崇尚先锋，路遥执着于现实主义的创作原则唱响平凡人生生不息的苦难史诗。也许，正是在这个意义上，1980 年代，被很多作家看作是文学的黄金时代。

（一）《爱，是不能忘记的》：时代枷锁下情感困境的诗意表达

短篇小说《爱，是不能忘记的》是张洁早期小说的代表作，发表于《北京文学》（当时为《北京文艺》）1979 年第 11 期。2018 年 9 月，该小说入选改革开放四十年最具影响力小说。小说通过 30 岁未婚、为感情问题困扰的女青年珊珊对已故母亲感情经历的回忆，讲述了钟雨与老干部之间爱而不得的情感悲剧。步入 30 岁的主人公"我"有着世人眼中理想的追求者乔林，而源于传统和道义而非爱情的婚姻冲动使"我"倍感困惑，从而回忆起与自己推心置腹的母亲坎坷丛生的感情经历。年轻时母亲因浅薄幼稚违背本心、嫁给漂亮的公子哥儿，却因无法"知足常乐"而选择离异。在那本母亲珍藏的"爱，是不能忘记的"笔记本中，"我"发现了深藏母亲心中对另一个男人——老干部深沉的爱恋。然而这个男人也深爱着母亲，却因道义和责任娶了为掩护他牺牲的工友的女儿，而无法向母亲言明情意。两人互相关切，却只能对彼此"置若罔闻"；相约互相忘记，却总在梦中灵魂相遇。在老干部含冤离世后，母亲也无法忘记这段感情，坚持用文字记录着这段刻骨铭心的爱情悲剧。

小说直指 20 世纪 70 年代末中国社会广泛存在的婚姻与爱情分离的现实问题，批判封建道德传统对爱情和自由意志的束缚和剥夺，探讨道德和欲求矛盾悖论中人的精神困境，彰显出新时期初期女性意识的觉醒，使得作品思想的表达更加丰富深刻。具体体现在如下几个方面。

1."自我"的重新发现与女性意识的觉醒

中国文学创作中女性自我的发现与主体意识的觉醒发端于"五四"时期。五四运动的爆发冲破了历史传统的束缚，打碎了封建观念的沉重枷锁，使得像子君这样的女性发出"我是我自己的，他们谁也没有干涉我的权利"的人权宣言，对"人"的个体价值予以发现，生发出具有革命性和现代性的主体意识。

在"五四"精神的指引下，崛起的女作家在文学创作中开始对失落的女性主体地位予以关注，观照女性长期受压抑的生存困境和精神境遇，并将妇女问题体认为复杂的社会问题加以强调。而随着救亡运动的开展，女性主体意识的发展汇入民族解放的集体意识。中华人民共和国成立后，女性意识融入社会主义革命和建设的国家意识之中。到了新时期，人的存在、人的价值和人的发展再一次成为时代关注的焦点。在这一历史时期，以张洁为代表的新时期女性文学作家接续"五四"新文学传统，着力在作品中关注女性的生存发展，张扬女性的独立价值，呼唤女性意识解放。

2.痛苦的理想主义者

《爱，是不能忘记的》以"我和我们这个共和国同年"开篇，却讲述了"我"的感情问题，暗含了从"大我"到"小我"叙述视角的转变。同时在作品中，作者塑造了一个历经情感坎坷，但始终坚守自我的女性形象——痛苦的理想主义者钟雨。

钟雨从不认为婚姻是传宗接代的工具，她关心婚姻的实质，认为必须忠于内心方能收获幸福。无法在浅薄的婚姻中获得价值，便毅然离婚；得不到心中所爱，便此生不嫁。她告诉女儿："珊珊，要是你吃不准自己究竟要的是什么，我看你就是独身生活下去，也比糊里糊涂地嫁出去要好得多！"

"自我"价值的呼唤使得钟雨的女性意识得到解放，而觉醒后的她又陷入到大时代尚未苏醒的精神困境中。钟雨与老干部从未握过手，一生相处不到24小时，却挚爱彼此。钟雨钟爱一生的老干部，因革命年代的道义和责任娶了为掩护他而被捕牺牲的工友的女儿为妻，无爱家庭的结合没有让他感受过爱情的欢愉，但和睦、融洽的家庭氛围也令他心满意足，这种难以突破的传统道德使得钟雨对老干部爱的呼唤迟迟得不到回应，只能终年面对老干部送给她的契诃夫小说集，以笔记本寄托自己的情思，苦苦挣扎，郁郁而终。张洁在作品中对两人爱情悲剧的书写无疑是对传统婚恋观念的一次警告和挑战。

3. 复调叙事的生命回响

小说是两个故事的嵌套叙述。第一叙事是30岁尚未婚嫁的主人公珊珊面对理想男友乔林时产生的情感困惑和对婚姻爱情的反思；第二叙事是珊珊的母亲钟雨与老干部之间爱而不得情感悲剧的呈现。小说的叙事者和叙事视角在珊珊和母亲钟雨中不断转换，作者将珊珊对感情问题的讲述与母亲在日记中的独白构成多声部的复调叙事，并以母亲的生命经验对女儿的感情困惑予以回应，使得作品具有更细腻的情感表达和更深刻的思想内蕴。

小说的第一叙事以女儿珊珊的视角诉说着自己的感情困惑："我和我们这个共和国同年。30岁，对于一个共和国来说，那是太年轻了。而对一个姑娘来说，却有嫁不出去的危险。"

跟随着第一人称"我"的独白，读者们慢慢了解珊珊对与乔林这段感情的纠结以及对婚姻爱情问题的见解。感情上的疑惑使"我"习惯地想到了与自己推心置腹的母亲。小说便穿插嵌套进母亲与老干部之间的故事，这段故事仍然以"我"对母亲的碎片化记忆开始叙述，直到发现记载着母亲对老干部全部回忆的笔记本后，叙事的视角开始悄然转变。笔记本中对珊珊和母亲偶遇老干部的场景以幼年珊珊的童年视角展开叙述，幼年珊珊对母亲与老干部间的言语行为不甚理解，却以儿童视角将母亲对老干部的情感描绘得细致入微。

这段回忆后，叙事视角又转回到成年珊珊，叙事视角的转变不断丰富着小说的叙事层次。而后在"我"继续阅读笔记的过程中，母亲钟雨的视角以独白的形式频频出现。如叙述与老干部相约互相忘记却又无法欺骗自己的精神痛苦；又如老干部含冤而死后母亲在与老干部唯一一次同游的柏油小路上徘徊时喃喃自语；再如离世前渴望在天国与老干部相遇的愿望倾诉。珊珊的回忆与母亲的独白构成了母亲与老干部完整的故事，二者交替叙述将母亲对老干部深沉的爱表现得细腻完满。

同时，作品中母亲的独白是以过往的生命体验对珊珊感情困惑的一种回应和解答，珊珊也在母亲的情感经历中获得了对自身的处境和现实社会的婚恋问题的深刻思考。珊珊与母亲钟雨的故事叠合呼应，共同发出爱的呼唤。

（郑思佳撰写）

（二）《受戒》：一曲诗意谐和的乡间牧歌

短篇小说《受戒》是汪曾祺的代表作，发表于《北京文学》1980 年第 10 期。2018 年 9 月，入选中国改革开放四十周年最有影响力小说。《受戒》以作家 43 年前童年时期的生命体验和情感记忆为写作源点，讲述了一个发生在庵赵庄内小和尚明海和农家女小英子之间朦胧、美好的爱情故事。出于生计考虑，老四明海 13 岁便被舅舅接走住进荸荠庵当了和尚，而庄严肃穆的佛门却时刻荡漾着凡夫俗子的生命欢歌，庵内和尚们依自然欲求颠覆着"青灯古佛"的清规戒律，宽容的寺庙戒规生长着明海的男人天性，最终促成了他受戒破戒的相悖之举，与小英子朦胧相恋。作品以淡雅的诗学话语书写着安宁和谐的风土人情，以小英子和明海的爱情故事肯定人的价值，呼吁人性的解放。汪曾祺主张关注小人物、小村庄、小生活、小情感，呼唤作家的主体精神、人文关怀和审美追求重新回归文学世界，这在 20 世纪 80 年代具有十分鲜明的反叛性和开拓性。

1. 立足民间的审美价值立场

《受戒》是中国当代文学史上具有革命性意义的"界碑"式创作。作品立足民间视角，于日常生活中找寻明净无染的原始之美；致力于文体创新，突破因袭已久的固化思维，呈现出散文化、诗化的审美风格。汪曾祺说："我追求的不是深刻，而是和谐。"

20 世纪 80 年代初，大部分作品仍然站在政治视角以一种义无反顾的声讨姿态诉说悲剧创伤的集体痛苦，而《受戒》却立足民间审美价值立场，选取远离尘世、民风淳朴的庵赵庄作为观照焦点，于生活的细微处娓娓道来，表现荸莽庵和庄内自给自足的闲适生活以及古朴恬淡的风土人情。作品以诗意笔触勾勒了一幅清新亮丽的水乡风情画：古朴的寺庙乡镇、宽敞的菜园门院作底，清澈的湖水微波、银灰的芦花新穗作色，聪明憨厚的明海和活泼美丽的小英子于家中磨墨画花，于芦花荡嬉戏踩水，于田间赛歌栽秧，率真洒脱的玩闹场景和亲密无间的劳动画面与婉约清丽的水乡风光融为一体，氤氲着纯真美好的人性与人情。

此外，汪曾祺善于"用充满温情的眼睛看人，去发掘普通人身上的美和诗意"。《受戒》中，不受清规戒律约束，精算账本、禅房养媳妇、吃烟杀生的花和尚；田场上样样精通，为人随和的赵大伯；50岁仍然精神得出奇，梳洗利落的赵大娘；文静话少，对婚姻充满希望的大英子……虽然他们都是乡土生活中最普通的人，但是在他们的身上永远充满着勤劳淳朴、友善坚毅的精神品质以及对生活的持久热情。汪曾祺从观照"小人物""小生活""小情感"的民间视角出发，将这种明净质朴的人性、温和纯美的人情与宁静鲜活的自然生命相交织，并融汇于多情洒脱的民俗风情中，倾吐最为原始的生命和情感体验，呼唤被长久压抑的人性人情。

2. 行云流水的文体结构创新

汪曾祺致力于以高度自觉的文体意识"打破小说、散文和诗的界限"，"冲决"因袭已久的小说概念和创作传统，使得他的高邮风情小说呈现出散文化和诗化的书写倾向。尤其在结构上，叙事进程并不以故事情节为顺序推演、环环相扣，而是随情绪或回忆如泣如诉、如丝如缕地流转，充溢着一种行云流水的审美品格。

《受戒》以明子出家的缘由、见闻以及受戒的过程为时间主线，其间叙述着县城热闹非凡的市井风貌、荸荠庵的选址布局以及庵里风流和尚们无畏清规的世俗生活，同时交叉描绘着江南水乡温柔清丽的地域风貌以及田园牧歌式的农家生活。而小说最令人回味的是在旁逸斜出的生活细节中展现明海和小英子之间的朦胧情感。明海与小英子的初识荡漾在前往荸荠庵出家途中的水波中，熟识于栽秧、割稻、薅草、赛歌的田间地头，感情升温于明海受戒的善因寺，最终相恋于嬉戏玩闹的芦花荡……

"英子跳到中舱，两只桨飞快地划起来，划进了芦花荡。芦花才吐新穗。紫灰色的芦穗，发着银光，软软的，滑溜溜的，像一串丝线。有的地方结了蒲棒，通红的，像一枝一枝小蜡烛。青浮萍，紫浮萍。长脚蚊子，水蜘蛛。野菱角开着四瓣的小白花。惊起一只青桩（一种水鸟），擦着芦穗，扑鲁鲁鲁飞远了。"

作者从未刻意集中篇幅描摹小英子与明海之间的爱情故事，而是在时间的流转中，在生活的细节中将二人细腻的情感变化表现得淋漓尽致。

3. 汉语的解放：方寸之间见广远

《受戒》虽是短篇小说，但正如批评家孙郁所说："微小之中、方寸之间见广远，这真是使汉语得到一次解放。"小说带有强烈的"中国味儿"，活脱脱的"中国样儿"。

汪曾祺在回忆《受戒》的创作时，说道："四十多年前的事，我是用一个八十年代的人的感情来写的。《受戒》的产生，是我这样一个八十年代的中国人的各种感情的一个总和。"《受戒》以个人化、抒情化的审美表达成为吹散文坛阴霾的一缕春风。

汪曾祺没有采取宏大叙事，但并不代表放弃了对社会现实的关怀。他以非政治化的姿态和抒情化的叙述方式书写 43 年前的梦，呼吁丧失已久的美与真情。《受戒》中在明海与小英子的朦胧爱恋中暗藏了一对强烈的矛盾冲突，小英子与明海间纯净无染的原始情感代表着长久被压制的世俗力量，不可颠覆的清规戒律一定程度上代表着传统观念的束缚捆绑。二者的碰撞不仅仅是日常生活中的情感纠葛，更关乎传统与现代、宗教与世俗、停滞与发展等现实冲突。小说随着明海最终的"破戒"，表达出"八十年代的人"对人性解放的呼唤。作品中对爱与美的描摹是对被异化的乡土社会中扭曲人性的一种拷问，更是对都市生命经验的参照和反思。

可以说，汪曾祺的作品在汉语的解放中，在轻松洒脱的文字中隐藏着最深沉的忧患意识和责任意识，于平淡琐碎的日常生活中表现人性人情之美。

（郑思佳撰写）

（三）《棋王》：传统文化的追寻与理想人格的重塑

《棋王》是当代作家阿城创作的短篇小说，1984 年发表于《上海文学》，被视作是新时期"寻根文学"的发轫之作。主人公王一生是一个染有浓重的道禅文化色彩的艺术形象。作为一个"文化大革命"期间的知识青年，王一生身处乱世而不惊，既不随波逐流，陷入极左政治的泥潭，也不苟且偷生，过一种浑浑噩噩、无所事事的日子。他有着自己独特的人生哲学和生活态度——"人道"，这集中表现在他的"食道"和"棋道"之中。

小说中对王一生的"吃相"的描写历来为读者所津津乐道。王一生在火车上小心翼翼地不放走任何一粒米饭，渴望留住一切营养成分的行为，正反映了他对"食"的高度重视。所谓"民以食为天"，酷爱下棋的王一生深知"下棋不当饭"，在生活中他"一天不吃饭，棋路都乱"。他牢牢记住母亲的生活遗训："先说吃，再说下棋。"他从拾破烂的下棋高人那里明白："老头儿要吃饭，还得捡烂纸。"但这仅仅是王一生的"食道"的一个方面。另一方面，在王一生看来，"吃"固然重要，但"吃"是要有限度的，吃饱即可，所谓"人要知足，顿顿饱就是福"。"吃"如果发展到"馋"的地步就不好了，因为"馋"是一种病态行为，它纵容了人的物欲，能够腐蚀人的心灵，因此，最好是能够做到"清心寡欲""知足常乐"，使人心不致为外物所累。

虽然人要活着，"食"是根本，然而一个人活在世上仅仅囿于"食"中，那就"终于还不太像人"。为了不至于沦为"衣冠禽兽"，人就必须还要有点精神追求。正如王一生在九局连环大战后所感悟的那样："人还要有点儿东西，才叫活着。"王一生之所以能够在"文化大革命"乱世中活得有滋有味，主要是因为他寻找到了超越时代的生活方式——"下棋"。他有一句名言："何以解不痛快？唯有象棋。"王一生对下棋简直着迷，这只要看看小说中关于王一生孤身与九人对弈的一段人物速写就够了。他独坐屋中央，双手支膝，仿佛一个铁铸的树桩，双眼深陷，目光俯视茫茫宇宙。"那生命像聚在一头乱发中，久久不散，又慢慢弥漫开来，灼得人脸热。"此时的王一生已超凡入圣，达到了老庄道家美学所谓"物我两忘"的"逍遥游"境界。王一生的棋道深得老庄哲学的精髓，他惯于"以柔克刚""因势利导"，于"无为"中"有为"，让对手在谈笑间灰飞烟灭。

王一生的"棋道""食道""人道"三位一体、三道合一。无论是饮食方面注重的知足常乐、清心寡欲，还是下棋中讲究的以柔克刚、超然出世，王一生的"人道"无不浸透了传统道禅文化追求淡泊虚静的精神底蕴。然而，对王一生的"人道"不宜做过于简单化的理解，因为除了道禅文化外，其中也有传统儒家文化的痕迹，比如儒家文化也倡导知足常乐、安贫乐道、独善其身、淡泊名利等人生价值观念。不仅如此，从王一生拒绝通过"交易"换来的破格参赛名额，以及他在九局连环大战中"把命放在棋里博弈"的人生气度来看，说王一生具有传统儒家的人格操守和努力进取、自强不息的人生理想，大约也是不会错的。实际上，《棋王》在一定程度上实现了中国传统文化向现代文化的创造性转换。因为在王一生貌似传统的"人道"里，我们不难体味到现代性的人生价值观。王一生以物质为基础，追求精神理想的人生价值观，正可以理解为一个人在满足了基本生存需要的前提下，应该努力谋求个体生命价值的自我实现。

《棋王》的叙事技法和语言技巧纯熟老到。作者注重借鉴中国传统的白描手法，刻画人物神形毕肖，而且在叙述中努力克制主观情感，使读者体会到了"言有尽而意无穷"的妙处。作者在语言的运用上多用实词，如动词和名词，而少用抽象的形容词，这样就让具象活生生地呈现出来。尤其是作者善于继承古代汉语的优良传统，如增加短句的使用、大胆地活用词性等，为现代汉语文学写作提供了范例。

总之，《棋王》古典朴素的艺术形式和传统淡泊的思想内容在很大程度上实现了有机的融合。

（胡哲撰写）

（四）《冈底斯的诱惑》："把它打碎之后进行重新组合"

马原，曾经当过知青、工人。1982 年毕业于辽宁大学中文系，同年赴西藏做记者，后又到同济大学中文系任教。1984 年，他发表了《拉萨河的女神》，首次把叙事置于故事之上，但使其形成经典化的当为 1985 年发表于《上海文学》第 2 期的《冈底斯的诱惑》。后来又陆续发表《西海无帆船》《虚构》等。他是新时期先锋小说的代表作家之一，主张打破传统的现实主义的叙事手法，不再注重故事的完整性，强调"把它打碎之后进行重新组合"。评论家称它是一座语言的迷宫，是一种小说的风格，是一道奇异的文学风景线。马原与同时期的余华、苏童、洪峰、格非并称"先锋派小说五虎将"，论剑于文坛之上。马原已成为先锋文学的代名词，是被符号化了的人物。

《冈底斯的诱惑》讲述了三个彼此独立的故事。故事一，以老作家的视角，讲述藏民穷布因猎熊而发现喜马拉雅山雪人，其间引出其父亲因孤傲而惨死在猞猁爪下的故事，于是陆高、姚亮、穷布、老作家四人组成一个探险队，寻找雪人。故事二，陆高、姚亮、小何三人雨天深夜去看天葬，其间引出陆高因取电影票而遇见美丽的藏族姑娘央金。陆高出差一个星期后，央金遭遇车祸而亡，在观看天葬无果的返程中，插入司机小何因年少刹车失灵而撞死藏族小男孩的故事。故事三，关于顿珠、顿月的传说，哥哥顿珠大字不识却会唱藏族英雄史诗《格萨尔王传》，弟弟顿月离家当汽车兵，因公殉职，班长顶替儿子一角常年给他母亲寄钱写信。该小说通过几个人物的进藏经历和见闻展现了以冈底斯山为背景的西藏神话世界，叙述了西藏迷人的景致、独特的风俗习惯、传奇的神话故事，总体上传达出西藏地域以冈底斯山为代表的藏文化与藏风俗对外界现代人的诱惑。正如马原所说："神话不是他们生活的点缀，而是他们生活自身，是他们存在的理由和基础，他们因此是藏族而不是别的什么。"马原注重叙事与形式上的革新，主要体现在如下几个方面。

1. 故事的独立性与情节的破碎性

这篇小说作为先锋文学的代表作之一，在内容和形式上均体现了先锋性。作者打破了传统叙事结构，将故事敲碎打乱，碎片化重组，时空顺序混乱，呈现出独特的叙事风格，被批评家吴亮称为"马原的叙述圈套"。

探险一寻找野人，探险二看天葬仪式，顿珠、顿月的传奇事迹，三个故事彼此独立，互不干涉。在大故事里套小故事，例如寻找野人之前，嵌入了穷布猎熊的经历和其父亲惨死于猞猁爪下的事件。

但故事情节却呈现破碎性。在小说中，涉及第一个故事，在第一、二、三、六、七、九节；涉及第二个故事，在第四、八、十节；涉及第三个故事，在第十一到十五节。其中第五节讲述老作家对于神话的理解和在西藏西部无人区遇史前生物巨大羊头的经历，第十六节是陆高和姚亮写西藏高地的两首诗。

情节的破碎性增加了读者对故事理解的难度。马原曾说："那些我直接经历过的细节使我兴味索然，我很少写。即使我去写也把它打碎之后进行重新组合，使其成为全新的构成。"

2. 故事的传奇性与结尾的诗意性

小说内容由一个个传奇故事组成。牧村村民对熊的描述为"又高又瘦，长着长手指，力气大，跑得快，直立行走"，穷布却发现"熊"是喜马拉雅山雪人，这是虚幻传说，虽然流传于世界各地，但是没有读者将其当真；藏族女孩央金的意外死亡到天葬仪式的展开也带有传奇性；顿珠和他的羊群失踪一个月以后，顿珠成了一个说唱艺人，开始给乡亲们说唱《格萨尔王传》，这是一部堪称世界最长的藏族英雄史诗，据说有一千万或几千万行，没读过一天书的牧羊汉子竟然能说唱这部英雄史诗。

当熊闯进来，牧羊犬伤了两根肋骨，断了一条腿，被抓伤了毛皮，儿子却安然无恙地熟睡。顿月的爱人尼姆永远也闹不明白，熊怎么能和儿子相安无事？这在夜里很刺激的音响却没有使儿子醒转过来，但是她知道儿子的听觉正常，很正常。

结尾的诗意和传奇的故事，连缀起来，小说更成为一种有意味的形式。马原在第十六节分别附以姚亮的《牧歌走向牧歌》和陆高的《野鸽子》来表达对第三极不毛之地的崇敬和向往之情，他用故事构成了庞大的象征体系，以诗作为对生活的集中反思。

3. 叙述的独特性与策略的暴露性

小说的叙述方式十分独特。由传统情节推进故事发展来展开叙述，变成由叙述者的多元视角来切换故事，小说中三个故事都没有最终结局，也没有一个权威叙述人来统一故事情节，叙述主体的缺失，时空的淡化、并置，使故事间缺少相应的逻辑联系，增强了故事的随意性和偶然性。

作者在叙述故事时，常常故意暴露自己的叙述行为，干预情节的发展，打断旧的阅读方式，引领读者注意到叙事行为本身。例如，马原在讲述姚亮时写道："姚亮并不一定确有其人，因为姚亮并不一定在若干年内一直跟着陆高。但姚亮也不一定不可以来西藏工作。""可以假设姚亮也来西藏了，是内地到西藏帮助的援藏教师，三年或五年，就这样说定了。"

作者刻意的暴露叙述行为，打破了创作的神秘性，让读者见识到了作家对人物命运的操控力。而在第十五节，马原把讲故事的技术和技巧问题与读者进行讨论，将故事中涉及的结构、线索以及遗留问题公然诉之于众，并直接解决了小说中顿月不归的问题，将结局写明了，他时刻向读者传递这个故事是虚构的，拉开了读者与故事之间的距离，增加了读者参与建构小说的审美体验，但却削弱了故事的蕴藉性。

4. 语言的实验性与视角的多元性

《冈底斯的诱惑》的创作是马原拼图哲学的一次成功尝试，语言的实验性特征明显。正如他认为："当我们使用语言的时候，在似乎只观照局部不观照整体的过程中，假如能有效地使用拼图原则，那么，叙述肯定会出现很多弹性，会撞出很多可能性来。"

在传统小说中，叙事一般采用的是全知叙事，叙事者犹如全能的上帝，把控着故事的整体走向和人物的悲欢离合。马原打破了传统小说的叙事模式，采用多元的叙事视角，在第一人称、第二人称和第三人称中不断变换着叙事角度，给读者的阅读带来新鲜感和陌生化体验。例如，老作家在西藏的经历和小何的车祸事件均采用的是第一人称叙述，穷布猎熊的故事则是从老作家的第二人称视角进行讲述，而关于看天葬、寻找野人和顿珠、顿月兄弟的故事则从第三人称视角进行叙述。不断变化的叙事视角给读者增加阅读难度，故事的主题扑朔迷离，也有效地拓宽了读者的想象空间。

《冈底斯的诱惑》向我们展示了马原如何看待文学与生活之间的关系，生活本身就无逻辑可言，杂乱无序才是生活本来的面目。而生活的偶然性、随意性使得文学充满弹性。作者对生活的独特感悟形成了先锋小说的叙事技巧和形式特点。如何看待生活，正如小说中的姚亮所感：不如总在途中，于是常有希翼。

（吴玉杰　罗秋红撰写）

（五）《红高粱》：莫言与他扎根的民间

2012 年 12 月 10 日晚，2012 年诺贝尔颁奖仪式在瑞典斯德哥尔摩音乐厅举行，中国作家莫言身穿黑色燕尾服、打着白色领结上台领奖，从瑞典国王卡尔十六世·古斯塔夫手中接过 2012 年诺贝尔文学奖证书、奖章及奖金，微笑着向大家鞠躬致意。莫言是中国首位诺贝尔文学奖获得者，从 1981 年发表首部短篇小说《春夜雨霏霏》开始，据不完全统计，莫言的作品至少已经被翻译成 40 种语言，他的文学影响力，已经从中国走向世界。而在他诸多作品中，1986 年出版的《红高粱》则是其代表作之一。

1. 莫言：一个有故事的人

回顾莫言的人生经历和文学创作之路，故事颇多。莫言经常对人说，童年的"饥饿和孤独是我创作的财富"。1955 年 2 月，莫言出生在山东省高密县河崖区大栏乡平安庄的一个普通农民家庭。在童年时代，母亲是对他影响最大的人。莫言曾回忆道："我记忆中最早的一件事，是提着家里唯一的一把热水瓶去公共食堂打开水。因为饥饿无力，失手将热水瓶打碎，我吓得要命，钻进草垛，一天没敢出来。""傍晚的时候，我听到母亲呼唤我的乳名。我从草垛里钻出来，以为会受到打骂，但母亲没有打我也没有骂我，只是抚摸着我的头，口中发出长长的叹息。"

2003 年，莫言和学者王尧出版《莫言王尧对话录》，这本书名为对话录，实际上是莫言的自叙传。莫言在书中坦言，童年时代的自己是一个敏感调皮、话多、嘴馋又有点冒傻气的孩子，因为多次出事、受人欺辱以及父母的严加管教，后来逐渐转变成了今天这种寡言少语的性格。

莫言 7 岁入大栏中心小学念书，老师给他取了一个学名叫管谟业。五年级时被迫辍学，从此开始将近 10 年的务农生涯——13 岁回家放羊，14 岁在泄洪闸工地帮打铁匠拉风箱；15 岁随大队社员去捡石子、修公路；16 岁跟大爷爷学中医，18 岁又跟村里人去水利工地劳动。这段时间，他辛苦劳动，内心孤寂。莫言曾写过一篇散文《我的中学时代》，描写了这段心路历程。

1976 年，莫言参军入伍。在部队历任班长、保密员、图书管理员、教员、干事等职。尤其是在担任图书管理员的四年时间里，他阅读了大量的文学书籍，将图书馆里 1000 多册文学书籍全部看过，还看过不少哲学和历史书籍。1981 年 5 月，莫言在河北保定的文学双月刊《莲池》上发表《春夜雨霏霏》，从此开启了文学创作生涯。

1986 年，莫言毕业于解放军艺术学院文学系，同年在《人民文学》杂志发表中篇小说《红高粱》，引起文坛极大关注。

后来，莫言曾经写文章详细介绍了《红高粱》的创作过程。他说："《红高粱》完成于 1984 年的冬天，当时是作为中篇写的，也是作为中篇发的。最初的灵感产生带有一些偶然性。"在一次文学创作讨论会上，老作家提出一个问题，年轻一代没有亲身体验过战争，该怎样通过文学来更好地反映战争、反映历史？莫言提出"即便没有经历过战争的人，也可以写战争"。"小说家的创作不是要复制历史，那是历史学家的任务。小说家写战争——人类历史进程中这一愚昧现象，他所要表现的是战争对人的灵魂扭曲或者人性在战争中的变异。"为了证明自己的观点，莫言下决心写一部战争小说。莫言说："我开始着手构思，首先想到的是自己的家乡。我小时候，气候也和现在不同，经常下雨，每到夏秋，洪水泛滥，种矮秆庄稼会淹死，只能种高粱，因为高粱的秆很高。那时人口稀少，土地宽广，每到秋天，一出村庄就是一眼望不到边缘的高粱地。在'我爷爷'和'我奶奶'那个时代，雨水更大，人口更少，高粱更多，许多高粱秆冬天也不收割，为绿林好汉们提供了屏障。于是我决定把高粱地作为舞台，把抗日的故事和爱情的故事放到这里上演。后来很多评论家认为，在我的小说里，红高粱已经不仅仅是一种植物，而是具有了某种象征意义，象征了民族精神。确定了这个框架后，我只用一个星期的时间就完成了这部在新时期文坛产生过影响的作品的初稿。"

2.《红高粱》写出一个"鲜活生动的民间世界"

翻开《红高粱》这部作品，小说的情节是由两条故事线索交织而成的：主线是民间武装伏击日本侵略军汽车队的起因和过程，辅线是"我爷爷"余占鳌和"我奶奶"戴凤莲之间的爱情故事。

莫言说："《红高粱》塑造了'我奶奶'这个丰满鲜活的女性形象，并造就了电影《红高粱》中的扮演者巩俐。但我在现实中并不了解女性，我描写的是自己想象中的女性。在三十年代农村的现实生活中，像我小说里所描写的女性可能很少，'我奶奶'也是个幻想中的人物。我小说中的女性与我们现在所看到的女性是有区别的，虽然她们吃苦耐劳的品格是一致的，但那种浪漫精神是独特的。"

再看莫言的自述："我一向认为，好的作家必须具有独创性，好的小说当然也要有独创性。《红高粱》这部作品之所以引起轰动，其原因就在于它有那么一点独创性。……我对《红高粱》仍然比较满意的地方是小说的叙述视角，过去的小说里有第一人称、第二人称、第三人称，而《红高粱》一开头就是'我奶奶'、'我爷爷'，既是第一人称视角又是全知的视角。写到'我'的时候是第一人称，一写到'我奶奶'，就站到了'我奶奶'的角度，她的内心世界可以很直接地表达出来，叙述起来非常方便。这就比简单的第一人称视角要丰富得多开阔得多，这在当时也许是一个创新。"有学者这样评价："《红高粱》在现代历史战争题材的创作中开辟出一个鲜活生动的民间世界。"

3. 张扬个性解放，敢说、敢想、敢做

纵观莫言的作品，他的小说中有着丰富的主题内涵，其中最突出的一点就是"生命意识的弘扬"。《红高粱》故事发生的主要地点是高密东北乡，这是莫言以自己的故乡为原型，结合自身的主观体验，用想象激活的历史时空，在虚拟的文学世界中创造出有声有色的生活图景。他笔下的人物，展示出粗犷豪放的原始野性之美和生命张力之歌，余占鳌、戴凤莲、罗汉大爷等形象，有着无拘无束的性格和不屈不挠的精神，他们狂放不羁、顽强坚韧、敢爱敢恨、率真自由，散发出蓬勃的生命本真，给读者留下了深刻的印象。

莫言自己总结说："我认为这部作品恰好表达了当时中国人一种共同的心态，在长时期的个人自由受到压抑之后，《红高粱》张扬了个性解放的精神——敢说、敢想、敢做。"

其实，细读这部小说，还可以学习莫言高超的写作手法和文学构思，以及卓越的语言文字能力：他自觉地借鉴了意识流小说的时空表现手法，融入了魔幻现实主义小说的情节结构方式，展示了优秀的汉语言感觉，运用了大量充满想象力的比喻、通感等修辞手法，在语言的层面上形成了一种瑰丽神奇的特点。

（李东撰写）

（六）《透明的红萝卜》：民间文化的激活与魔幻现实的中国化

中篇小说《透明的红萝卜》是莫言的代表作，发表在《中国作家》1985年第2期。这是莫言对自己童年创伤的回忆之作，很多人认为这篇小说最能体现莫言风格，是他最重要的作品。

《透明的红萝卜》和莫言的童年经验密切相关。小说讲述了某个秋天，被继母虐待的黑孩应公社征召，与小石匠、菊子、小铁匠等100多名社员到滞洪闸工地义务劳动中发生的故事。瘦弱、倔强、孤独的黑孩被众人嘲笑、被刘副主任歧视谩骂、被小铁匠驱使偷地瓜和萝卜，幸而得到菊子和小石匠相助，始感人间温暖。物质的匮乏和困辱的遭遇使黑孩不愿关注现实，而被奇幻无比的乡村大自然所吸引，"金色的外壳里苞孕着的活泼的银色液体"的透明的红萝卜成了黑孩希望和欲望的象征。而当老铁匠离去、菊子姑娘眼睛被扎伤、小石匠被打败、小铁匠浑浑噩噩几近疯魔后，黑孩钻进萝卜地，将所有象征着希望却失去光芒的红萝卜全部拔了出来。

阿德勒说，幸运的人用童年治愈一生，不幸的人用一生治愈童年。童年的创伤记忆，既是莫言生活的不幸，又是他创作的幸运。小说从儿童视角出发展现中国农民的生存活动与生存环境间的复杂关系，并通过黑孩以本能对抗成人世界的所有礼法，张扬生命力量和生存意志。作品想象灵动、感觉奇幻，奠定了莫言在文学史上的地位。

1. 乡土中国的真实探索

《透明的红萝卜》从民间立场出发，凭借对乡土"爱恨交织"的情感体验和"天马行空"的文学想象，秉承着兼具民族性和世界性的自觉精神，探索呈现真实的乡土中国。

出身于底层，成长于民间的莫言始终坚持着"作为老百姓写作"的民间立场，切身感受和描绘中国农民的悲哀与欢乐、痛苦与希冀，力图接近最真实的民间形象。"民主性的精华与封建性的糟粕交杂在一起"构成了他笔下民间形象的特质。

《透明的红萝卜》中，作者基于童年经受物质与精神"饥饿"的历史记忆，描写1970年代高密东北乡农民们所亲历的历史。他以民间立场走进社会边缘人黑孩的生活，以黑孩的视角还原了被掩埋在宏大叙事之中的底层小人物的生活真实。同时，背上常有伤疤、初冬时节仍穿着父亲留下的污渍斑斑的大裤衩的黑孩，颐指气使谩骂社员的权力掌握者刘副主任，靠强制手段出公差的生产现状以及公社社员"悠悠逛逛走到滞洪闸"的松散状态等，与20世纪70年代作品中所描绘出的火热的农村生产生活场景形成历史反差，解构了20世纪70年代为我们建构的当时的生活想象，带领读者见证了一个充满着饥饿与苦痛的乡土中国。

2. 生命存在的感觉渲染

"感觉描写"是莫言小说的重要的叙事探索。莫言在与大江健三郎的对话中说："作家应当扬长避短，我的长处就是对大自然和动植物的敏感，对生命的丰富的感受，比如我能嗅到别人嗅不到的气味，听到别人听不到的声音，发现比人家更加丰富的色彩。"奇异的想象、多重的感官以及旺盛的创造精神在他的作品中被彻底解放，"感觉"成了作家体验生活和感知生命的最高形式。在他的作品中，对乡土生活困境的思索以及对于原始生命力的强调通过感觉的方式和内心的印象呈现出来，营造出一个陌生的带有着深层意蕴的感觉的奇异世界。

《透明的红萝卜》中，莫言大肆渲染黑孩的"梦幻世界"，将世间万物放置于黑孩的内心印象中，通过黑孩个人化的印象和感觉，细腻空灵地描绘了那个充满灾难和困顿的时代以及每一个小人物内心的荒芜和不安。对菊子姑娘、小石匠、小铁匠、老铁匠等人的情感以及关系的认知在黑孩的内心中形成对于这个时代最初的印象，凝结着作者对于农民生存困境的思索。"逃逸的雾气碰撞着黄麻叶子""金色的外壳里苞孕着活泼的银色液体"等描写综合运用多种感官经验，塑造了一个被匮乏物质和困辱遭遇激发了感受力和想象力的黑孩，表现出作者对于个体原始生命力的追求。

《透明的红萝卜》离开了"伤痕文学""反思文学""改革文学"等外部为社会政治事件裁决的视角，创新性地从"内省"和"感觉"出发观照乡土中国。

3. 小说语言的浓墨重彩

1980年代中期，西方现代主义思潮涌入中国，中国文学界的审美主体意识复归，对于文学形式的探索和实验成为众多小说家的执着追求。在这一文学环境的影响下，莫言深受"魔幻现实主义"的影响，在小说创作中呈现出鲜明的先锋性特征。这在小说语言的运用上表现得尤为突出。

《透明的红萝卜》试图将绘画的技法注入小说创作中，运用了大量的"色彩语言"。如菊子姑娘紫红色的方头巾、黑孩乌黑发亮的赤裸的身体、小铁匠眼睛上鸭蛋皮色的"萝卜花"、透明的金色的有着银色液体的红萝卜……小说第三节写道：

> 他看到了一幅奇特美丽的图画：光滑的铁砧子。泛着青幽幽蓝幽幽的光。泛着青蓝幽幽光的铁砧子上，有一个金色的红萝卜。……红萝卜晶莹透明，玲珑剔透。透明的、金色的外壳里苞孕着活泼的银色液体。红萝卜的线条流畅优美，从美丽的弧线上泛出一圈金色的光芒。

这一段描写满载着黑孩的希望，而在小说的最后，却再也看不到这种透明的红萝卜：

> 黑孩把手中那个萝卜举起来，对着阳光察看。他希望还能看到那天晚上从铁砧上看到的奇异景象，他希望这个萝卜在阳光照耀下能像那个隐藏在河水中的萝卜一样晶莹剔透，泛出一圈金色的光芒。但是这个萝卜使他失望了。它不剔透也不玲珑，既没有金色光圈，更看不到金色光圈里苞孕着的活泼的银色液体。他又拔出一个萝卜，又举出阳光下端详，他又失望了。

绚丽色彩的运用代替了原有枯燥的描述性话语，使得感觉和体验被扩大化，文本的内涵也丰富起来，黑孩的希望与失望在找寻透明的红萝卜中展现出来。

莫言小说语言具有明显的民间特色。作品中夹杂了大量的鄙陋的方言俚语和农民间的流行语，《透明的红萝卜》开篇队长对公社的抱怨、刘副主任对众人的呵斥、小铁匠对黑孩的辱骂……这些语言真切地还原了那个时代农民生活的本色，颠覆了人们对传统现实主义小说带给读者的"诗意乡土"的记忆。

高密东北乡，是莫言现实生活的故乡，他经常以此为背景进行小说创作。作家笔下的故乡更是精神的故乡，正如福克纳、马尔克斯、爱丽丝·门罗等作家一样。莫言是一个讲故事的人，他把故乡安放在世界文学的版图上，体现出他在处理民族性和世界性的复杂关系问题时具有充分的主体自觉。

（郑思佳　吴玉杰撰写）

（七）《平凡的世界》：平凡人生生不息的苦难史诗

《平凡的世界》是路遥创作的一部全景式地表现中国当代城乡社会生活的百万字长篇小说，全书共三部，1986年12月首次出版。小说以1975年至1985年间中国广阔的社会生活为背景，全景式地展示了十年间中国当代城乡社会生活的巨大变迁。这部作品取得了巨大成功，荣获第三届茅盾文学奖。小说在社会上拥有巨大的读者群。

小说结构严谨，气势恢弘，具有史诗气魄。作者以三条主要线索贯穿小说始终，勾勒出特定的历史时期内，中国社会发展演变的历史轨迹。这三条线索中，一条是写双水村，主要表现农民群众十年来在时代浪潮冲击下的生存境况、价值观念、文化心理发生的各种变化。结构上紧紧围绕孙、田、金三大姓氏家族的恩恩怨怨，形成一个纵横交错的矛盾网。第二条是孙少平离开乡村后的艰难生活历程，其中重点突出孙少平在对人生苦难的抗争中逐渐走向成熟的过程。第三条是以田福军为中心，把乡、县、地区和省的各级干部连接在一起，绘成了一幅色彩绚丽、不同层次的政治生活画面。这三条主线，既平行又交叉，组成了三个相对独立又相互联系的板块。通过这三条主线，作家把艺术目光巡视到社会生活的每一个领域，既写出了农民的悲欢离合，又揭示出广大干部、知识分子在政治风云变幻中所做出的各种选择及其产生的情感波澜。同时还描绘出煤矿工人的生存现实和思想变迁。这种对当代生活的俯瞰与纵览，为当代中国挣脱极左束缚开始改革开放的转型期留下了史诗般的艺术画卷。

作者在近十年间的广阔背景上，通过复杂的矛盾纠葛，刻画了社会各阶层众多普通人，成功地塑造了坚韧顽强、勇于拼搏的孙氏兄弟形象。孙氏兄弟俩属于奋斗型人物，有着可爱的执拗和顽强的拼搏精神。哥哥少安是情操高洁、善于思考、勇于奋斗的农村先进青年的典型，是农村发展的希望所在。他的发展立足于他的现实性和农村实践的基础上，他是结合了农村的现实情况后求发展的，没有空想，是较为典型的奋斗者。他身上具有同苦难抗争的奋斗精神，只想通过自己拼命的劳动以求改变自身贫困的"世事"，无论"搞分担包产"，还是办砖厂，无一不是为了摆脱贫困，脱离苦难，一家人能填饱肚皮，过上安适的生活。他立足高原，扎根农村，拼搏在黄土地上。为了弟弟妹妹、为了那个家牺牲得太多太多。他没日没夜地忙碌着，辛勤地劳作着。孙少安不甘贫困和落后，奋发图强，终于过上了好日子。这种积极昂扬的生活姿态，这种坚强不屈的奋斗精神，是任何时代都需要的，具有激荡人心的伟大力量。作者对孙少安坚强地承受各种各样的痛苦、磨难的品格和令人荡气回肠的道德情操以及勇于奋斗的精神，倾注了深情的赞美。

弟弟少平是农村追求新生活方式的典型。他对传统的生活方式与乡土观念提出质疑和否定，试图以个人奋斗的方式摆脱土地的束缚，来改变现状。他以更为进取和挑战的姿态面对生活。他从一名高中毕业生成为一名煤矿工人，其间经历了波澜壮阔的人生历程，无论面对何种挫折，贯穿他思想的主线始终是坚忍不拔、奋斗不息的精神。从学生时代的食不果腹、衣不蔽体，到揽工生活的颠沛流离，到爱情泯灭的悲痛欲绝，再到因工毁容后的埋头痛苦，少平尝尽生活的艰辛，饱受命运之苦难，然而他却从未屈服，从未放弃对美好生活的渴望，并以清醒的思考、以男子汉的豁达平静地接受着这一切。他心中那摆脱狭隘的农民意识，追求理想生活的意念却从未停止过。这种信念，使他不但主动承受苦难，而且勇于反抗苦难和超越苦难，使他的人格和操守在苦难的铁砧上得到最坚实的考验，让读者深刻地体会到在一个平凡的世界里的不平凡的人生。

孙家两兄弟，哥哥是扎根农村而又安于农村生活的奋斗者与开拓者，弟弟则有着强烈的现代叛逆意识。在平凡的世界中，他们以各自不同的方式探索着人生：一个求实，一个幻想；一个重物质，一个重精神；一个封闭，一个开放；

一个源自传统，一个指向未来；一个深植农村，一个却被远行的梦所召唤。但他俩都是不轻易向命运妥协的人，相信自己的双手能够改变命运，他们在一次次苦难中得到锤炼与升华，表现出当代农民的顽强与坚韧。他们在平凡的世界中不断超越自我，谱写了一曲充满活力的生命之歌，向人们揭示了人生的自强与自信、奋斗与拼搏、挫折与追求、痛苦与欢乐。小说中以一幕幕催人泪下的苦难所展现出的人物的顽强和坚韧告诉人们：苦难与挫折只是个躯壳，真正广阔的生活意义在于我们对生活理想所持的生生不息的虔诚、热情和信念。这种信念在亘古的大地与苍凉的宇宙间荡气回肠，鞭策和激励着奋斗着的每一个人！

《平凡的世界》采用传统的现实主义方法，如实地描写现实生活中的苦难与不幸，充满了苦难意识，有种残缺美；但同时小说也融入了作者强烈的主观感情，充满了激情和理想主义精神，从而对读者产生了强大的感染力。

（胡哲撰写）

（八）《十八岁出门远行》：虚构背后的主观真实和精神感悟

《十八岁出门远行》是余华的成名作，最初发表在 1987 年第 1 期的《北京文学》。

1. 蜚声国际文坛的中国作家——余华

在 2019 年诺贝尔文学奖揭晓之前，有热心网友发起话题讨论，如果再有中国作家获奖，最有可能的是谁？残雪、余华和诗人杨炼的名字最为惹眼，其中余华的呼声最高。

相较而言，作家余华的作品被更多的读者所熟知，其海外影响力也越发深远。早在 1994 年，改编自余华同名小说的国产电影《活着》获得第 47 届戛纳国际电影节评委会大奖。影片的获奖，把人们关注的目光聚焦到小说原作者余华身上。2004 年 3 月，余华凭借这部小说荣获法兰西文学和艺术骑士勋章，这是法国政府授予文学艺术界人士的最高荣誉，亦可说明余华的文学创作在国际上的影响力。

近些年来，余华的作品不断被译介到美国、英国、法国、德国、意大利等多个国家，深受海外读者的喜爱。其中，长篇小说《许三观卖血记》还被韩国导演改编成电影，上映之后获得了很好的社会反响。余华本人也多次获得国外的文学奖项：1998 年他凭借《活着》获得了意大利格林扎纳·卡佛文学奖，成为中国乃至亚洲首位获此荣誉的当代作家；2008 年，在法国知识界有着巨大影响力的《国际信使》周刊发起了"国际信使外国小说奖"评选，余华荣膺奖项，成为首届获奖作家；2014 年，余华还获得了意大利朱塞佩·阿切尔比国际文学奖。

2. 余华的创作之路

有研究者指出，余华的创作以 1989 年为界分两个时期：前期以激进的姿态进行先锋探索，作品主要是中短篇小说；后期转向现实主义，作品主要是长篇小说。而我们今天讲到的，就是他的成名作，也是余华"先锋小说"创作的起点《十八岁出门远行》。

余华 1960 年出生于浙江杭州，后来随父母迁居海盐县。1983 年开始文学创作，1986 年发表短篇小说《十八岁出门远行》引起文坛注意。

关于这篇小说的诞生过程，余华自己有过详细的回忆，他说："《十八岁出门远行》是在浙江海盐河边的一间小房子里写完初稿的，写完以后很兴奋，觉得自己写下了一篇以前从来没有写过的小说。然后拿着这篇小说去参加《北京文学》的改稿会。"

1986 年深秋，余华来到北京，参加由《北京文学》杂志举办的青年作者改稿班，并带去了《十八岁出门远行》的初稿。余华回忆说："当时《北京文学》的主编是林斤澜，副主编是李陀和陈世崇，当时中国的文学经历了伤痕文学、反思文学和寻根文学之后又有新的声音出现了，《北京文学》想发现新声音的作家，他们向全国征集小说稿，结果小说稿像雪片一样飞进了《北京文学》编辑部，编辑们个个看花眼了，也没有发现他们期望中的新声音，但是改稿会已经宣传出去了，不办不行，只能在征集来稿的作者里找几个，再找几个他们原来的作者，都是青年作者，我是其中之一。"余华回忆说，当年《北京文学》副主编李陀正在为 1987 年《北京文学》第 1 期的青年作家专号组稿，看到《十八岁出门远行》的稿子很兴奋，专门来到余华的住地和他交流。最终，1987 年第 1 期的《北京文学》重点推介了余华的短篇小说《十八岁出门远行》，使其作品得到了文坛的关注，从此崭露头角。

《十八岁出门远行》讲述了一个看似平常却有悖于常理和逻辑的"荒诞"故事：十八岁的"我"开始了旅程，十八岁的青春开始被放逐在一个巨大的社会环境里，等待着"我"的青春将会是什么？"我"面对一切都如此放松，因为"我"总是把眼前的新鲜想象成一些"我"有限的记忆中已经熟悉的过往，甚至于"我"的小聪明让一支烟换取了免费搭车的喜悦，"我"有点沾沾自喜，出门是一件快乐的事情；可后来变了，汽车抛锚了，一些人抢走了车上的苹果，他们甚至打伤了阻拦的"我"，而苹果的真正主人——司机却在一旁漠不关心；最后，司机拿走我的行李，骄傲地离去，"我"成了唯一的受害者，孤零零站在抛锚的车前。

3. "虚伪的作品"与追求"真实"

余华自述，奥地利作家卡夫卡的作品对他产生了很大影响："我要感谢卡夫卡，是卡夫卡解放了我的思想。"余华谈到卡夫卡创作的短篇小说《乡村医生》"解放"了自己的创作思想，让自己发现原来小说可以这么写："他想让那匹马存在，马就存在；他想让马消失，马就没有了。他根本不作任何铺垫。我突然发现写小说可以这么自由。"《十八岁出门远行》这篇作品显然是受到卡夫卡的影响而创作出来的，这篇小说表达了一个荒诞却又真实的主题，即人生是复杂和斑驳的，一个人的成长是一个艰辛的过程，必然遭遇到种种的困顿和挫折。

关于这篇小说，余华曾在《虚伪的作品》一文中写道："在一九八六年写完《十八岁出门远行》之后，我隐约预感到一种全新的写作态度即将确立。……当我发现以往那种就事论事的写作态度只能导致表面的真实以后，我就必须去寻找新的表达方式。寻找的结果使我不再忠诚所描绘事物的形态，我开始使用一种虚伪的形式。"

有研究者评论说，余华对传统现实主义的反叛，是从对日常经验和常识的不满开始的。余华认为，人的生活常识中包含着一种很强的理性内容与庸俗气息，这种认识态度对任何事情都要证之于一定的事实，严重束缚了人的想象，成为作家创作的桎梏。他说，作家应当重视自己对世界的独特体验，突破日常经验的拘禁，进入无限广阔的精神领域；在人的精神世界里，一切由常识提供的价值都会摇摇欲坠，一切旧有的事物都获得了新的意义，生活中那些似乎不可能的事情也变得真实可信。

《十八岁出门远行》是余华"先锋写作"的起点，也是其作品中"虚伪"与"真实"、"真实"与"现实"关系缠绵不断的起点。在20世纪80年代的文学创作中，余华用"虚伪的形式"揭露真实的"荒谬"；在90年代以后，他陆续发表了《在细雨中呼喊》《活着》《许三观卖血记》等作品，由"先锋写作"转向"现实主义"，继续书写着生活中真实的苦难与真挚的情感。

在《十八岁出门远行》发表的20年后，这篇作品先后入选人民教育出版社高中新课标《语文》教材第三册和语文出版社高中新课标《语文》教材第一册，这也是中学课本中第一次收录先锋派小说家的文章。从"先锋写作"到"现实主义"，从《十八岁出门远行》开始，余华一直走在一条追求真实、书写真实的道路上。

（李东撰写）

六、文学世界与在"世界"中的文学

自20世纪80年代开始，中国文学不断敞开，探索世界、面向世界，至90年代之后这种意识更加自觉。一方面，文学的内部世界不断敞开，追求有意味的形式，陈忠实《白鹿原》透视深厚的传统文化，史铁生《务虚笔记》探寻丰富的生命世界；另一方面，中国的科幻文学走向世界，刘慈欣的《三体》是其中的代表，2015年荣获世界科幻小说最高奖"雨果奖"。文学内外部世界的敞开，使中国文学真正成为在"世界"中的文学。

（一）《白鹿原》：一部波澜壮阔的民族秘史

2018年6月，根据陈忠实长篇小说《白鹿原》改编的同名电视剧荣获第24届上海电视节白玉兰奖最佳中国电视剧奖。同名电视剧的获奖和热播使得小说原作更加引人注目，在观众中掀起一阵"《白鹿原》热"。

1. 火爆京城的"畅销书"

长篇小说《白鹿原》是作家陈忠实的代表作，浩浩50万字，代表了作家文学创作的高峰，也被认为是中国乡土小说发展史上里程碑式的作品。

小说的时空跨度宏阔，起笔于辛亥革命，终迄于解放战争，借关中平原上白、鹿两大家族三代人的明争暗斗、恩怨情仇，将中国近现代史上所经历的诸多大事件囊括其中。作者以家族的兴衰沉浮来浓缩中国社会和民族历史的变迁，以当代性的艺术思考穿透历史纵深，写民族秘史、悲怆国史、隐秘心史，再现历史艰难曲折的延伸与挺进，展示民族文化的深邃与厚重，从而获得凝重、大气、深沉的史诗性品格。

《白鹿原》于1993年6月首次出版，此后一直畅销不衰。无论是在大众阅读方面，还是在学术研究方面，这部小说都受到了广泛关注。有媒体将《白鹿原》称为1993年的"畅销书"，甚至用"火爆京城"来形容读者对它的喜爱。1997年，《白鹿原》获得第四届茅盾文学奖，据媒体的一份调查报告显示，在当时20部获奖作品中，这部小说的知名度最高。

不仅如此，自从这部小说问世以来，也一直是学术研究的"宠儿"。有媒体做过统计，从知网的数据来看，截至2017年初，以"白鹿原"为主题的学术文章粗略算来有4900篇之多，其中博士论文就有17篇，而硕士论文有177篇。在这个过程中，小说多次被改编为文艺作品或影视剧，伴随着社会公众热议，学术界对其研究的兴趣也持续不减。2006年，林兆华导演的《白鹿原》话剧在北京上演，以《白鹿原》为主题的学术研究文章也大幅增加；2012年，王全安导演的电影《白鹿原》上映，让此类文章的总数猛增，达到一个峰值；2016年陈忠实去世，又一次让《白鹿原》成为舆论和学术话题的热点，而相关研究文章总数也达到一个新峰值。

2. 将书名取为"白鹿原"有深刻的寓意

陈忠实生于1942年，是土生土长的陕西人。由于长期在农村基层工作，他有机会亲身参与到一系列农民改变自己命运的社会实践中，世代传承的农民生存意识、价值观念和伦理道德给他带来了深刻影响，也造就了他与众不同的文化心理与精神气质。有研究者指出，对农民命运的关切和同情，对传统伦理道德的敬畏与体认，是陈忠实文学创作中最恒久稳定的因素。

陈忠实将书名取为"白鹿原"，除了有自己独特的生活体验，还有深刻的寓意。陈忠实曾说:"我在蓝田、长安和咸宁县志上都查到了这个原和那个神奇的关于'白鹿'的传说。蓝田县志记载:'有白鹿游于西原。'白鹿原在县城的西边所以称西原,时间在周,取于'竹书纪年'史料。"实际上,中国的古代典籍中关于白鹿的记载不在少数,例如《孝经》记载:"德至鸟兽,则白鹿见。"《瑞应图》记载:"天鹿者,纯善之兽也。道备则白鹿见,王者明惠及下则见。"《抱朴子》记载:"鹿寿千岁,满五百则色白。"在古人看来,白鹿象征着祥瑞,白鹿的出现则是帝王德泽天下的征兆。

陈忠实将小说的名字取为"白鹿原"寓意着对美好和谐生活的向往,"白鹿"贯穿小说的始终,成为一个重要的文化原型,作为原始的神话意象,不仅以口头讲述的方式代代流传,而且积淀成为白鹿原村民的一种集体无意识。小说情节所体现出人物的恩怨纷争和颠沛流离,又与这种美好向往形成了强烈的冲突,进一步增加了小说的戏剧性。

3. "小说是一个民族的秘史"

《白鹿原》成功地塑造了一批形象鲜明、性格饱满而又富有历史文化内涵的人物,如白嘉轩、鹿子霖、朱先生、鹿三、黑娃、田小娥、白孝文、鹿兆鹏、白灵、鹿兆海等。

在小说中,主人公白嘉轩曾说:"凡是生在白鹿村炕脚地上的任何人,只要是人,迟早都要跪倒在祠堂里头的。"在《白鹿原》中,家族文化发挥着举足轻重的作用,它所包含的"仁义"之德蕴含着一种向善的力量,让一切挣脱它束缚的"浪子"弃恶扬善。同时,集体的家族意识又使得白鹿原人在一次次面临重大灾难时,能够迅速团结起来抵御一切天灾人祸。

陈忠实在《白鹿原》的扉页上引用了巴尔扎克的一句话"小说被认为是一个民族的秘史"。在这部被誉为民族心史和秘史的作品中,文化视角成为陈忠实观照人生、塑造人物的切入点,而传统儒家文化则作为探寻不同事件中人性冲突和道德判断的参照系。

在文学艺术创作上,《白鹿原》发展了中国20世纪的乡土小说,以一种"有容乃大"的气度吸收了传统乡土文学的精华和当代文学的创作经验,还适当吸收了外国文学作品的营养。有研究者认为,《白鹿原》在总体上体现了传统现实主义的创作风格，但又吸纳了魔幻现实主义和象征主义手法；那些非魔非幻的离奇情节，给小说增添了独特的审美意味，这种开放的现实主义创作方法也为乡土文学创作提供了有益的启示和借鉴。

陈忠实耗时四年完成这部心血之作。当年，他把妻儿和长辈安置在城里，只身来到乡下的祖屋，潜心写作。四年里，他每天都要经受着各种人物在脑海中的较量，纠结的心情让他的额头上布满皱纹。终于有一天，陈忠实对前来探望的妻子说，等你这次送的馍馍吃完了，这本小说大约也就该画上句号了。1992年3月25日，近50万字的《白鹿原》终于画上了句号。人民文学出版社的编辑来西安取手稿，陈忠实到火车站接站，当他把一大包沉甸甸的手稿交到编辑手里时，突然有一句话涌到嘴边，他想说："我连生命都交给你们了。"但这句话，最终还是没有说出来，但此时他已热泪盈眶。

2019年9月，人民文学出版社、学习出版社联合8家出版社，推出"新中国70年70部长篇小说典藏"丛书，由当代著名作家陈忠实创作的长篇小说《白鹿原》入选其中，被誉为"寻找和重建民族文化自信"之作。有学者评论说："这70部长篇小说可以说是我们新中国记忆的一部分，其中的很多作品是伴随着一代又一代中国人成长的，它们曾经在我们的成长中，在我们精神世界的发育和拓展中起过非常重要的作用。所以这70部是最为精彩的中国故事，也凝聚了浩瀚的中国精神。"

（李东撰写）

（二）《务虚笔记》：生命存在的终极叩问

20世纪80年代，史铁生曾以一篇《我的遥远的清平湾》率先摆脱了对知青生活的苦难化和神圣化叙事，转而以一种审美静观的态度，在被回忆所净化了的一种田园牧歌式的乡村生活中，寻找心灵的栖居地。与这种对人生苦难的诗化想象的创作相对应的是，这位因身体残疾而不得不忍受一些异常的人生痛苦的知青作家，在他的早期创作中，同时也有许多作品着力表现人在残酷的生存现实中的挣扎与奋斗。正是因为这种现象性的满足与虚拟的挣扎与奋斗，不能从根本上回答这位既经历过历史的苦难又承受着现实的痛苦的知青作家的诸多人生问题，所以从80年代中期开始，史铁生的创作便由从对现实生活的超越中寻求精神的解脱，转向直接逼近人赖以安身立命的存在问题。在直面人生、思考关于人的形而上问题的过程中，史铁生的创作也发生了一个较大的变化。那些切身的强烈的生命体验，在一种抽象的哲学思考中以寓言的形式被表现出来。《务虚笔记》就是这样一部在叙述各类人物的生命故事中思考人生终极问题的作品。

《务虚笔记》是史铁生的首部长篇小说，发表于 1996 年《收获》杂志上，同时也是他半自传式的作品。作为一部"务虚"的人生"笔记"，《务虚笔记》显然不是一般意义上的反映现实人生的写实（"务实"）小说，而是一部以寓言的手法探究人的命运和存在问题的哲理小说。这部作品虽然也如一般现实主义小说那样，写了诸多人物命运和种种人生现实，而且也是将这些人物和他们的命运变幻置放于一定的历史时代和社会文化环境之中，因而也有一定的现实性和时代特征，但整个作品从总体上看，却不是像一般现实主义小说那样，旨在反映现实的社会人生问题，而是将它的写作题旨指向探究这些现实的人生形态存在的种种可能性。小说实际上是作者在"写作之夜"通过这些现实的人生故事对可能性的种种设想。这些人生故事，主要是如下几对恋人、夫妻的爱情和婚姻关系的聚散离合：残疾人 C 与女知青 X、医生 F 与女导演 N、画家 Z 与女教师 O（包括青年 WR 与 O 的恋爱关系）、诗人 L 与女青年 T、画家 Z 的叔叔（老革命）与恋人、Z 的父母等。通过这些恋人、夫妻之间的情与爱的故事，史铁生写出了他们的聚散离合，以及人生的种种偶然和对永恒的追寻。

这些爱情故事因为不仅着眼于道德情感而且同时也指向对存在问题的探究，所以有如下几个特点：第一是所有这些情爱故事及其婚姻结局都是残缺不全的或悲剧性的；第二是所有这些残缺或悲剧都是由一些无法抗拒的社会或个人身心方面的原因造成的；第三是这些因社会或个人的原因而离散的恋人或夫妻又在终身相互寻找。通过这些残缺的或悲剧性的情爱故事，作品集中表达了如下几个层面的哲学思考：第一个层面是人的存在本身是悲剧性的（故而这些爱情故事都是残缺不全的或悲剧性的）；第二个层面是这种悲剧性是由各种随机偶然的因素造成的（这些情爱故事的发生和发展演变及其结局充满了太多的随机和偶然）；第三个层面是对这种残缺的补救和悲剧性的抗争都是徒劳的（故而这些男女的相互寻找都是没有结果的或结果极其悲惨）。从这个意义上说，这部作品无疑带有很重的存在主义哲学意味。

与这种从具象（具体的爱情故事）直接逼近抽象（抽象的人生命题）的创作题旨相适应，《务虚笔记》中的人物形象和故事情节也被作了抽象化或符号化的艺术处理。作品中的人物虽然也有一定的个性，但他们的名称却是用抽象的称号来代替。而且众多人物的身份和经历常常相互重叠、代替、交叉、分合，作者也常常把自己代入其中。整个作品中的人物仿佛代数符号，人物关系则是代数方程式。在任何一个人物符号中，也可以代入许多其他人物，这些已有的人物和人物关系也可以相互代入，通过这种"代数"关系，作者打破了一般小说所追求的个别性，转而寻找一种普遍的寓意：这种身份可以是现实中的某一个人，但也完全可能是另一个人；这种经历虽然可能发生在现实中的某一个人身上，但其他人身上也完全有可能发生此类遭遇。故而这种符号化的人物和人物关系背后所隐含的是人的命运普遍存在着的可能性，作品中的人物因而也就由通常意义上的个性化的人物，成了一种对普遍性的寓言和象征。当然，因为对作品中的人物和人物关系的这种符号化的抽象处理，也给读者的阅读带来了一定的困难，同时也使作品中的人物和人物关系本身变得扑朔迷离，影响了作品艺术效果的发挥。

（胡哲撰写）

（三）《三体》：在"世界"中的中国科幻小说

2019 年农历大年初一，改编自刘慈欣短篇小说、由郭帆执导的影片《流浪地球》隆重上映。有媒体形容"这是一部近年来极其少见"的影片，同时也是"中国科幻电影里程碑式的作品"。电影《流浪地球》的热映，引发了一轮科幻狂潮，《流浪地球》的文学原著仅在一个网络平台的销量就达到 3 天30000 册。随后，作家刘慈欣的其他文学作品也持续畅销。有媒体调查显示，仅在 2019 年春节期间，以《三体》为代表的刘慈欣科幻小说国内销量突破100 万册，同时在各大电子书平台上也位居前列。图书市场上更是一片叫好声，将《三体》系列小说称为"中国最畅销的科幻小说"，夸赞刘慈欣"凭一己之力把中国科幻提升到了世界级水平"。2019 年 9 月，《三体》入选"新中国 70 年 70 部长篇小说典藏"。2023 年 1 月 15 日电视剧《三体》在央视 8 套电视剧频道播出。有媒体在专栏文章中这样描绘刘慈欣:"穿着普通,国字脸上架着一副黑框眼镜,憨厚的笑容里透着爽直和纯朴。初见刘慈欣,难以相信他就是神秘的'中国科幻文学之王'。但正是娘子关的猎猎风尘,和曾经战鼓不息的群山,赐予了这位山西汉子真诚厚重的文字,以及横跨古今万象的狂野想象力……"

1. 深山里缔造"科幻王国"

刘慈欣出生于 1963 年,3 岁时因父亲工作变动,举家从北京煤炭设计院迁至山西阳泉三矿,他还有一部分童年时光在老家河南罗山的农村度过。

据刘慈欣本人回忆,1970 年 4 月 24 日,中国第一颗人造卫星"东方红一号"发射升空,这个事件给他留下深刻的印象。小时候,他看到的第一本科幻小说是凡尔纳的《地心游记》。父亲告诉他:"这叫'科学幻想小说',是有科学根据的创作。"这是他第一次与"科幻"正面相逢:"我的坚持,都源于父亲这几句话。"上小学五年级时,他第一次在报纸上读到科幻电影《星球大战》在美国上映的消息。直到 10 余年后,他才看到这部影片的剧照,而《星球大战》系列电影在国内上映,则是 20 多年以后的事情了。

1985 年,刘慈欣从华北水利水电大学毕业,被分配到山西娘子关电厂工作。娘子关电厂距离刘慈欣的家乡山西阳泉约 40 公里,位于太行山脚下。娘子关是山西的东大门,背靠峰峦,雄踞险隘,襟山带水,是历代兵家必争之地。身处僻静之地,又从事相对单调枯燥的电厂工程师工作,刘慈欣曾说,读科幻、写科幻,从一个科幻迷成长为科幻作家,其实都是出于对平淡生活的补偿心理。刘慈欣回忆道:当年"全国就那么几家科普杂志、几个出版社在出长篇小说,每出一部你到书店都能看见,所以每年出版的科幻小说我全都看过"。

《宇宙坍缩》和《微观尽头》,是这位科幻迷参加工作之初的两篇试手之作,虽然语言显得有些生涩,描写也较粗糙,但已流露出他日后小说的一些风格特质。短篇写得不过瘾,刘慈欣又开始尝试创作长篇。1989 年,他完成了《中国 2185》(未发表),两年后又写出了《超新星纪元》。1999 年,刘慈欣从自己的作品中挑选出 5 篇,即《鲸歌》《微观尽头》《宇宙坍缩》《带上她的眼睛》《地火》，寄给了《科幻世界》杂志编辑部。由此，《科幻世界》开启了刘慈欣科幻小说投稿百发百中的神奇旅程，也催生了一位中国本土科幻小说家的问世。1999 年，《带上她的眼睛》荣获第十一届中国科幻银河奖一等奖。

2.《三体》横空出世

2004 年，刘慈欣开始创作长篇科幻小说《三体》。在一次媒体访谈中，刘慈欣谈及这部小说的创作动机："我看过一个物理学上很有名、很古典的三体问题，就是三个质点只在自身引力下作用，我们就没有办法用现有的数学或者是物理方法对运行进行预测。说起来这个问题很枯燥，但是事实上用网上一句话叫作细思恐极。假如宇宙就是三个点，这么简单一个宇宙我们都没有办法精确预测，我们现在这样一个极其复杂的大自然，大宇宙怎么预测，感觉这个问题很震撼。进而当然想到假如这三个质点是三个恒星，在这个星系生活的人是什么生活，这就是促使我写这本书的初衷。当然后面还有很多积累。"

2006 年，刘慈欣完成了长篇科幻小说《三体》。《三体》最初名为《地球往事》，刘慈欣创作的初衷是，除了讲述未来科技的博弈和生存空间的争夺以外，思考"道德的人类文明如何在零道德的宇宙中生存"。《三体》将时代背景设定为 20 世纪 60 年代到 500 年后，生动讲述了地球人类文明和三体文明的信息交流、生死搏杀，以及后来两个文明在宇宙中的兴衰历程。这部作品于 2006 年 5 月起在《科幻世界》杂志开始了长达半年的连载，随即在中国科幻界引起轰动。有评论认为，"刘慈欣的科幻作品不仅宏伟大气、想象绚丽、极富创造力，而且可以成功地将极端的空灵和厚重的现实结合起来，同时注重表现科学的内涵和美感，兼具人文的思考与关怀"。

同年，《三体》获得中国科幻银河奖特别奖。由于连载的反响太好，2008 年 1 月，重庆出版社出版了单行本《地球往事》三部曲之一《三体》。没想到《三体》发行量连创新高，出版社决定乘势而上，2008 年 5 月推出《三体 II·黑暗森林》单行本；2010 年 10 月出版《三体 III·死神永生》。

《三体》三部曲全篇 88 万字，刘慈欣用非凡的创造力想象了一个宏大的世界。刘慈欣认为，人类不应该轻易地暴露地球在宇宙之中的存在，因为人类并不知道外星文明各方面的情况以及他们的价值观、道德准则，更不知道宇宙之中有没有一个统一的价值观和道德准则。即便外星文明是好意的，和外星人接触也是一件很危险的事，人类甚至可能会因此遭遇不可预知的灾难。无独有偶，2010 年英国著名物理学家史蒂芬·霍金也发表过类似的理论，即人类应尽量避免接触外星生命。科幻文学与物理学家的理论不谋而合，热心读者惊呼，这就是"科幻"的魅力所在。

3. "中国科幻文学的里程碑之作"

2012 年 3 月，《人民文学》杂志以专题的形式，刊发了刘慈欣早年创作的四部短篇：《微纪元》《诗云》《梦之海》和《赡养上帝》。其中《赡养上帝》还获得了《人民文学》第一届"柔石小说奖"短篇小说金奖。人民文学杂志社主编的英文刊物 PATHLIGHT（《路灯》）2013 年第 1 期刊出"未来"专号，翻译了刘慈欣等几位科幻作家的作品。2013 年 8 月，刘慈欣凭借《三体》荣获第九届全国优秀儿童文学奖。这一年，他以 370 万元的年度版税收入，第一次登上了中国作家富豪榜，这也是国内科幻作家零的突破。

2014 年 11 月，《三体》英文版在美国发行，随后获得了美国科幻迷的热烈响应，甚至美国前总统奥巴马、已故理论物理学家霍金、著名导演卡梅隆等人，都因此成为刘慈欣的粉丝。在不到一年的时间里，全球收藏此书的图书馆数量达到了 725 家。《纽约时报》以"《三体》为美国科幻小说迷换口味"为题刊发了书评，认为《三体》"唤醒了中国的一个文学类型"；《华尔街日报》评论"三体问题其实也暗指了地球的环境危机"；一些资深评论家也撰写书评，认为刘慈欣"站在了推测思索性小说的顶峰"。

北京时间 2015 年 8 月 23 日，第 73 届世界科幻大会"雨果奖"颁奖典礼在美国华盛顿州斯波坎举行。宇航员凯尔·林格伦从飘浮在地球之外 350 公里的国际空间站通过视频连线向全球宣布，中国作家刘慈欣凭借科幻小说《三体》获最佳长篇故事奖。他也成为该奖自 1953 年创立以来首位获此殊荣的亚洲人。世界科幻协会给这部小说的颁奖词是："《三体》三部曲气势恢宏，构思奇丽，想象丰富，笔触真切，无疑是中国科幻文学的里程碑之作，将亚洲科幻推上了世界的高度……"

4. "科学本身就是一部最优秀的科幻小说"

《三体》在海内外出版市场的火爆，是中国优秀科幻文学作品大众传播的一个成功范例。"《三体》热"从科幻圈开始逐渐扩散至科技研发、互联网、教育等其他领域。比如，研究《三体》及刘慈欣科幻小说的论文与日俱增，其作品《带上她的眼睛》被收入人教版《语文》教材（七年级下册），《微纪元》被纳入 2018 年语文高考范围。

《科幻世界》的负责人表示，这可以说是中国科幻"一个历史性时刻"。如果说刘慈欣为中国科幻做了什么样的贡献，可以用三点来概括：第一，他标出了中国人在幻想的世界里所能走出的最远距离；第二，过去我们中国的科幻小说很少有对整个世界的构划，《三体》不仅是对于地球世界的构划，而且是以中国人的视角对宇宙的构划，也是对整个世界的构划，过去这种构划是西方人的，这对于我们来说，也是一个很大的突破；第三，《三体》确立了科幻这个类型的美学标准。

刘慈欣认为科幻小说的故事资源来自科学发展，科学的每一步发展，对于这个宇宙，对于世界规律的每一个深化认识，都会给科幻小说带来无穷无尽的故事资源。《三体》以后会不会有更震撼的科幻小说呢？根本不用担心，随着科学发展，科幻小说会拥有越来越多的资源，也会产生出越来越多震撼的作品，因为科学本身就是一部最好的、最优秀的科幻小说。

（李东撰写）

参考文献

著作类：

［1］［荷兰］佛克马、蚁布思：《文学研究与文化参与》，俞国强译，北京：北京大学出版社，1996 年版。

［2］《"新批评"文集》，北京：中国社会科学出版社，1988 年版。

［3］［美］哈罗德·布鲁姆：《西方正典：伟大作家和不朽作品》，江宁康译，南京：译林出版社，2005 年版。

［4］伍蠡甫、胡经之：《西方文艺理论经典选编：下卷》，北京：北京大学出版社，1987 年版。

［5］杨周翰选编：《莎士比亚评论汇编：上、下》，北京：中国社会科学出版社，1981 年版。

［6］［意］卡尔维诺：《为什么读经典》，李桂蜜译，台北：台湾时报文化出版企业股份有限公司，2005 年版。

［7］［美］乔纳森·卡勒：《文学理论》，李平译，沈阳：辽宁教育出版社，1998 年版。

［8］《巴赫金全集：第四卷》，白春仁、晓河等译，石家庄：河北教育出版社，1998 年版。

［9］胡经之、张首映：《西方二十世纪文论选：第三卷》，北京：中国社会科学出版社，1989 年版。

［10］［法］蒂费纳·萨莫瓦约：《互文性研究》，邵炜译，天津：天津人民出版社，2003 年版。

［11］［德］霍克海默、阿多诺：《启蒙辩证法》，洪佩郁、蔺月峰译，重庆：

重庆出版社，1990 年版。

　　［12］［德］叔本华：《美学随笔》，韦启昌译，上海：上海人民出版社，2004 年版。

　　［13］［德］顾彬：《二十世纪中国文学史》，范劲等译，上海：华东师范大学出版社，2008 年版。

　　［14］［英］乔治·弗兰克尔：《道德的基础》，北京：国际文化出版公司，2007 年版。

　　［15］［法］罗兰·巴特：《罗兰·巴特随笔选》，怀宇译，天津：百花文艺出版社，2005 年版。

　　［16］［匈］乔治·卢卡契：《审美特性：第二卷》，徐恒醇译，北京：中国社会科学出版社，1991 年版。

　　［17］［加拿大］马克斯·范梅南：《教学机智——教育智慧的意蕴》，北京：教育科学出版社，2001 年版。

　　［18］［西班牙］加塞特：《大学的使命》，杭州：浙江教育出版社，2002 年版。

　　［19］［美］大卫·丹比：《伟大的书》，曹雅学译，南京：江苏人民出版社，2003 年版。

　　［20］Jackson, P.W：*Life in Classrooms*，London：Teachers College Press，1968.

　　［21］《鲁迅全集》，北京：人民文学出版社，2005 年版。

　　［22］《柳青文集》，北京：人民文学出版社，2005 年版。

　　［23］陶东风：《文学理论基本问题》，北京：北京大学出版社，2007 年版。

　　［24］董小英：《再登巴比伦塔——巴赫金与对话理论》，北京：生活·读书·新知三联书店，1994 年版。

　　［25］张寿松：《大学通识教育论稿》，北京：北京大学出版社，2005 年版。

　　［26］孙菊如等编著：《课堂教学艺术》，北京：北京大学出版社，2006 年版。

　　［27］朱自清：《经典常谈》，上海：复旦大学出版社，2004 年版。

　　［28］万俊人：《现代性的伦理话语》，哈尔滨：黑龙江人民出版社，2002 年版。

［29］张奇编著：《高等教育心理学》，大连：辽宁师范大学出版社，2007年版。

［30］鄂义太、陈理主编：《加强教学建设　提高人才培养质量：中央民族大学本科教学研究：第四辑》，北京：中央民族大学出版社，2009年版。

［31］王先霈：《文学文本细读讲演录》，桂林：广西师范大学出版社，2006年版。

［32］黄侯兴：《鲁迅——"民族魂"的象征》，济南：山东人民出版社，1933年版。

［33］马明华、涂争鸣：《高校人文素养教育论》，广州：华南理工大学出版社，2010年版。

［34］钱理群、温儒敏、吴福辉：《中国现代文学三十年》，北京：北京大学出版社，1998年版。

［35］朱栋霖、朱晓进、吴义勤主编：《中国现代文学史（1915—2018）：上、下》，北京：高等教育出版社，2020年版。

［36］洪子诚：《中国当代文学史》，北京：北京大学出版社，2007年版。

论文类：

［1］王向峰：《魔幻浪漫主义的游走叙事——〈西游记〉的艺术首创》，《社会科学》，2009年第8期。

［2］铁凝：《文学是灯——东西文学经典与我的文学经历》，《人民文学》，2009年第1期。

［3］方汉文：《"世界文学史新建构"与中国文学经典》，《西安外国语大学学报》，2012年第4期。

［4］李建军：《论〈创业史〉的小说伦理问题》，《南方文坛》，2012年第2期。

［5］江宁康：《世界文学：经典与超民族认同》，《中国比较文学》，2011年第2期。

［6］寓真：《聂绀弩刑事档案》，《中国作家》（纪实），2009年第2期。

［7］谢冕等：《在新的生活中思考》，《北京文艺》，1980年第2期。

［8］刘醒龙：《分享艰难》，《上海文学》，1996 年第 1 期。

［9］詹福瑞：《大众阅读与经典的边缘化》，《复旦学报（社会科学版）》，2014 年第 6 期。

［10］孟繁华、张学东：《重读经典与重返传统的意义——与孟繁华先生对谈》，《朔方》，2009 年第 11 期。

［11］陶东风：《大话文学与消费文化语境中经典的命运》，《天津社会科学》，2005 年第 3 期。

［12］张莉：《意外社会事件与我们的精神疑难——"70 后"新锐小说家与"城镇中国"的重构》，《上海文学》，2013 年第 6 期。

［13］王玉光：《论阅读传统经典》，《北京大学学报》，2001 年第 1 期。

［14］杨慧林：《中西"经文辩读"的可能性及其价值——以理雅各的中国经典翻译为中心》，《中国社会科学》，2011 年第 1 期。

［15］晓萍：《文学经典的核心价值究竟是什么？》，《文艺研究》，2014 年第 3 期。

［16］甘阳：《通识教育：美国与中国》，《复旦教育论坛》，2007 年第 5 期。

［17］黄曼君：《中国现代文学经典的诞生与延传》，《中国社会科学》，2004 年第 3 期。

［18］吴燕、张彩霞：《浅阅读的时代表征及文化阐释》，《南京大学学报》，2008 年第 5 期。

［19］张学军：《论大学生经典阅读》，《图书馆论坛》，2009 年第 5 期。

［20］郭文玲：《网络环境下大学生文学纸本阅读状况调查分析》，《情报探索》，2013 年第 9 期。

［21］张筠：《经典阅读现状的应对路径：回归原典》，《图书情报工作》，2013 年第 13 期。

［22］张文学：《高校学生社团发展现状及其指导》，《中国青年研究》，2006 年第 6 期。

［23］廖良辉：《中美高校学生社团管理比较》，《青年研究》，2005 年第 4 期。

［24］宋文涛：《永不过时的经典阅读》，《编辑学刊》，2005年第5期。

［25］王洪才：《经典阅读意味着什么》，《复旦教育论坛》，2013年第11期。

［26］宋生贵：《论当代文化背景下倡导经典阅读的意义》，《思想战线》，2004年第1期。

［27］王跃、张志强：《出版社微博营销和宣传的可行策略》，《出版发行研究》，2012年第7期。

［28］金元浦：《大众文化兴起后的再思考》，《河北学刊》，2010年第3期。

［29］罗大冈：《罗曼·罗兰评〈阿Q正传〉》，《人民日报》，1982年2月24日。

［30］陈洁：《经典文献阅读有力推进大学生通识教育》，《中华读书报》，2008年10月15日。

后 记

　　《大学生文学经典导读》，是在 2014 年度辽宁省普通高等教育本科教学改革研究项目"大学生文学经典阅读的引导研究"（项目编号 UPRP20140269）基础上修改完成的。感谢辽宁省教育厅给予立项并有经费支持，感谢辽宁大学配套资助！

　　本课题的选题缘起是，作为大学教师的我们对于大学生文学经典阅读现状的忧虑与应对策略的思考。新媒体时代，大学生阅读呈现功利化与网络化态势，而文学经典的阅读则陷于边缘化与浅表化、快餐化与碎片化的境况。针对这种现实表征，作为大学教师，我们能做什么？这一追问，促使我们对于大学生文学经典阅读的思考，由此"大学生文学经典阅读的引导研究"则浮出水面，并得到省教育厅立项的肯定。

　　参与这部书撰写的，除了吴玉杰、刘巍两位主编等教学一线的大学教师之外，还有德高望重、著作等身的老专家、一级作家、多位博士和硕士，都从自己的角度对于大学生文学经典阅读予以探赜和解读。

　　特别感谢我的博士生导师王向峰教授，多次给我们讲授如何读书，从茫茫书海的望临之感、全民阅读的独到理解，到培育与建造文化生命的深刻思考，都带给我们特别的启发。在研究过程中，向老师索稿，老师慷慨给予。对于老师的感激之情难以言表。而如今，老师离开我们近两年了……每每想起老师，都是老师在书桌前写作、给我们讲座、在病床上改稿的情景，还有老师最后对我们说的那句话："时间不早了，你们回去吧！"……

　　感谢我的大学同学，研究员、一级作家刘恩波，以熔融的体验、诗化的语言向经典致敬——阅读经典是抵达生命根部之境的提升。

感谢讲授文学与语言相关课程的教师，孙佳、谢中山、侯敏、胡哲、李东、金世玉、张立军、李巍、穆重怀、卢兴等，他们的积极参与显示出高校青年教师的人文情怀与不竭的创造力。

感谢曹帅、霍虹、安忆萱、薛冰、郑思佳等诸位博士，感谢姜艳艳、付星、高璇、张娟娟、赵雪君、史姝扬、罗秋红等诸位硕士，他们在切身的阅读感受与理性沉思中，向我们捧出开启经典之门的一把钥匙，探寻养成阅读经典习惯的路径，并在别样精神之旅的体验与愉悦审美之趣的分享的同时，给我们阅读经典找到终极指向——一方安放温润心灵之处的净土。

感谢辽宁大学文学院对我们的大力支持！

虽然我们已经尽力，但书中疏漏之处在所难免，我们诚恳地期待有关专家学者的批评指正。

吴玉杰

2024 年 2 月 24 日

后
记